わが槍を捧ぐ

戦国最強の侍・可児才蔵

鈴木英治

角川春樹事務所

目次

装幀　五十嵐徹（芦澤泰偉事務所）
装画　伊藤大朗

わが槍を捧ぐ

戦国最強の侍・可児才蔵

第一章　稲葉山城

一

厚化粧の女に袖《そで》を引かれ、怪しげな見世《みせ》に入っていく者があとを絶たない。

見世の中でなにが行われているか、知らないほど才蔵《さいぞう》は幼くはない。

戦《いくさ》が近くなると、兵たちは殺気立ち、ぴりぴりする。

――話を聞くのは、今のうちのほうがよかろう。

にやにやと笑い合っては女の品定めをしている三人連れに、才蔵は足早に歩み寄った。

「ちょっとよいか」

なんだという顔になり、三人が酔眼を才蔵に向けてきた。裕福とはいい難い身なりからして、雇われの雑兵《ぞうひょう》のようだ。

ただし、ひときわ背の高い男のみ、こざっぱりとした着物を身につけ、涼やかな感じがする。この男は雑兵ではないのかもしれない。

「おぬしら、石榑《いしくれ》という者を知らぬか」

才蔵がたずねると、背の高い一人が才蔵をじろりとにらみつけてきた。

「石榑だと。ああ、知っておるぞ」

——なんと。

才蔵は目をみはった。いきなり石榑を知る者にぶつかるとは。

さすがに、早奈美《さなみ》のお告げである。愛宕《あたご》神の加護にあずかっているとしかいいようがない。

他の二人の男は言葉を発することなく、才蔵と背の高い男に、興味深げな眼差《まなざ》しを注いでいる。

「石榑はどこにいる」

勢い込んで才蔵はきいた。

「わしが知っている石榑は三人いるが、どの男のことだ。下の名をいうてみい」

むっ、と才蔵は詰まった。

「なんだ、知らんのか」

背の高い男がいぶかしげに才蔵を見る。

「おまえ、美濃《みの》の者か」

ずんぐりとした別の男が、疑り深そうな目をして才蔵にきく。

「うむ、そうだ」

嘘《うそ》をつくのは苦手で、尻のあたりがむずがゆくなるが、この際しようがない。

「おまえ、石榑という者が美濃に多いのを知らぬのか。井《い》ノ口《くち》のあたりには、いくらでもおるのだぞ」

「そうなのか。うむ、知らんかった」

才蔵は率直に認めた。こういうときは、下手にごまかすべきではないだろう。

「おまえ、いずこの出だ」

背の高い男がなおも問うてくる。

「笠松《かさまつ》のほうだ」

「なんだ、すぐ近くではないか」

笠松は木曽《きそ》川に沿うように位置する村で、対岸は尾張《おわり》である。ここ井ノ口からは二里（約八キロ）ほどしか離れていない。

「それなのに石槫が多いことを知らなかったか。おぬし、なにゆえ石槫を捜しておるのだ」

やや目を険しくして、背の高い男がたずねてきた。

「ちょっとあってな」

軽く首を振り、才蔵は言葉を濁した。

「おぬし、三人の石槫を知っているといったが、いずれも城内におるのか」

「ああ、おるぞ」

「城内のどこにおるのだ」

「わしも詳しくは知らぬ。城内にいることだけは知っているのだがな」

すぐさま背の高い男が話題を変える。

「おまえ、百姓か」

「いや、武士だ」

刀の柄《つか》をぐいっと持ち上げ、才蔵は胸を張った。実際は半農で、武士といっても野伏《のぶせ》りに似たようなものだ。またも尻がむずがゆくなったが、才蔵は腹に力を込めて耐えた。

「そうか。おぬし、ずいぶんとよい体格をしておるな。名はなんという」

「才蔵だ」

「武士なら姓があろう」

どう答えようか、才蔵は迷った。藤原《ふじわら》という立派すぎる姓はあるが、ここで馬鹿正直にいうことはないのではないか。故郷の村人のほとんどが藤原を名乗っている。

三人の背後に建つ店の軒下を、沢蟹《さわがに》のような小さな蟹がのそのそと横歩きしていた。

それを見て才蔵はとっさに口にした。

「俺は蟹才蔵という」

「可児《かに》才蔵か。なかなかよい名ではないか」

「うむ、美濃の者にふさわしい名だ」

背の高い男がいい、ずんぐりとした男が同意する。

二人のやりとりを耳にした才蔵は、美濃にふさわしいだと、と思った。そういえば、とすぐに合点する。可児という地が美濃にあるではないか。確か、井ノ口から東へ六里ほど行ったあたりになるはずだ。

「だったら、おぬしの親御は可児の出か」

「親はちがう。先祖が、あるいはそうだったのかもしれぬ」

可児才蔵か、と才蔵は思った。気に入ったぞ。これからはこの名で通すことにしよう。

「おぬし、石榑を捜し出してどうする気だ」

口調に険を含ませて、背の高い男がきいてきた。

才蔵としてはまずは、真歌音《まかね》を返せというしかないが、果たして石榑が素直に応ずるかどうか。

そのときは力ずくで奪う。石榑を半殺しの目に遭わせてもだ。

「まずは石榑を捜し出す。話はそれからだ」

「石榑はなにをしたのだ」

なおも背の高い男がきいてくる。どう答えようか才蔵は迷った。

「――おい」

それまでひたすら黙っていた目つきの鋭い男が、いらだたしげな声を放った。背の高い男とずんぐりとした男に、厳しい眼差しを当てている。

「見も知らぬ若造が誰を捜していようと、どうでもよかろう。とっとと見世に上がろうではないか」

「ああ、そうだったな」

うなずいてみせた背の高い男が、これが最後だといって才蔵に問うてきた。

「おぬし、稲葉山城の兵ではないな」

「うむ。石榑に会うためにも、なんとしても城内に入りたいのだが、なんとかならぬか」

「伝《つて》がないということか」

稲葉山城を見上げ、背の高い男がつぶやく。

「なんとかしてやりたいが、おぬしが尾張の間者《かんじゃ》かもしれぬとの疑いは、ぬぐい去れぬ。自分でなんとかすることだな。あの城に入る程度の手立てを考えつかぬのなら、今の世を生き抜くことはまずかなわぬ」

にやりとしてみせた背の高い男が顔を転じ、他の二人を見やった。

「よし、入ろう」

才蔵のことなど一瞬で頭から消したように背の高い男がほくほくとした顔になり、こざっぱりとした着物をひるがえして、しなをつくる厚化粧の女のそばに歩み寄った。男の懐に大金がしまわれているようには見えないが、この見世を借り切ってもよいぞ、と大層なことをいっている。

話はすぐにまとまったらしく、女の肩を抱いて三人はいそいそと見世の中へ姿を消した。

その場に残された才蔵は、ふう、と深い息をついた。

——今の男がいった通りだ。

才蔵としては、おのれの力で稲葉山城内に入る手立てを講ずるしかない。

——はなからそのつもりよ。

とにかく、石榑という男が城内にいることがはっきりしただけでも収穫である。

——さて、どうするか。

不意に、才蔵は酒のにおいを嗅いだように思った。同時に飢《かつ》えるような喉の渇きを覚えた。

見回すと、二間（約三・六メートル）ばかり離れたところで酒売りが莚《ござ》の上に座っていた。才蔵はすぐさま近づいた。

「酒を一杯くれぬか」

しわだらけの酒売りが、くすんだ色をしている手のひらを差し出してきた。

「四文じゃ」

高いなと思ったが、才蔵は黙って小袖の懐に手を突っ込み、巾着を取り出した。びた銭を四枚つかみ出す。

五升は入るのではないかと思える瓶《かめ》から小ぶりのかわらけに、白酒がなみなみと注がれた。かわらけが才蔵に手渡される。

ほんのりと甘い香りが立ちのぼり、鼻《び》腔《こう》をくすぐる。喉が鳴った。才蔵は一息に酒を干した。体にじんわりと染み渡っていく。

「うむ、うまいな」

才蔵を見上げて酒売りはにこにこしている。

もう一杯飲みたかったが、懐は心許《こころもと》ない。

「親爺《おやじ》、ここ井ノ口城下でなにかおもしろいことはないか」

かわらけを返して才蔵はたずねた。

「おもしろいことかね」

しわ深い顔をさらにしわ深くして、酒売りが考え込む。

「さあて、なにかあったかなあ。——ああ、あっちに行くと、もしやするとおもしろいことがあるかもしれんよ」

才蔵の体つきをじっと見た酒売りが、西の方角を指さす。

「あちらになにがあるというのだ」

「さあてな」

にんまりとした酒売りは疲れたように目をつぶった。すぐにうつらうつらしはじめる。

——行ってみるとするか。

西の方角へ才蔵は歩きはじめた。井ノ口の町の通り沿いに並ぶ見世の売り物は、酒や味噌《みそ》、武具、かわらけ、蓑《みの》、笠、笊《ざる》などだ。物売りたちが張り上げる声がかしましい。

やがて見世が途切れがちになり、町屋もまばらになってきた。番兵が目を光らせる門を通り抜け、才蔵は惣構《そうがまえ》の土塁の外に出た。

道行く者は途絶えつつあり、あたりは物寂しい風景に変わっている。まわりは田畑や林、百姓家ばかりである。

この先にいったいなにがあるというのか。これでは伝もなにもあったものではないな。

前に進むのはあきらめ、才蔵が体を返そうとしたとき、どっと沸き上がる歓声が耳に届いた。今のはなんだ、と首を回すと、一町（約一〇九メートル）ほど離れたところに、こぢんまりとした神社があった。

歓声はそこから上がったものらしい。興味を引かれ、才蔵は神社に歩み寄った。

石造りの鳥居は真新しく、陽射《ひざ》しを受けてつやつやと輝きを帯びている。四角い敷石が続く正面に、由緒ありげな本殿が建っていた。歓声は本殿の右手からなおも聞こえてきている。才蔵は敷石を踏んで近づいていった。

こちらに背中を向けて大勢の者が声を張り上げ、拳を天に突き上げていた。人数はざっと三十人。百姓、武士、雑兵、町人、僧侶と、ほとんどの身分の者がそろっている。

なにをあんなに騒いでいるのか。もしや、と才蔵は思い、人垣をかき分けて前に進んだ。

案の定、そこには土俵が設けられ、まわりを男たちが取り囲んでいた。いや、女子供も少なくない。誰もが熱のこもった目で土俵上の対決を見つめていた。

あの酒売りはこのことをいっていたのだな、と才蔵は得心した。

土俵上では褌《ふんどし》姿の二人の男が、がっぷりと組み合っていた。真っ赤な顔をした大柄な男が一尺（約三〇・三センチ）以上も背の低い相手を投げ飛ばそうとしているが、うう、とか、があ、とか、おう、とうなり声をむなしく響かせているだけだ。

小柄な男の腕と肩の筋肉は山のように盛り上がり、ただならぬ力を秘めているのが一目で知れた。ふくらはぎが異様に太い足は、打ちつけられた杭《くい》のごとく、びくともしない。

小柄な男の肩の筋肉がさらに盛り上がる。どうりゃ。気合のこもった声が才蔵の耳を打った瞬間、大柄な男は、うわっと悲鳴を発して土俵を転がった。

行司役の若い男が右手を掲げ、小柄な男の勝ちを宣した。その声は、すごい、強いぞ、さすがだ、と一段と高まった歓声にかき消された。勝った小柄な男は力士として、このあたりでは有名な者なのかもしれない。

小柄な男は形ばかりに手を払ったが、汗一つかいていない。息も上がっていないようだ。

大柄な男がすごすごと土俵を降り、小柄な男が土俵下の者たちを見回しはじめた。

胸板が厚く、思った以上に精悍《せいかん》な顔つきだ。その顔を凝視しているうち、男が武者ではないかとの思いを才蔵は抱いた。

斎藤《さいとう》家の家臣かもしれない。凋落《ちょうらく》を伝えられているとはいえ、まだまだ猛者はいくらでもいるということなのだろう。

つと男が、重たげな巾着袋を高々と掲げてみせた。

「もしこのわしを倒すことができたら、これを差し上げよう。この中には永楽《えいらく》銭が百枚入っておる」

袋を逆さまにし、小柄な男が手のひらに中身をじゃらじゃらとのせた。

「この通りだ。――ただし、わしを倒すことができなかった場合は、十文いただく。別にそれはびた銭でかまわぬ。――さて、わしに挑もうという力自慢はおらぬかな」

手のひらの永楽銭を巾着袋に戻した小柄な男は、行司役の男にそれを手渡した。

永楽銭は一枚でびた銭四文分の価値がある。

これは、と才蔵は息をのんだ。世の中にはとんでもない儲《もう》け話が転がっているものだ。

小柄な男に永楽銭を見せつけられても、手を挙げる者は一人もいない。確かに小柄な男のあの強さを目の当たりにして、やってみようと考えるほうがおかしい。これまでに何人も餌食になっているのだろう。

ならば俺が、と才蔵は決意した。十文ならぎりぎりある。

土俵上の男と目が合った。才蔵を見て男が、おっ、という顔をする。すぐさま柔和な笑みを浮かべた。

「おまえさん、実によい目をしておるな。おまえさんが次の相手かな」

男は二十代の半ばといった歳《とし》の頃か。切れ長で涼やかな眼差しをしている。鼻筋が通った端整な顔立ちは、女たちに騒がれそうだ。

「うむ、俺が相手をしよう」

深くうなずいた才蔵は、鎧櫃《よろいびつ》を地面に下ろして土俵にゆっくりと上がった。男に顔を近づけ、ささやきかける。

「一つききたいことがある」

才蔵がいうと、小首をかしげ、男が小声で返してきた。

「はて、なにかな」

「おぬし、武士だな。斎藤家の者か」

「そうだ。稲葉山城の守りについておる」

「もし俺が勝ったら、永楽銭はいらぬ。その代わり、俺を稲葉山城に入れてくれぬか」

むっ、という顔になり、男が怪訝《けげん》そうに眉をひそめた。

「なにゆえそのようなことをいうのだ」

「人を捜しておる」

「捜している相手というのは、稲葉山城内におるのだな」

「察しがよいな。承知かどうか聞かせてもらいたい」

小柄な男はほとんど考えなかった。澄んだ瞳で才蔵を見つめる。

「よかろう。おまえさんは、尾張の間者には見えぬ。嘘をいっているとも思えぬ。人を捜していると
いうのは、まことのことだろう。もしおまえさんがわしに勝ったら、城内に入れてやろう」

深くうなずくと、小柄な男が手のひらを差し出してきた。

「前金だ。おまえさんが勝ったら返す」

「よかろう」

巾着を逆さまにして、才蔵はびた銭を数えた。ちょうど十枚あり、それを小柄な男に手渡した。

「よいか。俺を城内に入れるという約束、必ず守れよ」

才蔵が念押しすると、小柄な男がにこりとして巾着に十文をしまった。それを行司役の小者らしい

若者に渡す。

「案じずともよい。わしはこれまで約束をたがえたことは一度もない」

その言葉をすんなり受け入れるほど才蔵は純朴でも愚かでもないが、この男なら信じてよいのではないかという気がした。

「では、やるか。見物人たちも待っておる」

余裕のある口調で小柄な男がいざなう。うむ、と才蔵は顎を引き、刀を行司役の男に渡した。小袖と袴《はかま》を脱いで褌姿になる。

小柄な男が一瞬ぎくりとし、瞠目《どうもく》しかけた。見物人たちからもざわめきが起きた。

それほど才蔵の体躯《たいく》はたくましい。肩を一つ揺すってから、才蔵は土俵上で蹲踞《そんきょ》した。小柄な男はなにげない顔になり、すでに同じ姿勢を取っている。

才蔵に策などなく、力一杯ぶつかることしか考えていない。とにかくぶちかます。それしか手はないと心に決めている。

行司役の男が、見合って、と声を発した。両手を土俵につき、才蔵は顎を引いて突進した。小柄な男も遅れじと立った。

がつ、と鈍い音が響き、目から火花が散ったが、才蔵はかまわず前に突き進んだ。小柄な男は才蔵の動きを止めようとするが、ずずず、となすすべもなく後ろに下がってゆく。

小柄な男の足が俵にかかって、ようやく才蔵の突進は止まった。男は才蔵の力のあまりの強烈さに、驚きを隠せずにいるようだ。明らかに戸惑っていた。

才蔵の手は、小柄な男の褌をがっちりとつかんでいる。腕と腰に力を込め、男の体をぐいっと持ち上げる。腰を落として男がなんとかこらえようとする。

——ふむ、なかなか大した力だ。だが、この程度では俺の敵ではないな。

右腕を思いきり回すと同時に、才蔵は左腕をぐっと内側に絞り込んだ。投げを打ったのだ。小柄な男は必死に耐えようとするが、才蔵がこれならどうだ、といわんばかりにさらに右腕に力を込めると、綱が外れでもしたかのように勢いよく横転した。そのまま背中がべたりと土俵につく。

まわりからどよめきがわき起こった。信じられん、なんて強さだ、すさまじいな、といった声が渦巻くように轟《とどろ》く。行司役の男も目を丸くしている。

もっとも、才蔵には当然との思いしかない。小柄な男がまともに立ったときに、勝負は決していた。しばらく大の字になって空を眺めていた小柄な男が、ふうと大きく息をついて起き上がった。まいったという顔で才蔵を見、首を振って近づいてきた。

「おまえさん、名は」

負けを潔く受け容《い》れた顔で、小柄な男がさばさばときく。

「人に名をきくときは自分から名乗るものだ」

才蔵ににべなくいわれて、小柄な男が苦笑する。

「その通りだな。わしは笹山源左衛門《ささやまげんざえもん》という」

「可児才蔵だ」

「可児才蔵……。美濃の者か」

「まあ、そうだ」

可児才蔵という名を耳にしたことがあるかどうか、笹山源左衛門はしばらく考えていたようだが、結局、思い出せなかったらしい。行司役の男からひときわ小さな巾着袋を受け取り、その中から十文をつまみ出した。

「まずはこいつを受け取ってくれ」

うむ、といって才蔵は手にした十文を自分の巾着袋にしまい込んだ。

「可児とやら、本当に百文はいらぬのか。永楽銭で百文だぞ」

他者に聞こえない声で、源左衛門がきいてくる。

「いらぬ」

一顧だにすることなく才蔵は答えた。

「わかった。ならば、約束通りおまえさんを城内に案内するとしよう」

身繕いし、才蔵は刀を腰に差した。最後に鎧櫃を担ぐ。

「では、まいるか」

すでに源左衛門も身支度を終えている。見物人たちは、もう終わりか、つまらんな、と名残惜しそうに散りはじめている。

「可児とやら、おぬしのことを才蔵と呼び捨てにしてもよいか」

肩を並べて歩き出すや源左衛門がきいてきた。源左衛門のうしろに、行司役をつとめた男がついている。やはり源左衛門の小者のようだ。

「おぬしがそう呼びたければ別にかまわぬ」

それにしても、といって源左衛門が感嘆の色を瞳に宿す。

「才蔵、強いな。おぬしほど強い相手には初めて会ったぞ。おぬしに投げを打たれたとき、無理にこらえようとせずばよかった。正直、腰骨がすこんと抜けたような感じがした。今も背骨と腰のあたりが痛い」

「大丈夫か」

「平気だ。一晩寝れば、治ろう」

「実をいうと、俺はこれまで相撲を取って一度も負けたことがない」

「そうだろうな。才蔵に勝てる相手など、この世におらぬかもしれぬ」

「それはいくらなんでも大袈裟《おおげさ》に過ぎよう。だが、おぬしも俺が戦ってきた中では、いちばん強かったぞ」

「そいつはまた、うれしいような悲しいようないわれようよな」

歩を運びつつ、源左衛門がまじまじと才蔵を見る。

「刀はどうだ。遣《つか》えるのか」

才蔵は軽くかぶりを振った。

「さほどでもない。槍《やり》のほうが得手だ」

相撲と同じで、槍は幼い頃から熱心に稽古に励んできた。村の大人でも、才蔵の槍さばきに敵する者は一人もいない。もし稽古でなかったら、村には死骸の山ができている。

「才蔵、槍は持っておらぬのか」

「この前、稽古していたら折れよった」

五年前に父から譲られた槍で、幼なじみのごとく親しんできたが、ついに寿命が尽きたということらしい。才蔵は墓をつくって埋めてやっている。

「源左衛門、おぬしが譲ってくれぬか」

「槍は何本か持っておるゆえ、やってもよいが、それはおぬしの腕を見てからだな」

それでよい、と才蔵は余裕たっぷりにいった。もはや、新たな槍を手に入れたも同然である。

歩を進めるたびに稲葉山城が迫ってくる。押し潰されるのではないかとの錯覚を抱かせるだけの迫力を持つ城だ。

城を間近にした才蔵は、とにかく気持ちが弾んでならない。

稲葉山城を見上げ、石榑、待っていろ、と心で告げた。

二

頂の高さは、優に百丈（約三〇〇メートル）は超えている。

源左衛門の後ろについて歩を進めながらじっと眺め続けていると、首が痛くなるほど急峻《きゅうしゅん》である。

柵に守られた断崖の上にいくつもの矢倉が建ち、峰筋には物見台が築かれて、木曽川の方角に目を光らしているらしい城兵の影が動いている。

板塀や土塀がうねうねと築かれ、その向こう側に多数の旗幟《きし》がひるがえっている。頂近くの木々は伐《き》り払われ、見晴らしが利くようになっていた。

いかにも難攻不落という風情で、才蔵から見ても、軍勢が攻め上がろうとすれば、相当の犠牲を強いられるであろうことは想像にかたくない。

この世に落ちぬ城など一つもないが、と歩きつつ才蔵は思った。あれだけの構えなら仮に織田《おだ》の大軍に攻められたとしても、当分の間は保《も》つのではないか。逆に押し返せるかもしれぬ。

稲葉山の麓《ふもと》に、一重の土塁に囲まれた館《やかた》が望める。広大な敷地に大小合わせて十ばかりの建物が配され、板葺《いたぶ》きの屋根の群れが初秋の穏やかな陽射しを浴びている。

その中でも伽藍《がらん》を思わせる宏壮《こうそう》な屋根を持つ建物が、美濃国主斎藤龍興《たつおき》の起居する主殿にちがいない。

あの建物に今も龍興はいるのだろう。どんな顔をしているのか。器量人との評は聞かない。むしろ、その逆である。

だが、かの有名な斎藤道三《どうさん》の孫である。剛勇を謳《うた》われた斎藤義龍《よしたつ》の子でもある。今は爪を隠しているだけかもしれない。

館から目を離した才蔵は、鎧櫃を担ぎ直した。源左衛門の背中に言葉をぶつける。

「このところ織田はおとなしくしているようだな」

「ああ、せわしげに働くのを常とする織田上総介《かずさのすけ》らしくないな」

才蔵を振り返って源左衛門が答える。

「織田はどうかしたのかな。上総介の身になにかあったのかもしれぬ。それとも、ただ単に牙を研いでおるだけなのか」

織田勢が最後に美濃の国境を越えたのは、去年の永禄《えいろく》九年（一五六六）の八月末である。今日は七月二十日で、すでに一年近くがなにごともなく経過している。

井ノ口城下には、織田勢が攻め寄せてくるのではないかといった、差し迫った空気はこれっぽっちも漂っていない。

のんびりしたもので、このまま信長がじっとしていてくれたら、と誰もが思っているのが町の様子に色濃くあらわれている。

稲葉山城内で石榑を捜している最中に、織田勢が攻め寄せてくるようなことはないと、才蔵は信じたい。稲葉山城がいくら堅城とはいえ、戦に勢いはつきもので、あっけなく落城してしまうことも考えられるのだ。

故郷を発《た》つ直前に才蔵が耳にした噂《うわさ》では、信長は北伊勢《いせ》を攻略するための軍勢を催そうとしているとのことだった。北伊勢を狙っているのなら、美濃に攻め入ってくることは、しばらくのあいだはないだろう。

「才蔵、人捜しといったが、どのようなわけがあるのだ。委細を聞かせてくれぬか」

真摯《しんし》な顔で源左衛門がきいてきた。

うむ、と才蔵は顎を引いた。才蔵の背後にいる小者に聞かせたくはなく、ささやくような声で源左衛門にいった。

「村の愛宕神社から、宝物を奪って逃げた者がおるのだ」

「宝物だと。それはどんな物だ」

才蔵に顔を寄せて、源左衛門も小声でたずねる。

「小太刀だ」

源左衛門がやや拍子抜けした顔になる。

「小太刀が宝物なのか」

「奈良《なら》に都があった昔から伝わっているという由緒正しき小太刀だ」

力を込めて才蔵はいった。小太刀には真歌音という名がついているが、それはまだ源左衛門に教える気はない。

「ほう、奈良の都とな。それはまたずいぶん古いな。お宝というのも納得だ。誰がそのお宝の小太刀を盗んだのだ」

「石榑という者だ」

その名を聞いて源左衛門が首をかしげた。

「知らぬな。石榑なんという」

「それがわからぬのだ」

「そうか。城内に入ったら、さっそく当たってみよう」

「かたじけない」

「才蔵、城内では、笹山源左衛門の手の者ということにしておくが、よいか」

「うむ、承知した」

才蔵たちは、城の大手に当たる七曲《ななまがり》口にやってきた。ここを過ぎると、いよいよ城内である。さすがに胸が高ぶる。

何人もの番兵ががっちりとした門を守っていたが、源左衛門はよく知られた武者らしく、誰何《すいか》する者は一人もいなかった。源左衛門の小者だけでなく、才蔵も難なく通ることを許された。

ついに稲葉山城の中に入った。才蔵は内心で小躍りしたが、これで目的を達したわけではない。気持ちをすぐに引き締めた。

源左衛門は本丸の守備についているという。

「本丸か。源左衛門はえらいのだな」

「えらくはないさ。わしは斎藤龍興さまの旗本をつとめておる。今月は月番ゆえ城に詰めておるのだ」

ふだんは麓の館で、龍興のそばを離れずにいるのだろう。

「旗本か。やはり大したものではないか」

「そんなによいものではない。あまり大きな声ではいえぬが、禄も少ないゆえ、賭け相撲のような真《ま》似《ね》をしてしのいでおる」

「相撲は雑事銭《ぞうじせん》稼ぎだったか」

才蔵たちは稲葉山の頂を目指し、細い道を登りはじめた。

「よいか、才蔵」

源左衛門は急坂を進んでいるのに、息づかいに変わりはない。それは鎧櫃を担ぐ才蔵も同様である。

「これからは、わしのことを殿と呼べ」

「わかった。俺はおぬしの配下だものな」

「わかったではない。承知してござるだ」

才蔵は素直にその言葉を口にした。源左衛門がにやりと笑う。

「うむ、それでよい」

「ところで殿」

すんなりと口をついて出る。

「石塼を捜すのは、一日ではまず無理であろう。城内に泊めてもらえるのか」

「むろん。好きなだけいればよい」

稲葉山城内に入って初めてわかったのだが、とにかくこの城は狭い。下から見上げたときも広い城だとは決して思わなかったが、予期した以上だ。

敵に攻め込まれたときに麓の居館を逃れ、立て籠もるために山上に築かれた詰《つめ》の城である。急峻な峰に沿って三の丸、二の丸、本丸が連なっている。そのために、どの曲輪《くるわ》も縦長にならざるを得ない。ほかにも物見台や馬場が設けられ、小屋や厩《うまや》、米蔵、火薬蔵が建てられているが、それらを結ぶ道も窮屈としかいいようがなかった。

いざ戦となれば兵たちは城内を走り回らなければならないが、行きかう者同士がぶつかってしまうのではないかと危ぶまれるほどである。

道の両側が深い谷へ切れ込む崖になっている場所も珍しくなく、もし足を踏み外したら怪我《けが》だけでは済むまい。真っ逆さまに転げ落ち、あっという間に谷底に叩《たた》きつけられることだろう。

四半時《しはんとき》（約三十分）ほど歩き続けて、才蔵たちは本丸に到着した。見回すまでもなく、本丸も狭かった。縦は二十間ほど、横幅に至っては七間ばかりしかない。

中央に寺の本堂のような建物があり、守兵が寝起きするらしい四棟の小屋と米蔵、火薬蔵が建っている。

平時ということで、今は多数の兵が城の守備についているわけではない。本丸内は閑散としていた。

二十人ばかりの兵が具足を鳴らして、源左衛門に足早に近づいてきた。足軽や雑兵だけでなく、四人の武者もいた。空を向いた槍の穂先が夏のような日を浴びて、ぎらぎらと光を鈍く弾《はじ》いている。

殿、と先頭の武者が源左衛門に明るく呼びかける。

「首尾はいかがでござった」

相撲の結果をただしているのは、いうまでもない。源左衛門が苦笑してみせる。

「負けた」

ええっ、と兵たちがどよめき、目をみはる。源左衛門の顔をまじまじと見、冗談をいったのではないとすぐに覚《さと》ったようだ。

「この男がわしを負かしたのだ」

手のひらを向け、源左衛門が才蔵を示す。二十人の目がいっせいに才蔵に注がれた。

この男が殿を倒したのか、信じられぬとの思いをあらわに誰もが見つめてくる。だが、中にはすでに畏敬《いけい》の念を瞳に宿している者もいた。行司役をつとめた小者である。

「この男は可児才蔵という。今日より我が家臣となった。若いが、剛の者ぞ」

にこやかな笑みをたたえ、源左衛門が才蔵を皆に紹介する。

「――才蔵。きき忘れていたが、おぬし、出はどこだ」

「笠松のほうにござる」

三人の足軽に答えたのと同じ地名を才蔵は告げた。

「歳は」

「十四にござる」

才蔵は胸を張った。どこの大名でも兵として男を徴発するのは十五からではあるが、歳をごまかして戦へ行く者はなんら珍しくない。十四で軍勢に加わる者はいくらでもいる。

「なんだと――」

源左衛門があっけにとられ、他の者も才蔵に見入ったまま言葉がない。

俺はけっこう上に見えるのか、と才蔵は意外だったが、なにそれだけ貫禄があるのだ、とむしろ誇らしい気分でもある。

「そうか、わしは十四の小僧に投げ飛ばされたのか」

しばらくうつむいていた源左衛門が、軽く咳払《せきばら》いして顔を上げた。

「皆、十四だからといって、才蔵を甘く見るなよ。下手にかわいがろうとすれば、ひどい目に遭うぞ。仲よくせよ」

二十人が一斉にうなずく。

四人の武者は太刀を帯びている。源左衛門の郎党だろう、と才蔵は目星をつけた。いずれも剽悍《ひょうかん》そうで、明らかに戦慣れしていた。

「才蔵、物見台に行ってみるか」

源左衛門に誘われるままに才蔵は足を向けた。四人の郎党が付きしたがう。

物見台は本丸より六尺ばかり高い位置にあり、土の階段がしつらえてあった。寝床ほどの広さしかなく、三人立てば一杯である。見張りが二人いたが、才蔵たちのために場をあけた。

「これは――」

眼下を見下ろして、才蔵は声を失った。視界を遮るものはなにもない。西から南にかけては、だだっ広い平野である。

家々が密集する城下が真下に見え、人々が蟻《あり》のように動いている。間近を流れる長良川《ながら》は日光を受けて白く輝いている。遠方に、雪のない飛騨《ひだ》の山々がうっすらと望めた。

東から南へ目を転ずると、蛇行する木曽川が視野に入った。あの川の向こうは尾張である。日暮れが近づきつつある中、故郷の地にはほんのりと霞《かすみ》がかかり、墨絵のようですらあった。

尾張にそれらしい動きがないかと、才蔵は目を凝らした。木曽川の近くに軍勢の姿は見えない。尾張国は静穏そのもので、戦雲の兆しはまったく感じられない。

「すばらしかろう」

感に堪えない口調で源左衛門がいう。

「わしも初めて目にしたときは言葉がなかった。――さて、才蔵、降りるか」

源左衛門とともに才蔵は物見台をあとにした。次に連れていかれたのは、一軒の小屋である。

奥行き五間、幅一間半ほどの板張りの造りで、土間しかない。その上に薄い莚が敷かれている。板壁に沿うように、長い丸太がでんと置かれていた。

「これはなんのためにある」

丸太を指さして才蔵はきいた。

「枕だ」

「なに。これに頭を預けて寝るのか」

「そうだ。どこの城も似たようなものだと思うが、才蔵、おぬし、城に入るのはもしや初めてか」

「うむ、この城が初めてだ。戦陣ではいつも野営ばかりよ」

「ならば、長逗留《ながとうりゅう》して城というものがどんなものか、堪能《たんのう》すればよかろう。――才蔵、しばし休んでいてくれ。また来る」

才蔵にうなずきかけて、源左衛門が小屋を出ていった。

「おい、殿から百文をいただいたのか」

横から声をかけてきた者がいる。どかりと莚の上に腰を下ろした才蔵は、その者に目を当てた。

「おぬしは、行司役をつとめていた男だな」

「そうだ。市造《いちぞう》という。よろしくな」

「俺は才蔵だ」

「それで才蔵、どうなのだ。永楽銭で百文、もらったのか」

「いや、もらっておらぬ。断った」

「断っただと。なにゆえ」

「百文などいらぬからだ」

「いらぬだと。どうしてだ」

「必要ないからだ」

実際のところ、百文という金を手に入れたくて源左衛門に勝負を挑んだのだが、すぐに才蔵の気持ちは変わったのだ。真歌音を探し出すためにはどうすればよいか。それを考えたら、自《おの》ずと答えは出たのである。

ただし、真歌音のことを市造たちにいう気はない。源左衛門にも、お宝のことは口止めしてある。

「百文がいらぬとは、また欲のない……」

言葉をなくして、市造が呆然《ぼうぜん》としている。そばにいる他の者たちも、愕然《がくぜん》とした顔を並べている。

「ところで市造、おぬしは雑兵か」

目の前の男に興味を抱き、才蔵はきいた。

「ちがう。足軽だ」

強い口調でいって市造が胸を張る。

「雑兵は食い詰めた百姓上がりがほとんどだが、俺はそうではないぞ」

「れっきとした武士というわけだな」

「そうだ」

とはいうものの、市造はひょろりとして、戦においてあまり役に立ちそうにない。

市造、と才蔵は呼びかけた。

「おぬし、石榑という男を知らぬか。城内にいるはずなのだが」

「いや、知らんな」

考えるまでもなく市造がかぶりを振った。

「石榑という姓は美濃には多いというが、城内で会ったことも聞いたこともない」

ほかの者たちも知らないという。

「その石榑というのは何者だ。才蔵はなぜ捜しているのだ」

真剣な顔で市造がきく。

「ただの悪人よ」

目を怒らせた才蔵は、いまいましげに答えた。莚の上で横になり、丸太に頭をのせて目を閉じる。

しばらく眠っていたようだ。

「才蔵、起きろ」

体を揺すられ、目を開けると、小屋の中は薄暗くなっていた。眼前に市造の顔がうっすらと見えた。

「夜になったか」

「うむ、いびきもかかずよく眠っていた。もう酉《とり》の刻（午後六時頃）だ」

「市造、何用だ」

「夕餉《ゆうげ》の刻限だ」

「おっ、俺にも食わせてもらえるのか」

「当たり前だ。才蔵をもてなすように殿からいわれておる」

「ありがたし」

夕餉は飯に塩汁、梅干しというものだったが、飯だけはいくらでも食べてよいとのことで、才蔵は遠慮なくおかわりをした。

たらふく食べて、すっかり満足した。こんなに食べたのはいつ以来だろう、と才蔵は腹をさすって考えた。織田家に雇われて、三河《みかわ》に出張ったときが最後ではなかろうか。

「才蔵、殿がお呼びだ」

外から帰ってきた市造にいわれ、才蔵は小屋を出た。市造にいわれるまま隣の小屋に向かう。

才蔵のいる小屋と同じ造りだが、こちらの小屋には源左衛門と四人の郎党、二人の小者しかおらず、ずいぶんゆったりとしている。

市造とともに小屋に入ると、源左衛門に座るようにいわれた。

「城内の知り合いに片端からきいてみたが、石榑という男に心当たりのある者は、一人もおらなんだ」

城下で最初に会った足軽らしい背の高い男は、と才蔵は思い起こした。石榑という者なら三人も知っているといった。あれは偽りだったのか。

「もちろん、今日だけであきらめるつもりはないぞ」

真剣な顔で源左衛門がいう。才蔵はすぐさま申し出た。

「殿、俺が城内を捜してもよいか」

「むろんかまわぬ」

具足を着込み、才蔵は翌日から石榑捜しに精を出した。久しく織田勢と干戈《かんか》を交えていないために、城内はゆるみきっており、どこの曲輪に足を踏み入れようと槍を向けられるようなことはなかった。

城内を一日中捜してみたが、石榑は見つからない。心当たりを口にする者もいない。城下で話を聞いた三人の男にも会わない。

いま稲葉山城の城兵は、せいぜい四百人というところだろう。この中に、石榑という者も、あの三人の雑兵らしい男たちもいないというのか。おかしい。妙だ。

早奈美が、石榑が稲葉山城にいるとみたのは、まちがいだったのか。早奈美が脳裏で得た像が外れるとは、才蔵にはにわかには信じがたい。早奈美の言葉が外れるはずがない。石榑はこの城に必ずいるのだ。

それにしても、と才蔵は城内をくまなく見廻《みまわ》って思った。これでいざ籠城となったら、この城の兵力はどのくらいまでふくれ上がるものなのか。曲輪の大きさや小屋の数からして、せいぜいが二千人ほどではないか。

堅城とはいえ、その程度の人数では、大軍を引き受けて長く籠城することはできない。この城は、籠もっているあいだに美濃中から援軍が馳《は》せ参じることを期待して築かれているのだろう。

尾張の故郷では、織田家の斎藤家に対する調略の噂がちらほら入ってきていたが、美濃衆の絆《きずな》はその手のはかりごとでは崩れることがないほど強固なのだろうか。

そんなことはないような気がする。調略の手は、すでにだいぶ美濃衆の中に入り込んでいるのではないか。

その後もあきらめることなく、才蔵は石榑を捜し続けた。

五日以上も稲葉山城内を捜した結果、この城に石榑はおらぬとの結論についに達した。

今日は七月二十七日で、明々後日から八月になる。暦はひと月前に秋になっているが、まだまだ暑さを感ずる。

今日もすでに、あと半時ばかりで夕暮れを迎えようという刻限になっている。ときがたつのは異様に早い。

小屋に戻り、才蔵は夕餉を食して横になった。丸太を枕に、薄闇の中にうっすらと浮かぶむき出しの梁《はり》に目を当てて、早奈美のことを考えた。

どうしているだろうか。健やかに過ごしているにちがいない。

早奈美。胸のうちで呼びかけた。才蔵は震えがくるほど会いたくてならない。

真歌音は、刀身が人魚の骨でできているといわれる小太刀である。

もともと、真金《まがね》吹く吉備《きび》の中山、と歌われる吉備国にあった小太刀だが、歳月を経て尾張葉栗《はぐり》郡楽典郷の愛宕神社に伝わったのである。

愛宕神社の宮司は代々、真歌音のことを秘してきた。一族の中でも、その存在を知る者は限られているという。

いかにも軍神を祀《まつ》るだけあって、ぴりっとした空気に満ちている。愛宕神社の境内を槍の稽古場にして育った才蔵は、二十日ほど前の七夕の晩、宮司の娘である早奈美に呼び出された。いつにも増して早奈美は真剣な顔をしていた。

そのとき才蔵は早奈美から、つい先日秘宝が奪われたと打ち明けられたのだ。石樽という男が持っていったという。

早奈美は石樽とは面識があるわけではないが、真歌音が盗み出されたその日に念じて眠ったら、夢で石樽という姓が頭の中にあらわれ出たという。宝物庫を破った賊は一人で、石樽という姓だけがわかったとのことだ。

早奈美には幼い頃から、うつつを離れるかのような気配を漂わせることがしばしばあった。見た夢がうつつのこととなるのも数えきれず、これは将来を前知する力であろうと、早奈美を知る誰もが受け止めていた。

異能と呼ぶべき力を持つ者ゆえに、代々守るべきものとして、早奈美は父親から真歌音の秘密を明かされていたのである。

石樽がどうやって真歌音のことを知り得たのか、才蔵は不思議でならないが、隠し通そうとしたところで、秘密というのはいつしか漏れるものでしかない。

幼い頃、才蔵は一度だけ真歌音を目にしたことがある。宮司が他出中に早奈美がこっそりと見せてくれたのだ。

そのときに、才蔵は真歌音の由来や曰《いわ》くを知った。目の前の小太刀が人魚の骨でできており、身に帯びた者の不老不死を約束すると聞かされて、素直に信じた。

早奈美が門外不出の宝を見せてくれたことで、二人だけの秘密を分かち合ったような気がしたものだ。

早奈美とは物心つく前から常に一緒だった。よその子が早奈美をいじめたら容赦なくぶちのめし、犬に追いかけられれば犬を追い払い、道に迷えばずっとおぶい続け、早奈美が川に流されたときは一瞬のためらいもなく流れに身を投じた。

その早奈美が、真歌音を取り戻してほしいと懇願してきたのだ。

翌日の夜明け前、才蔵は鎧櫃を担ぎ、一人故郷を飛び出したのである。

才蔵がいつ真歌音を持ち帰るか、早奈美は今か今かと待ちわびているだろう。一刻も早く早奈美のもとに馳せ戻りたいが、手ぶらというわけにはいかない。

この城を出て、よそを捜すべきか。思い切って故郷に戻り、早奈美から新たな手がかりを得るほうがよいのか。

居心地がよいからといって、ずるずるとこの城に居続けるのが、最もしてはならぬことだろう。

「才蔵――」

日が暮れて小屋の中がひどく暗くなってきた頃、血相を変えて源左衛門が小屋にやってきた。

「気になる話を聞き込んだぞ」

所在なく莚の上に寝転んでいた才蔵は、源左衛門の前に勢いよく座り込んだ。

「どんな話でござろう」

大きな期待を抱いて、才蔵は身を乗り出した。市造たちなど、他の足軽も源左衛門を一斉に見つめている。

目に強い光をたたえ、源左衛門が話し出す。

「おぬしがこの城にやってくる直前のことだ。石樽善兵衛《ぜんべえ》という者が城内にいたそうだ」

「その者は今どこにいる」

目を大きく見ひらき、才蔵は勇んできいた。

顔を伏せ気味にし、源左衛門がわずかに目を落とす。

「それがわからぬ。麓の居館でお屋形さまと会った直後、姿を消したらしいのだ」

「石樽善兵衛というのは、いったい何者なのか。お屋形と会ったということは、かなりの身分の者ということだろうか」

「それもわからぬ。石樽善兵衛が、なにゆえお屋形さまに会ったのかも知れぬ」

「殿はその話をどこで仕入れた」

「お屋形さまに仕える同朋衆《どうぼうしゅう》の一人に久方ぶりに会ったゆえ、石樽という者についてきいてみたのだ。そうしたら、その者が善兵衛のことを口にした。善兵衛とお会いになった際、お屋形さまは人払いをなされ、二人切りで話し込んでおられたそうだ。同朋衆さえ名を知らぬ男が、お屋形さまにどのような用事があったのか」

才蔵の脳裏にひらめくものがあった。

「もしや、例の物はお屋形がお持ちなのではないのだろうか」

眉根を寄せて、源左衛門がかたく腕組みをする。

「実はわしもそう考えていた」

思案すればするほど、才蔵の中で、今や龍興が真歌音を所持しているのではないかとの思いは強くなってゆく。石榑善兵衛という男が何者か知れないが、不老不死を約束する真歌音が大金になることを知っていたのは疑いようがない。

真歌音を高く買ってくれる者は誰か。手にした善兵衛は熟考したはずだ。そして、日の出の勢いの織田信長より、没落しつつある斎藤龍興のほうが金を出すと踏んだのだろう。

不老不死の身となれば、戦で負けて仮にこの城を明け渡したとしても再起し、いつの日か奪還することも夢ではない。

龍興のもとに真歌音があるとして、果たして取り戻すことができるのか。

才蔵に金はない。ゆえに、買い戻すことはできない。事情を説明すれば、龍興が素直に返してくれるか。とてもそうは思えない。

だからといって、居館に忍び込み、盗み出すわけにもいかない。

いや、最後の手立てとしては、それしかないだろうか。

「殿、例の物をお持ちかどうかお屋形にきいてもらいたいのだが、どうだろうか」

真歌音を取り戻す手立てよりも、まずは龍興のもとにあるか確かめるのが先だろう。

「よかろう。石榑善兵衛から贈られたか、それとも購《あがな》われたか。いずれにしろ、お屋形さまの手元にあるのは、まちがいないと思われる。才蔵、おぬしもお屋形さまにお目にかかりたいであろう」

「そのようなことができるのか」

目をみはって才蔵はたずねた。

「お屋形さまは気さくなお方ゆえな。だが才蔵、すぐ、というわけにはいかぬ。お忙しい御身ゆえ、しばらく待ってもらうことになる」

顔を引き締め、才蔵は頭を下げた。

「殿、それがしのために尽力くださり、心より御礼申し上げる」

ふふ、と源左衛門がいかにも楽しげな笑いを漏らした。

「才蔵、なにをかしこまっておるのだ。おぬしらしくもない。だが、そういわれてわしはうれしいぞ」

翌日の昼、源左衛門が対面の日を才蔵に告げた。

「二日後の午前、巳《み》の刻だ」

二日後か、と才蔵は思った。ついに真歌音と対面できるかもしれぬ。

自然に身の引き締まるような思いがした。

三

八月一日の辰《たつ》の刻（午前八時頃）。

源左衛門から肩衣《かたぎぬ》を借り、才蔵は身につけた。源左衛門は小柄で、才蔵はがっしりとした体軀だから、丈が合わぬのではないかと思ったが、ぴったりとはいわないまでも、さほど窮屈ではない。源左衛門の人柄をあらわしているかのように、着心地はひじょうによい。源左衛門は筋肉がたっぷりとついた体をしている。その分、肩衣はゆったりとつくられているのだろう。

「おう、よく似合うではないか」

身なりをほめてくれた源左衛門とともに麓に下り、才蔵は斎藤龍興の居館に入った。書院造りというのか、こざっぱりとした大きな建物である。稲葉山の懐に抱かれているが、風通しはずいぶんとよい。

これからが正念場だ、と才蔵は肝に銘じた。

「殿、一ついうておくことがある」

警護の侍が詰める建物である遠侍《とおさぶらい》で止められたとき、才蔵は源左衛門にささやいた。

「小太刀には真歌音という名がある」

「ほう、真歌音か。珍しい名よな」

「もともとは、真金吹く吉備の中山、といわれる吉備国にあったそうだ」

「ほう、吉備国にな」

「殿、珍しいのは名ばかりではないぞ」

才蔵は源左衛門に真歌音の秘密を告げることに決めていた。これまで親しんできて、秘密を託すに足る人物であると確信している。

「驚かずに聞いてほしいのだが」

源左衛門の耳に、才蔵は言葉を吹き入れた。

「なんだと。不老不死……」

「殿、声が大きい」

「すまぬ」

喉仏を上下させて、源左衛門が刮目《かつもく》する。

「不老不死と申すのは、才蔵、まことのことなのか」

「他者は知らぬが、俺は信じておる」

ふむう、と軽くうなり声を上げて源左衛門が形のよい眉を寄せた。

「となると、石樽善兵衛は、まちがいなくお屋形さまに真歌音を売ったのであろうな」

「善兵衛は大金を得て、この城を出ていったのにちがいあるまい」

「ふむ、そのような曰くのある小太刀を、お屋形さまから果たして取り戻せるものか。お屋形さまはまちがいなく不老不死ということをご存じの上でお買い上げになったのだろうからな」

顔を動かし、源左衛門が才蔵を深い色をした目で見つめてきた。

「才蔵、おぬしは尾張の者だったのだな」

「間者ではないぞ」

「それはようわかっておる」

うなずいて源左衛門がにこりとする。

「斎藤家にも尾張の者は多く仕えておる。その逆もまた然《しか》りだ。その程度のことで、わしのおぬしを見る目が変わることはない」

ありがたし、と才蔵は思った。

四半時後、才蔵たちは遠侍から内侍《うちさぶらい》に案内された。ここでもだいぶ待たされたが、半時のちに対面所に上がることを許された。才蔵は、身につけている得物をすべて取り上げられた。

茶坊主の先導で、才蔵と源左衛門は廊下を進みはじめた。

「お屋形さまにお目にかかるというのに、ずいぶん落ち着いたものだな」

ゆったりと歩く才蔵を見て、源左衛門が感心したようにいう。

源左衛門を見返して才蔵は微笑した。

「真歌音のことが気になるゆえ、お屋形のことはどうでもよいのだ」

小さな笑い声を源左衛門が上げる。

「ずいぶん正直な物言いだ」

対面所に入り、才蔵と源左衛門は板の間に端座した。

才蔵たちの正面は一段高くつくられており、畳が敷かれているようだ。その上に脇息《きょうそく》が置かれている。

待つほどもなく、静かに人が入ってきた。その後ろに小姓らしい者が二人続く。才蔵と源左衛門は平伏した。

入ってきた者が座ったらしく、脇息にもたれる音が聞こえてきた。

「久しいな、源左衛門」

響きのよい声が降ってきた。なんとなくだが、龍興という男はもっと甲高い声を出すものだと考えていた才蔵には意外だった。

「面《おもて》を上げよ」

源左衛門が顔をわずかに動かす。才蔵はじっとしたままだ。

「源左衛門、なにを遠慮しておるのだ。もそっと上げよ」

素直に源左衛門がしたがう。

「源左衛門、その男を紹介せよ。なんでも相撲でそなたを打ち負かしたそうではないか」

「ご存じでございましたか」

ふふ、と龍興が笑いを漏らした。

「余は耳が早いのだ」

「畏れ入ります。この者は、可児才蔵と申します。先日、それがしが召し抱えた者にございます。お屋形さまにお知らせが遅れ、まことに申し訳ございませぬ」

「そのようなことはよい。源左衛門、相撲に負けて召し抱えたのだな」

「強さに驚き入りましたゆえ」

才蔵に顔を上げるよう、源左衛門が小声でうながした。才蔵は、視野に龍興の足が入るほどまで頭を動かした。

「可児才蔵とやら、もそっと面を上げよ。余にもっと顔が見えるようにせい」

遠慮することなく、才蔵はいわれた通りにした。三間ばかり先に、脇息にもたれかかる男がいた。細い目がこちらを油断なく見ている。目の細さに合わせたかのように顎もほっそりしている。

龍興は二十歳のはずである。自分より六つ上でしかない。六年前、父の義龍の急死により、わずか十四で家督を継いだのだ。

この若さではよほどの器量でない限り、家臣の信は得られないだろう。義龍の代には手も足も出なかった信長の調略の噂が、絶えないのも致し方あるまい。

「可児才蔵、なんとも不敵な面魂《つらだましい》をしておるではないか。相当の剛の者であろうのう。源左衛門はよい者を召し抱えたものよ。果報者である。才蔵、余もそなたの相撲を取る姿を、この目で見てみたいものよ」

大儀そうに龍興が身を乗り出した。鈍い光を宿した目で源左衛門を見やる。

「源左衛門、石榑善兵衛と申す者のことであったな」

「御意。さっそくでございますが、お屋形さま、石榑善兵衛は何者にございましょうや」

「源左衛門、なにゆえそのようなことをきくのだ」

いぶかしげな顔を龍興が向けてきた。源左衛門が才蔵をちらりと見やる。源左衛門の仕草の意味を、龍興は素早く見て取ったようだ。

「よい、直答を許す。可児才蔵、遠慮なく申すがよい」

はっ、と才蔵は顎を引いた。

「石榑善兵衛は、さるところより真歌音という小太刀を盗み出した者でございます。それがしは真歌音を探しておりもうす」

「ほう、真歌音をな」

「お屋形さまは、真歌音をご存じでございますか」

「うむ、知っておる」

やはりそうか、と才蔵の胸は躍った。

「石榑善兵衛という男は、お屋形さまのもとに真歌音を持ち込んだのでございましょうか」

「うむ、そなたのいう通りだ。かの者は右京亮《うきょうのすけ》の紹介状を持っておったのだ」

美濃三人衆の一人である稲葉《いなば》右京亮良通《よしみち》のことであろう。あとの二人、氏家直元《うじいえなおもと》、安藤守就《あんどうもりなり》とともに率いる兵力も大きく、斎藤家にとって柱石というべき者だと聞いている。

「右京亮の紹介状には、真歌音というあの小太刀のことが詳しく記してあった。興味を引かれた余は、石榑とやらにいわれるまま余人をまじえず会《お》うた。むろん、武者隠しには警固の者はおったし、あの者の身に寸鉄を帯びさせもしなかった」

疲れたように龍興が言葉を切る。

「あとで右京亮にただしてみたが、石榑善兵衛という者に心当たりはないとのことであった。余はたばかられたのだな」

それを聞いて、才蔵はごくりと喉を上下させた。

「お屋形さまは、石榑善兵衛より真歌音をお求めになりましたか」

最も知りたかったことを才蔵は口にした。

「真歌音か。真歌音は――」

龍興がいいかけたとき、お屋形さま、と呼ばわる声が横合いから聞こえてきた。

どどど、とただならぬ足音が廊下に響き渡る。お屋形さま、とまた声がかかり、舞良戸《まいらど》が音を立てて横に滑った。

「いったいなにを騒いでおる」

顔をしかめ、龍興が声を荒らげる。馬廻《うままわり》らしい侍が顔をのぞかせた。甲冑《かっちゅう》を身につけていた。

「一大事でございます。織田勢、来襲」

「な、なんだと。見まちがいではないのか」

「まちがいではございませぬ。木曽川を越え、織田勢が領内に乱入をはじめております」

信じられぬといわんばかりに、龍興がゆらりと立ち上がった。顔色は青ざめ、頬が引きつり、唇がかすかに震えている。

危惧がうつつのものとなったのを、才蔵は感じた。城内でぐずぐずと石榑を捜しているうちに、ついに織田信長は美濃攻めの軍勢を発したのである。

織田勢が北伊勢を攻めるという風評は、尾張に入り込んでいる細作《さいさく》たちの目を欺くための策に過ぎなかったのであろう。実際に小勢くらいは動かしてみせたのかもしれない。

「敵はどこまで来ている」

すっくと立った源左衛門が馬廻の者に問いただした。

「はっ。すでに笠松のあたりまで進んでいる様子にございます」

笠松といえば、自分の出身ということにした地である。あそこからなら、もう二里ほどしかない。この城は、あっという間に織田勢に囲まれよう。

「――お屋形さま」

二歩ばかり進んで源左衛門が呼びかける。

「一刻も早くお城に上がられませ」

顎をがくがくさせて龍興がうなずく。

「う、うむ、わかった」

「それがしが案内いたします」

龍興を連れて源左衛門が対面所を出た。二人の小姓が素早く後ろにつく。

才蔵もそのあとに続いた。龍興はほとんど手ぶらである。いま真歌音を持ってはいないようだ。龍興は石榑善兵衛から真歌音を受け取ったのか、それとも受け取っていないのか。

館の廊下はすでに大勢の者でごった返していた。武者だけでなく、女房衆も右往左往している。

「皆の者、城へまいるぞ」

深く息を吸い、源左衛門が大音声《だいおんじょう》を発した。

「お屋形さまがそうおっしゃっておる。急ぎついてまいれとのことだ」

よく通る声に、女たちが安堵《あんど》したように源左衛門を見つめる。

胸を張り、龍興が一歩前に出た。

「皆、織田勢の来襲には慣れているであろう。すぐにまた追い払うゆえ、なにも案ぜずともよい」

その言葉は自らにいい聞かせているように、才蔵は感じた。

龍興は源左衛門らとともに稲葉山城に上がった。むろん、才蔵もついていった。

本丸の居館に籠もると、龍興はそれきり姿を見せなくなった。主立った武将たちの采配に、すべてをゆだねる気でいるようだ。

龍興に真歌音をどうしたのか才蔵はききたかったが、こうなってはどうしようもない。

本丸の見晴らしのよい場所から眼下を眺めていると、織田勢の侵攻は急を極め、早くも城が囲まれつつあるのが知れた。

その上、龍興が最も頼りとしている美濃三人衆がそろって寝返ったのもわかった。織田勢の中に稲葉、氏家、安藤の旗幟がひるがえっているのである。

この一年、信長は実際にはおとなしくしていなかったのだ。そう見せかけていたにすぎない。斎藤家の柱石である三氏を裏切らせるなど、やはりすさまじいまでの調略を仕掛けてきていたのだ。

井ノ口城下に織田勢が侵入したのが、旌旗《せいき》の動きから知れた。すぐさま町屋に火が放たれたようで、炎があちこちから上がりはじめた。たちまちもうもうと煙が幾筋も立ちのぼり、それが風に乗って雲と化し、猛然と稲葉山城を包み込む。

女子供の悲鳴が山上にまで駆け上がってくる。まなじりを決し、才蔵は身じろぎすることなく城下を見下ろしていた。

あまりの煙のすごさに城兵たちは咳《せ》き込み、涙を流した。その中で、才蔵は平然としていた。幼い頃から煙が目にしみたり、むせたりするようなことはなかった。父がそうだったから、血のなせる業としかいいようがない。

「才蔵、平気なのか」

市造が目に涙をにじませ、咳き込みながらきく。

「ああ、なんともない」

「それはまたうらやましいな」

実のところ、才蔵はこの場から駆け下りたい気持ちだ。激しい炎や煙の下で逃げ惑っている城下の者の姿が瞳にはっきりと映り込んでいる。不意打ちも同然の攻撃を受け、ほとんどの者は逃げる暇がなかっただろう。

惣構といっても、井ノ口の町の土塁の高さはたいしたことはなく、敵勢が入り込むのにさしたる労苦はないはずだ。のんびりと笑顔で過ごしていた町の者が、才蔵は哀れでならなかった。今も次々と織田勢の手にかかっているはずだ。

夜になり、城下を焼く火勢は衰えてきた。織田勢は態勢をととのえているのか、動こうとしない。おびただしい篝火《かがりび》が連なって眼下に見えている。あの明かりの下で兵たちは寝《しん》につき、英気を養っているのだ。

放たれた火によって、城下のほとんどの家屋が焼き尽くされたようだ。明滅する熾火《おきび》が数え切れないほど見えている。

あの火の下には、大勢の死者が横たわっているのだ。たまらず才蔵は瞑目《めいもく》した。

この光景は、決して美濃だけの話ではない。戦の犠牲となるのは、いつでも庶民である。

それは尾張でも変わることはない。

腰の刀に手を置き、才蔵は腹に力を込めた。そうしないと、おびただしく涙がこぼれそうな気がしたのだ。

以前、才蔵は織田家の一員として伊勢国に攻め入ったことがある。才蔵の故郷である楽典郷の村人の多くは、信長のような有力武将に仕える侍大将のもとで陣借りしては手柄を立て、手当を稼ぐということをしている。

北伊勢では、才蔵たちは結局、合戦には出なかったものの、焼け落ちた村をいくつも通り過ぎた。

これが自分たちの村でなくてよかったと思う一方、以前、美濃衆に攻められて何度も村を焼かれたことがあるのも知っている。死者も少なくなかったはずだ。

焼き払われた伊勢の村には、赤子の死骸も横たわっていた。まだ息のある赤子を見つけて抱き上げたものの、手のうちで息絶えるのを目の当たりにしたときには、無念さに涙がにじんだ。

殺《や》らなければ殺られる世で、才蔵も敵兵を手にかけたことは何度となくあるが、関係のない庶民が巻き添えになるのはなんとかならぬものか、と常に思っている。

稲葉山城内にも多くの篝火が焚《た》かれ、炎が闇を焦がしている。

城下から上がった煙でいぶされて、城内には焦げ臭さが充満していた。市造はまた、ごほごほと咳き込んでいる。

「まったく鼻をつまみたくなるにおいだな」

よその隊の者か、見知らぬ足軽が話しかけてきた。

その言葉に憤怒の思いが煮えたぎるようにわき上がり、才蔵は足軽をにらみつけた。

足軽がぎくりとした顔を見せたあと、険しい目つきになった。

「なんだ、その顔は」

「去《い》ね」

顎をしゃくり、才蔵は素っ気なくいった。

「若造っ。なんだ、その口のきき方は」

腕を伸ばして足軽が肩をつかむ。才蔵が無造作に振り払った手が、足軽の顔に当たった。

「な、なにをするっ」

頬を押さえて、足軽が怒鳴る。才蔵は憎々しげに見据えた。

「怪我をしたくなければ去ね」

「きさまぁ」

怒りの声とともに足軽が拳を振り上げた。

「馬鹿がっ」

才蔵は怒号を発し、足軽の顔を殴りつけた。がつ、と音がし、足軽が膝から崩れ落ちる。白目を引んむいて伸びていた。

「てめえっ」

「なにをする」

仲間らしい五人の足軽が、槍を手に駆け寄ってきた。すぐさま迎え撃った才蔵は最初の男の頰を殴りつけ、次の者は肘で顎を打った。三人目は足で急所を蹴り上げ、四人目は膝で顔を潰し、最後の者は高々と抱えて地面に叩きつけた。

全員が気絶し、ぴくりとも動かない。

なおも怒りがおさまらず、才蔵は眼前の男の顔を蹴り上げようとした。

「よせ、才蔵」

横から源左衛門が止めに入った。

「陣中での喧嘩《けんか》狼藉《ろうぜき》は法度ぞ」

「殿は俺を牢《ろう》に入れるのか」

ふう、と息をついた源左衛門が、一瞬で叩きのめされた六人の足軽を見やる。

「そのような真似はせぬ。だが才蔵、次からは慎め。おぬしなら、ここまでせずともなんとでもなるはずだ。わかったな」

才蔵は体から力を抜いた。

「承知した」

「うむ、それでよい」

才蔵の肩を叩いて源左衛門がほほえむ。

この笑顔を見るたびに才蔵はほっとした思いに包まれる。この男と知り合えて、本当によかったと感じる瞬間だ。

このままずっと一緒にいてもよいな。

源左衛門の笑顔を目の当たりにして、才蔵はそんなことを思った。

六人の足軽が次々に目を覚ました。首を振り、はっとして才蔵を見やる。気弱に目を伏せた六人は無言で立ち上がり、篝火の向こう側へこそこそと連れ立って去っていった。

六人が消えたのを見届けて、源左衛門が龍興の居館のほうへ赴こうとする。

「殿、待ってくれ」

才蔵の呼びかけに源左衛門が立ち止まる。

「どうやら織田勢が動いておるぞ」

「なんだと」

首を伸ばして源左衛門が眼下を見やる。

「なにも見えぬぞ」

「俺にはわかる」

城の真下に戦気ともいうべき気配が充満し、ゆっくりと動いているのだ。それが徐々に大きくなっている。

「まちがいなく織田勢は近づいてきておるぞ」

織田勢が寝についていると感じた先ほどとは、気配が一変している。

「才蔵、まことなのか」

信じられないという顔で、源左衛門は眼下をのぞき込んでいる。

「織田勢は必ず来る」

深くうなずき、才蔵は断言した。

「三の丸や搦手《からめて》の兵を、もっと厚くしたほうがよい。織田勢は闇に紛れて近づき、明るくなると同時に総勢で攻め寄せるつもりでおる」

そうなのか、という顔で源左衛門が首をひねる。

「殿、俺を信じろ」

「そこまで才蔵がいうのなら、お屋形さまに用心するよう申し上げてまいる。三の丸や搦手の守りも堅くするように言上しよう」

才蔵の肩を叩き、源左衛門が足早に去った。

入れ替わるように市造がのそのそと近寄ってきた。陣笠はかぶらずに手に持っている。

「才蔵、敵が近づいているというのは本当か」

ひそとした声で市造がきいてきた。

「嘘をついても仕方あるまい」

真下をのぞき込んだが、市造が思い直したようにすぐ顔を上げた。ほれぼれしたというような目で才蔵を見る。

「才蔵、おぬしは本当に強いな」

ふん、と才蔵は鼻を鳴らした。

「さっきの連中のことか。やつらが弱すぎるんだ」

「才蔵、おぬしより強い者はいるのか」

「いくらでもいるさ」

「もし才蔵のいう通りなら、本当に世の中は広いなあ」

小さく首を振って市造が嘆息する。

「才蔵。夜明け前から激しい戦いになるのだな」

「市造。死ぬなよ」

市造の瞳をじっと見て、才蔵は強い口調で告げた。

「才蔵、おぬしのそばにいてよいか」

まぶしいものを見るような目で、市造が才蔵を凝視する。

「いてもよいが、なにゆえだ。おまえのあるじは殿ではないか」

「才蔵は生きる力が強いというのか、矢も鉄砲玉も避けていきそうだからな。おぬしのそばにいれば、俺も生き延びられるのではないかと思うのだ」

「死ぬときは、逃げようとしても死ぬ。死なぬときは、戦場を肩で風を切って歩いていても矢玉は当たらぬ。ただ一ついえることは、市造、臆した者に軍神が笑いかけることはないということだ」

「臆したら、確実に死が待っているのだな」

「そうだ。臆した者を軍神は嫌う。軍神に見放されたそのときが最期ということだ」

顔を上げ、才蔵は城内の気配を嗅いだ。今のうちとばかりに、大勢の城兵が逃げ出しているのが感じ取れる。

「市造、今なら逃げることができるぞ。戦がはじまっておらぬ今なら、軍神も笑って見逃してくれよう」

「俺はそんな真似はせん」

かぶりを振り、市造が力んだ顔で答えた。

「俺は殿にどこまでもついていく気でいるからな」

「あの世へもか」

「当然だ」

「おぬし、殿に惚《ほ》れておるな」

「それは才蔵も同じではないか」

「確かにそうだ。――市造」

静かな声音《こわね》で才蔵は呼びかけた。

「おぬしが俺のことをどう見ているか知らぬが、俺はただの人に過ぎぬ。当たるときは矢玉も当たる。だが、おまえが俺のそばを離れずにいたいというのなら、そうすればよい」

「ありがたし」

ほっと息をつき、市造が安堵の表情を見せる。その顔がずいぶんと子供っぽく見えた。

「市造、おまえ、いくつだ」

「十七だ」

「なんだ、俺より三つも上なのか。そうは見えんな」

「おぬしが老けているんだ」

「貫禄があると言え」

才蔵を見て市造はにこにこしている。

「市造、おまえ、武家の生まれといったな」

「そうだ。足軽でしかないが」

「これまでに戦に出たことはあるのか」

「何度かある」

「手柄を立てたことは」

「ない」

「はっきりいうな」

「嘘をついてもしようがない」

「それはそうだな。嘘をつくと、尻のあたりがむずがゆくなるからな」

「そんなふうになるなど、才蔵、なにかおかしな病でも持っているのではないのか」

「はて、そうなのかな。尻の病など、よくは知らぬ」

才蔵が首をひねると、市造がくすりと笑いを漏らした。

「市造、おまえ、女みたいな笑い方をするな。早奈美がそんな笑い方をするぞ」

「さなみって誰だ」

「俺の村の女だ」

「そのさなみどのは、美しいのか」

問われて、才蔵は市造をまじまじと見た。

「なにゆえそのようなことをきく」

市造が頰にゆったりとした笑みをたたえている。

「そのさなみ、という女性《にょしょう》のことを口にしたときの才蔵がずいぶんとうれしそうだからだ。目が輝いていたぞ」

そうか、といって、才蔵は自分の頬をつるりとなでた。

「俺はうれしそうだったか。確かに早奈美は美しい。ときおり、この世の者ではないのでは、と思うことすらある」

「へえ、会ってみたいなあ」

「いずれ会わせてもよい」

「ま、まことか」

言葉をつっかえさせながら、市造が満面に笑みをたたえる。

この城が落ちても生き延びることさえできれば、いずれ源左衛門は新しい主人として織田信長《のぶなが》を選ぶだろう。美濃が織田家のものとなれば、関は一切取り払われ、尾張との行き来は自由になる。美濃生まれの市造が才蔵の故郷である楽典郷に足を運ぶのに、なんら支障はないはずだ。

ところで、といって才蔵は市造を見つめた。

「おまえ、女を知っているのか」

「な、なんだ、急に」

市造がどぎまぎし、闇の中でも赤くなったのが知れた。ふむ、と才蔵はいい、ひげの伸びてきた顎をなでさすった。

「その様子では、答えは知れておるな。十七にもなって幼いの」

「才蔵、おまえはどうなんだ」

「おぬしと同じだ」

才蔵はさらりと答えた。

「初めての相手は早奈美と決めておるゆえ」

「さなみどのは、もう男を知っているのか」

ごつ、という音が響き、市造が手で頭を押さえる。顔を上げ、涙のにじむ目を才蔵に向けてきた。

「な、なにも殴らなくても」

「つまらぬことをいうからだ。市造、頭が割れなかっただけ、よかったと思え」

あっ、と声を放って、市造が自分の手に目を落とす。

「血が出たぞ」

「血くらい出よう。珍しくもあるまい」

人さし指をなめ、才蔵は唾を市造の頭になすりつけた。

「これで文句はなかろう」

いやがるのではないかと思ったが、市造は逆に相好《そうごう》を崩している。

「唾をつけられて笑っているなど、市造、変わっておるな」

「なに、才蔵の魂が少しでも入ったように思えてな。これで、ちょっとは強くなったのではないかな」

破顔した市造が胸をぐいっと張った。

四

胸中に氷が入っているのではないかと思うほど、気持ちは冷静だ。

心は研ぎ澄まされ、足元の虫が吐息を漏らしても気づくのではあるまいか。

あと四半時ほどで空は白みはじめるだろうが、すでに夜が明けたかのように、才蔵の瞳にはあたりの風景が、くっきりと映り込んでいる。

目がらんらんと輝いているのが、自分でもはっきりとわかる。

稲葉山城にいる間に織田勢が攻めてくるという最悪の状況となったが、才蔵はなんとかなるだろう、と楽観している。なるようにしかならないのなら、悪いことは考えないほうがよい。

才蔵はいま本丸にいる。静かに背後を振り返った。闇の中、数十人の旗本たちががっちりと守っている居館がうっすら見えている。

あの建物の中にいる龍興のことが気にかかってならない。織田勢の来襲を聞いてあの館に入ったときは、龍興は真歌音を持っているようには見えなかった。

いざとなれば、と才蔵は思った。あの館に乗り込み、真歌音がどうなったのか龍興に問いただせばよい。持っているのなら、もらう。くれぬのなら、奪う。そう心に決めている。

不意に、背筋に雷電のようなものが走った。旌旗が風もないのに小さくはためく。大気が針を含んだようにぴりぴりしはじめている。いよいよ織田勢は攻めかかってくる。

眼下をにらみつけ、才蔵は刀に手を置いた。

「く、来るのか」

横の市造がささやく。槍をぎゅっと握り締めている。

「そんなにかたくなるな。まだ少しあるようだな」

そうか、と市造が顎をがくがくさせる。緊張で目がつり上がり、唇が乾ききっている。

手を動かし、才蔵は市造の頬を軽く張った。びしっと鳴り、市造がよろけた。

「な、なにをする」

「緊張をほぐしてやろうと思ってな」

「それなら、少しは手加減してくれ」

「したさ。おまえが弱いんだ」

それでも市造がしゃんとし、目に落ち着きの色が宿ったのを見て才蔵は安心した。

「才蔵、これを持て」

そういって近寄ってきたのは、源左衛門である。長さ二間ばかりの槍を手にしていた。

「殿、くれるのか」

槍を目の当たりにして才蔵は、わくわくしたものを胸のうちに覚えた。うむ、と源左衛門が余裕を感じさせる笑みを見せる。

「約束だからな。まだ手並みは見せてもらっておらぬが、おぬしが得手だというのなら、確かめる必要はなかろう」

手に取った才蔵は腰を落とし、槍をしごいてみた。源左衛門の持ち物だけのことはあって、ひじょうに扱いやすい。才蔵には少し柄がやわらかい気もするが、名のある槍師がつくったものなのか、軽く突いてみただけで、穂先が素直な伸びを見せる。

上からさっと振り下ろしてみた。大気を鋭く裂く音が心地よい。

これなら群がる者どもを叩きのめすのも、よりたやすくなろう。やはり槍はよいな、と才蔵は心が弾んだ。

気づくと、源左衛門と市造が呆然と見ていた。源左衛門の配下たちも、口をぽかんと開けている。

喉をごくりとさせて源左衛門が声を出す。

「すさまじい槍さばきだな」

かぶりを振って才蔵はにやりとした。

「殿、本気を出せばこんなものではないぞ」

それを聞き、全員が顔を見合わせる。

「今のは本気ではなかったのか」

おののいたように市造が口にする。

「当たり前だ。本気を出すのは戦のときよ」

ふと才蔵は、近くの篝火が勢いをなくしていることに気づいた。炎が弱まったわけではなく、夜のとばりがようやく上がろうとしているのである。

東の空に目をやると、うっすらとした明るみが筋になって雲のあいだに浮きはじめていた。今こそがまさしく卯《う》の刻（午前五時頃）である。戦機は熟し、ついに弾けようとしていた。

それを感じ取ったか、源左衛門が配下を土塁に張りつかせた。龍興について城に入ってきた者たちも、槍や抜き身を手に気迫をみなぎらせている。天を向いた槍の群れが日光を弾いているわけでもないのに、ぎらぎらとした光を放って、才蔵の目を撃つ。

本丸にいるのはせいぜい三百ほどの武者や兵である。この小勢で織田勢を迎え撃とうというのだ。この城を枕に華々しく討ち死するとの気概を持つ者ばかりであろう。旗本たちは館の前をじっと動かずにいる。

直下から、地鳴りのような鬨《とき》の声が湧き起こった。崖を崩しかねないその激烈さに、市造が後ずさりしかけた。

大気を激しく震わせて、おびただしい鉄砲が火を噴きはじめた。ぎゅっと押し固められた風の塊が、間断なく耳の穴に突っ込まれる。

城に向かって撃ち込まれる鉄砲玉が土壁にめり込み、板壁に大穴をあけ、土塁の土をはね上げる。その音が、聾《ろう》した耳を押し破るように飛び込んでくる。悲鳴が次々にこだまし、それに力を得たように喊声《かんせい》がどっと上がった。

眼下から立ちのぼってきた火薬のにおいが才蔵の鼻につく。このにおいを嗅ぐと、内なる心に火がつき、闘志が全身にみなぎる。

地面に置いていた陣笠を、才蔵はかぶった。緒を締めると、神経がさらに張り詰めた。

織田勢にはなんのうらみもないが、ここは全力で戦うしかない。こんなところでは死ねない。真歌音を手に村へ帰るのだ。

この国に鉄砲という新しい得物が入ってまださしたる年月はたっていないが、どんな田舎大名でも手に入れようと血眼になっているらしい。なにしろ、多数の鉄砲をそろえて攻めれば、落ちない城はほとんどないのだ。

十日近くも城内をくまなく見てわかったのだが、斎藤家もすでに相当数の鉄砲を備えていた。だが、織田勢はそれとは比べものにならない数を所持しているはずだ。

魅入られたようにこの新しい得物を信長が買いまくっているとの噂は、才蔵がまだ十にならない頃からしきりと聞こえてきていた。七年前、駿河《するが》、遠江《とおとうみ》、三河三国の太守だった今川義元を尾張桶狭間《おけはざま》で討ち取った際も、多数の鉄砲を自在に用い、寡勢による戦いをものの見事に勝利に導いたという。

ときおり、才蔵たちの頭上を鉄砲玉がうなりを上げて通り過ぎてゆく。市造はそのたびに小さく声を発して首を縮めるが、源左衛門は平然としている。配下たちもその姿に力を得ているようだ。

大したものだな、と才蔵も感心せざるを得ない。

万をくだらない織田勢は、大手口や搦手口に攻めかかっている。そのうち、鉄砲を手にしている者はいかほどなのか。おびただしい矢も、羽ばたきのような音とともに降り注ぐ。

対する斎藤勢は二千もいないだろう。急な知らせを聞いて、美濃衆がどの程度、城に入ったものか。今この城には、全部で千五百もいれば御の字か。

いや、織田勢に囲まれてから逃げ出した者がだいぶいる。実際には、とうに千を切っているのではなかろうか。

その上、兵力の差だけでなく、やはり鉄砲の数があまりにちがいすぎる。城内からもしきりに放ってはいるものの、一発放っただけで、逆に十倍以上の玉を撃ち返されて、沈黙を余儀なくされている。鉄砲の援護を受けて織田勢は空堀を軽々と横切り、土塁に取りつき、塀を乗り越えてくる。息をのむほどの剽悍さだが、その背景には大将の峻烈《しゅんれつ》さがあるのだろう。

信長は、きっと臆病者が大嫌いなのだ。愛宕神の生まれ変わりのような男にちがいあるまい。

三の丸の矢倉が轟音《ごうおん》とともに焼け落ち、並んで建つ兵舎が激しい炎を噴き上げている。どす黒い煙が立ちのぼり、視野がききにくくなった。

煙が風に流されて薄まり、三の丸の様子がときおり望めることがあるが、そこで戦っている兵の姿は見えない。殺されたか、逃げたか、降伏したかのいずれかだろう。三の丸は織田勢に占拠されたようだ。

織田勢は梯子《はしご》を用い、間を置かずに二の丸に攻めかかってきた。城兵たちは、登ってくる敵を刀や槍で殺し、さらには梯子を押し倒そうとしている。

だが、土塁や塀から身を乗り出したところを鉄砲に狙い撃たれ、断末魔の悲鳴を上げて空堀に転げ落ちてゆく者があとを絶たない。

どれほどの犠牲を出しても織田勢の勢いは衰えず、二の丸にはもう三百以上の武者や兵が乗り込んできていた。逃げ惑う城兵を取り囲んでは、容赦なく殺してゆく。そのたびに悲鳴と激しい血しぶきが上がる。返り血をたっぷりと浴びた織田勢は悪鬼と化し、さらに新たな獲物を捜し求める。

この分では、と才蔵は思った。落城まで数時も保たぬ。せいぜい、あと一時も持ちこたえられれば御の字ではないか。

二の丸においても、抵抗する城兵は一人もいなくなった。すぐさま本丸に向かって激しく鉄砲が撃ちかけられる。玉は才蔵のそばをしきりに過ぎてゆく。顔のぎりぎりをかすめると、はっきりと熱を感じた。

土塁に身を預けるようにかがみ込んだ市造は、息を詰めて歯を食いしばっている。さすがの源左衛門も、今は土塁の陰に身を隠すしかなかった。他の者たちも同様で、あまりの銃撃の激しさに顔を上げることすらできない。

ただ一人才蔵のみ平気な顔で立ち、織田勢を見下ろしている。二の丸ではおびただしい鉄砲足軽が、鉄砲を構えていた。その銃口からは光が絶え間なくきらめき、腹を持ち上げるような轟音が鳴り続けている。

すっかり明るくなった空を、矢が次々に横切っている。それらが土塁に突き立ち、背後にも音を立てて刺さる。

息の詰まったような、くぐもった声が才蔵の耳を打った。どこだ、と振り返ると、館を守る旗本に数人の死傷者が出たのが知れた。矢でやられたようだ。

「才蔵、死ぬぞ」

唇をわななかせた市造が血走った目で見つめている。

市造を見返して、才蔵はにやりと笑った。

「織田の矢玉に当たるほど、やわにできておらぬ。市造、やつらが来るぞ。支度せい」

「才蔵、それはわしの言葉だ」

いうなり、源左衛門がすっくと立ち、配下に槍を構えるように命じた。

織田勢は、ついに本丸へ乗り込もうとしていた。土塁に梯子をかけ、蟻のようによじ登ってくる。

織田勢の別の一隊は、二の丸から通ずる狭い通路を一列になって突っ込んでくる。

城内から放たれた鉄砲で、大勢の者が熟柿《じゆくし》のように梯子からばたばたと落ち、空堀に折り重なってゆく。通路でも、血しぶきを上げて倒れる者が続出している。

織田勢は味方の犠牲をものともせず、次から次へと梯子に取りつき、通路を一気に突き進んでくる。

土塁を登り、塀を乗り越えようとする。本丸の虎口《こぐち》をあっという間に突破し、門を押し破らんともしている。槍で突かれ、刀を振り下ろされ、鉄砲で撃たれても、織田勢の勢いは減じることがない。援護の鉄砲も激しさを増している。

——この城を落とす。

明らかに織田勢はその一念だけで戦っていた。この勇敢さの源が、信長を恐れるがゆえでないことに才蔵は気づいた。おそらく、誰もが信長に認めてもらいたがっているのではないか。一番乗りを果たし、よくやった、とじかに声をかけてもらいたいのではないか。織田勢のこの戦いぶりは、そうとでも思わなければ納得がいかなかった。

才蔵の前の土塁の上に、小柄な織田兵が立った。返り血なのか、具足が真っ赤に染まっている。手にしている槍の穂先もぬらぬらと濡《ぬ》れていた。土塁の上から才蔵に向かって槍を伸ばそうとする。その前に、才蔵はぶんと槍を横に振った。

ほとんど手応《てごた》えはなかったが、具足の腹を打たれた織田兵はあっさりと視野から消え、崖下に転がり落ちていった。

次に土塁上にあらわれたのは、巨軀の織田兵である。いかにも膂力《りよりよく》がありそうで、組み打ちになれば、相当の強さを発揮しそうだ。

才蔵は槍の柄で、織田兵の足を払った。両膝が折れ、織田兵は土塁にうずくまった。槍を持ち替えた才蔵は上から突き入れた。背中を突かれた織田兵は悲鳴を上げ、土塁から真っ逆さまに下へ落ちていった。糸を引くように流れた悲鳴が、数瞬ののちに聞こえなくなった。

才蔵のすぐ横で市造は、小太りの武者を相手にしていた。武者はすでに土塁を越えていた。必死に槍を振るっているものの、市造の突きには威力がなく、武者の真っ黒な鎧を貫くことができない。

逆に、突きをかわされて、市造は猛烈な刀の振り下ろしを浴びそうになった。槍を伸ばして武者の刀をはね上げた才蔵は、素早く槍を旋回させて武者の腹を突いた。

鎧を突き破った穂先が、肉に達する感触が腕に伝わる。面頬《めんぽお》をつけた武者の顔が兜《かぶと》の中でゆがむ。振り上げた刀を才蔵に振り下ろそうとしたが、もはやその力はなかった。

才蔵が槍を引き抜くと、小太りの武者はうめき声とともに地面にくずおれた。兜首だが、才蔵に首を獲る気はない。すべて討ち捨てにするつもりでいる。落城することが決まった城で、首を獲っても仕方ない。手柄になるはずもなく、ただ荷物でしかない。

土塁を乗り越えようとした敏捷《びんしょう》そうな織田兵を、才蔵は槍を振るって崖の下に叩き落とし、横から突っ込んできた足軽に槍を振り下ろして陣笠ごと頭を叩き潰した。

槍を手に、才蔵はまわりを見渡した。すでに多くの織田勢が本丸に入り込んでいる。

槍を交え、刀を合わせ、取っ組み合い、転げ回り、ねじ伏せ、首を掻《か》ききるという光景が、狭い本丸内の至るところで見られる。切り取った首を腰に下げようとして、背後から突き殺される。首を獲ろうとかがみ込んだ者にまた別の者が躍りかかり、鎧通しで息の根を止める。その者がまた別の者に斬り殺される。

いつしか、源左衛門の姿が見えなくなっていることに才蔵は気づいた。乱戦に巻き込まれて、別の場所へと移っていったようだ。

大丈夫だろうか、と才蔵は源左衛門のことを案じた。相撲の強さからして、もともと源左衛門が相当の腕であるのはまちがいない。心配はいらぬと信じた。

ふとあたりに目をやると、源左衛門の配下の死骸が何体か転がっていた。首はないが、それが誰かはわかる。一緒に十日ばかりを過ごしたのだから。才蔵は顔をしかめた。哀れな、という思いしかない。

こんなところで死にたくはなかっただろうに。源左衛門も配下の死骸を放っておきたくはなかったはずだが、どうすることもできなかったのだろう。

源左衛門の配下で本丸の土塁にしがみつくようにしているのは、いつしか才蔵と市造だけになっていた。

「市造、来い」

呼びかけると、市造がはっとして才蔵を見やる。

「どこへ行くのだ」

「いいから来い。死にたくなかろう」

土を蹴って才蔵が走り出すと、あわてたように市造がついてきた。

目指すのは本丸にある館である。突っ込んできた織田兵をなぎ倒し、横から襲いかかってきた武者を弾き飛ばして才蔵はまっすぐに突き進んだ。

後ろから市造の悲鳴が聞こえ、見やると、市造が織田の武者に押し倒され、生きたまま首を掻き切られそうになっていた。

「市造っ」

叫ぶや才蔵は体を返し、市造に乗りかかっている武者の背中を槍の柄で、思い切り殴りつけた。ばしっ、と音がし、武者の体が反り返る。顎が上がったところを、槍を返した才蔵は容赦なく突いた。

武者の喉笛をとらえた穂先は首筋に抜けた。槍を引き抜くと、魂が抜け出た体が鎧を鳴らして転がった。

「行くぞっ」

市造に声をかけ、才蔵は再び走り出した。

館の入口にかたまっていたはずの旗本たちは、すでにそこにいない。才蔵が戦いに集中していた、わずかな合間に姿を消したのだ。

——まさかそろって討ち死したということはあるまいな。あるいは自害したか。

その思いを振り払った才蔵は入口を蹴破って館内《やかたうち》に乗り込んだ。

腰を落として、槍を構える。

まとまった数の織田勢は入り込んでいないようで、人けがほとんど感じられない。ひっそりとしており、とても戦の真っ最中とは思えない静寂が漂っている。才蔵は市造とともに館内をくまなく回った。

旗本はおろか、龍興のそばにいるはずの女房衆もいない。自害したような死骸は一つも横たわっておらず、むせかえるような血のにおいもしない。

龍興たちは、いったいどこに消えたのか。狭い館には四つの部屋がある程度で、身を隠す場所などないに等しい。織田勢に蹂躙《じゅうりん》される前に、一足早くこの館を逃げ出したとしか考えようがない。

どこに逃げたのか。裏手か。そうだろう。搦手側に抜け道の類があるのかもしれない。

「市造、行くぞ」

腕を振り、才蔵は市造をうながした。

才蔵たちが搦手に向かおうとしたところに、三人の織田兵が足音荒く廊下を突き進んできた。三人とも槍を手にし、獲物を求めて目をぎらぎらさせている。

すぐさま市造に自分の槍を渡した才蔵は腰の刀を引き抜くや、突進してきた一人目の足軽の陣笠に叩きつけた。陣笠が真っ二つに割れ、頭蓋から血が噴き出してくる。白目をむき出しにした足軽が床板の上に昏倒《こんとう》する。

すぐさま刀を引き戻した才蔵は姿勢を低くし、今度は斜めに振り下ろした。刀は二人目の足軽の左腕を斬った。才蔵の強烈な斬撃は腕を斬り落として脇腹まで届き、うう、とうめき声を残して足軽がくずおれていく。

三人目の足軽は才蔵の強さに恐れをなし、きびすを返して目の前からいなくなった。

「才蔵、刀もすごいではないか」

槍を返してきた市造が感嘆の声を放つ。

「このくらい、誰でもできる」

刀を鞘《さや》にしまい、才蔵は槍を手にした。

「誰でもということはないと思うが」

「市造、無駄話をしている暇はないぞ」

だん、と床板を蹴った才蔵は搦手に向かって走り出した。

龍興めっ、と駆けながら思った。あの男は家臣が命を懸けて戦っている最中、裏手からこっそり姿をくらましたのだ。

そんな根性だから、家臣たちの信を得ることがついにできなかったのだろう。調略を受けて裏切りを招来し、結果、落城という憂き目を見ることになったのである。

龍興は真歌音も一緒に持っていったのか。そうとしか考えられない。

館を抜けた才蔵と市造は搦手に出た。だが、そこには誰もいない。二十坪ばかりのならされた地面が広がっているだけだ。

この場所のどこに抜け道があるのか。

くそう。才蔵は地団駄を踏んだ。もっと早く館に乗り込んでおくべきだった。そうすれば、龍興を逃がすようなことはなかった。

だが、後悔している暇はない。織田勢はすぐにここへもやってこよう。

いや、すでに何人かがやってきていた。

どうりゃあ。気合とともに、刀を手にした真っ黒な形《なり》の武者が背後から斬りかかってきた。

槍をしごいた才蔵は、武者の鎧を貫こうとした。だがその一撃はよけられ、才蔵の槍の柄を武者が小脇に抱えた。引き抜こうとしても引き抜けない。意外な剛力だ。

——味な真似を。だがこのくらい歯応えがあったほうが楽しいわ。

心中でそんなことを考えた才蔵は槍から手を放して前に跳び、武者の顎に蹴りを食らわせた。それは予期していなかった攻撃のようで、蹴りをまともに受けた武者はよろけ、才蔵の槍を取り落とした。それでもすぐさま体勢を立て直し、刀を横に振ろうとした。

その前に腰の刀を引き抜いた才蔵は、前に突き出した。刀はあやまたず武者の喉元に突き刺さった。刀を引き抜くや、血を噴いて倒れる武者に目もくれず市造に向かって怒鳴った。

「市造、探せ」

才蔵は刀を鞘におさめ、槍を拾い上げた。

そのとき横合いから才蔵に襲いかかってきた者があった。三人の武者である。すでに何人もの武者や兵を手にかけただろうに、まだ物足りないらしく、血に飢えた顔つきをしている。

ためらうことなく細身の武者との間合を詰めて、才蔵は槍を突き出した。

あまりに速い槍の動きに、細身の武者は対応しきれなかった。才蔵の槍の穂先は喉を食い破った。

武者の喉に突き立った槍はそのままにして、才蔵は鞘から抜き放った刀を、二人目の武者の大立物《おおたてもの》がやけに目立つ兜にぶち当てた。

がん、と大きな音が立ち、武者の首が揺れた。すかさず才蔵は喉頸《のどくび》に刀尖《とうせん》を突き入れた。面頬の中の目がかっと見ひらかれたのも一瞬で、武者は膝からくずおれていった。

おのれっ、と三人目の武者が怒号を発し、槍を鋭く突いてきた。才蔵は腕で敵の槍の穂先を払いのけ、深く踏み出すと同時に刀を上から振り下ろした。

兜を思い切り叩くという狙いの一撃は武者の槍に弾かれたものの、才蔵は刀を捨てると、すぐうしろにいた市造の槍をつかみ、えい、と気合とともに勢いよく繰り出した。やわい槍だったが、才蔵の力と技がまさり、脇腹のところにある鎧のわずかな隙間を貫いた。

うぐ、と苦しげな声を発した武者の体を蹴って才蔵は槍を抜いた。武者がよろけ、兜がわずかに傾いた。首筋がはっきり見えた。才蔵はそこを狙って槍を繰り出した。

首筋に入った槍を引き抜くと、血がざざっと音を立てて噴き出した。才蔵はすばやくよけたが、後ろにいた市造に雨のように降りかかった。市造の陣笠が真っ赤に染まる。

「ほら、返すぞ」

陣笠から血をしたたらせた市造が、槍を受け取る。才蔵は刀を拾い上げ、鞘におさめた。死骸の喉に刺さったままの槍を手にする。

「探せというのは、才蔵、なんのことだ」

なおも市造の陣笠から血が流れ落ちている。

「抜け道よ」

あたりに目を走らせつつ、才蔵はいった。

「このあたりのどこかに、城主や奥方らがひそかに落ちるための間道が通じているはずだ。龍興もその道を行ったに決まっているのだ」

「そういうことか」

得心したらしい市造が目を凝らす。

織田勢の気配に耳を傾けつつ、才蔵も探した。抜け道の入口はそれとわからぬよう巧妙に隠されているのではないか。

ある一点で才蔵は目をとめた。

――ここだな。

直感し、屏風《びょうぶ》のような形をした岩に歩み寄った。岩の真ん中に、こんもりと藪《やぶ》が茂っている。ためらうことなく藪をかき分けた。

屏風のような岩は一枚ではなく、二つに割れていた。その隙間を厚い藪が埋めており、糸くずらしいものや、長い髪が引っかかっていた。

「市造、来い」

あわてて市造が才蔵のそばにやってきた。

市造をしたがえて才蔵が藪を抜けると、目の前に、二尺ほどの幅のか細い道が稲葉山の下に向かって延びていた。

「こんなところに道をつくっておったか」

少し遅れて藪を出てきた市造が間道を目の当たりにし、呆然とする。

「ぼやぼやするな。市造、行くぞ」

背後に織田勢が満ちつつあるのが、物音と気配で知れた。才蔵は抜け道に足を踏み入れ、駆け下りはじめた。

とんがった石が無数に転がり、岩の切っ先が横から突き出し、木々が頭上を深く覆う薄暗い道を、才蔵は転がるように駆けた。市造のことを気にかけている暇はなかったが、しっかりとした足音が背後から聞こえてきている。十七にしてはひ弱だが、市造は正面から立ち向かい、逃げるような真似は決してしない。根性はあるのだ。鍛え上げれば、いずれいい働きを見せる日もくるにちがいない。

間道は意外に長く、うねうねと丑寅《うしとら》（北東）の方角に続いている。尾根と谷のあいだを道は走っている。この道は危急のときに備え、人によってつくられたものだ。

いまだに城内のどこかで戦いは続いているようで、喊声が聞こえてくるが、道には織田勢の姿ばかりか気配すらない。もし織田勢がこの道に気づいていたら、落城はずっと早かったにちがいない。

ようやく麓に着いた。平坦《へいたん》になった道は竹藪に続いている。まわりは鬱蒼《うっそう》とした木々で、視界はほとんど利かない。

少し行くと、川の瀬音が耳に届き出した。

「長良川だな」

市造がつぶやく。となると、と才蔵は思った。龍興たちは舟を使ったのか。

焦りそうになる気持ちを抑え込み、才蔵は竹藪に入り込んだ。汗ばんだ体をめがけて、藪蚊がまとわりついてくる。

苛立《いらだ》つ才蔵にとって、蚊の羽音は癇《かん》に障《さわ》った。襲来する蚊をいちいち払いのけながら、才蔵と市造は前に進んだ。

唐突に竹藪が切れた。視野が広がり、涼しい風が吹き込んできた。稲葉山の裾を洗うように長良川が流れている。幅は一町近くあり、たっぷりとした流れに逆らうように小魚がのどかに泳いでいる。のしかかってくるような大岩の陰に、小さな桟橋が設けられていた。舟は当然のことながら、一艘《そう》も舫《もや》われていない。

浅瀬に足をつけた才蔵はじゃぶじゃぶと流れを分け、下流を眺めた。目に映るのは、ゆったりと流れる長良川の姿である。

――くそう、逃がしてしまった。

才蔵は流れに座り込んだ。尻が冷たいはずだが、なにも感じない。苦い思いが胸のうちを這《は》い上がってきた。早奈美に合わせる顔がない。

だが今は村に帰るほかに、道はなかった。

五

秋を感じさせる風が吹き渡り、豊かに実った稲穂が静かに揺れる。

稲の香ばしいにおいがしている。

やはり尾張はよいのう、と才蔵は思った。歩みを止めることなく振り返る。

「市造、どうしてついてくるのだ」

穏やかな日を顔に浴びている市造は肩をすくめ、笑みを浮かべるだけだ。

「おまえ、美濃の不破《ふわ》郡の出といっていたな。二親が案じているのではないか」

「二人とも、もうこの世におらぬ」

久しぶりに口をひらいた市造の言葉に、才蔵は虚を衝《つ》かれた。このことはまったく頭になかった。

だが、両親がいない若者など、今の世では珍しくもあるまい。自分もそうだ。

「どうして亡くなった」

できるだけ軽い口調でききき、才蔵は前を向いた。深刻な話にはしたくない。

「母親は病、父親は戦だ。だから、今さら村に帰っても仕方ない。家には口うるさい叔父や叔母がいるだけだ。あんなちっぽけな家に居座り、我が物顔でふんぞり返っている」

両親が死に、家を乗っ取られた恰好なのだろう。そんな状態ならば、村に帰ったところで、おもしろくないのはよくわかる。

「殿はどうするのだ」

再び振り向いて才蔵は市造に問うた。

「足軽として、これまでずっと殿の屋敷で暮らしていたのだろう。殿のもとに帰ったほうがよくないか。きっとおまえのことを心配しているぞ」

「殿はよいお方だ。とても世話になった」

源左衛門のことが話題となり、市造の声が弾みを帯びた。

「だが、こうして俺は生きている。生きている以上、お屋敷に帰るのはいつでもできよう。今はとにかく才蔵と一緒にいたいのだ。才蔵、一緒にいては悪いか」

才蔵は市造に笑いかけた。

「市造、俺に惚れたのではあるまいな」

「惚れたに決まっておろう」

市造が間髪容れず答える。

「市造、俺に衆道の気はないぞ」

衆道のちぎりを結んだ者同士は、命を賭して互いに助け合うという約束をかわしたことになる。もしそれを破れば、命を取られても文句はいえない。それだけの重みがあるがゆえに、衆道でつながった軍勢には、ときに恐ろしいほどの強さが宿る。

だが、才蔵は男に興味はない。

「俺にもない」

力んだ市造の返事を聞き、才蔵は快活に笑った。笑い声が秋空に吸い込まれてゆく。

「市造、まことか」

「まことだ」

肩を張り、市造が怒ったようにいった。

「それならばよい。安堵した」

「安堵とはどういう意味だ」

「寝込みを襲われるのではないかと、恐ろしゅうてならなかった」

才蔵はいつもより饒舌《じょうぜつ》である。弾む心を抑えきれないからだ。あと半里も歩けば、楽典郷に着く。早奈美に会えるのだ。

だが、と才蔵は思った。俺は真歌音を所持しておらぬ。

そのことが気分を落ち込ませる。

いや、滅《めい》入っている暇などない。村で英気を養い、すぐさま龍興を追わなければならない。村に滞在しているあいだに、龍興の消息も耳に入ってこよう。

「市造、村が見えたぞ」

指をさすや、才蔵はだっと地を蹴った。

目指すは村の神社である。こんもりとした杜《もり》がそれだ。その杜以外、才蔵の目には入っていない。

だが、杜の一町ばかり前で急に足を止めた。後ろに続く市造がぶつかりそうになった。

「どうした、才蔵」

「市造、ちょっとこっちに来い」

才蔵は市造を竹藪の陰に引っぱった。

「あそこに民吉《たみきち》がいる」

「たみきち。誰だ、それは」

「餓鬼だ。あそこにいる」

才蔵は指さした。風にゆったりなびく竹の群生越しに、境内の灯籠そばで五人の男の子が棒を振り回し、戦っている。

「あの野郎、相変わらずやるな」

一人の男の子を見つめ、才蔵はつぶやいた。ひときわ体の大きな男の子が、他の四人を容赦なく打ち据えているのだ。

民吉は体の小さな錦之助《きんのすけ》の足を払って地面に転がすや素早く馬乗りになり、拳をぶつけていった。下になった錦之助は泣きもせず必死にあらがっている。そこへ源太郎《げんたろう》、太郎造《たろぞう》、亮吉《りょうきち》が助けに入った。

「あの子らは、喧嘩をしているのか」

目を見ひらいて市造がきく。

「なに、戦の真似事をしているだけだ。じゃれているのよ」

「あれでじゃれているのか。なんともたくましいものだな。才蔵もあれで育った口か」

「まあ、そうだ。俺のときはもっとずっと激しかった。あのくらいじゃ、まだまだだな。甘い」

戦の真似事はどこの村の子供もしているのだろうが、才蔵の強さの秘密を垣間見《かいまみ》たという顔を、市造はしている。

「あれが戦の真似事であるのはわかったが、才蔵、どうして隠れねばならぬ」

「黙って見ていろ。市造、ここを動くなよ」

腰をかがめて動き出した才蔵は竹藪を回り込み、境内を右側に見つつ素早く駆けていった。いま民吉は源太郎と激しく棒で打ち合っている。源太郎は村の男の子で唯一、民吉と互角の打ち合いができる。目がとにかくよく、民吉の鋭い打ち下ろしも難なくかわせるのだ。かんかんと小気味よい音があたりに響き渡る。

——源太郎もなかなかやりおる。

走りながら才蔵は楽しくなってきた。

それでも、体格にまさる民吉のほうが押しはじめた。源太郎が肩を打たれたが、悲鳴も上げずにこらえている。錦之助といい、ずいぶんたくましくなったものだ。

杉の大木を盾にして才蔵は境内に入り、激しく棒を振るう民吉の背後にそろそろと忍び寄った。あと一間というところで、才蔵に気づいた源太郎が、あっ、と声を発した。

そのことで民吉が背後に誰かいると感づき、さっと体をひるがえした。それを待ち構えていた才蔵は、民吉の顎に拳を浴びせた。

もちろん手加減しているが、不意を衝かれたこともあって、民吉にとって衝撃は強烈だったようだ。民吉の目があらぬ方向を見、膝ががくがくと激しく揺れ、体がゆらりと前のめりに倒れ込んだ。

才蔵は手を伸ばし、気絶した民吉の体を支えた。

「俺がいない間に、また重くなりおったな」

民吉を静かに地面に横たえる。

「才蔵、帰ってきたのかい。待ってたよ」

喜びの声を上げ、源太郎が抱きついてきた。錦之助が才蔵の手をぎゅっと握った。太郎造と亮吉が才蔵の肩の上に同時に登ろうとする。

「おまえら、重たいぞ」

太郎造が亮吉を押しのけ、両足を才蔵の肩にかけて肩車の形になった。

「才蔵がなかなか帰ってこないから、おいらたち、心配していたんだよ」

太郎造が上から才蔵をのぞき込んでいう。両の瞳がうるんでいた。

「才蔵がいくら強くても、やっぱり万が一があるじゃないか。本当にそうなっちゃったんじゃないのかなあ、って思っていたんだよ。帰ってきて、よかったあ」

錦之助が安堵の息を盛大に漏らした。

「馬鹿、俺には万が一だってない。そのくらいおまえたちは知っているだろうが」

「それでも心配だったんだよ。あんまり長く戻ってこないから」

「そうか。まあ、心配かけたな」

これほどまでに自分の無事を喜んでくれることに、才蔵は感激した。手を伸ばし、男の子たちの頭をくしゃくしゃとなでた。

つと源太郎がしゃがみ込んで、民吉を見つめる。

「民吉、目を覚まさないなあ」

うん、と亮吉が顎を上下させた。

「まともに才蔵の拳を食らったからな。――民吉も才蔵が帰ってこないから、このところずっと元気がなかったんだよ」

「民吉は俺という敵がいないと駄目だからな」

自然と才蔵の頬から笑みがこぼれた。

「才蔵」

背後から呼んだのは市造である。源太郎たちがいっせいに顔を向ける。

「おう、市造、来たのか。――すまぬ、おぬしのことを失念しておった」

市造は唖然《あぜん》としているようだ。

「どうした、市造」

「どうしたもこうしたもあるか。才蔵、なにゆえこの子を殴りつけたのだ」

市造の目は民吉に当てられている。気の毒な、と顔がいっている。

「はなから民吉を叩きのめすつもりでいたからだ。この小僧、存外に勘がよいのでな、俺でも背後から忍び寄るしかなかった」

「だから、どうしてそんな真似をせねばならなかったのかときいているのだ。相手はまだ童《わらわ》だぞ」

ふん、と才蔵は鼻を鳴らした。

「この小僧、俺を見つけると、いつも忍び寄ってきては棒きれで殴ろうとするのだ。もちろん俺がやられたことなど一度もないが、民吉はいつか必ず俺を倒す気でいるらしい。きっと今日もそうするだろうと踏み、先に叩きのめしたのだ。この小僧を黙らしておかぬと、早奈美とゆっくり話ができぬ。俺が早奈美と話しているときを狙って、この小僧は忍び寄ってくるのだ」

ええっ、と市造があっけにとられる。

「落ち着いて話ができぬという理由で、童を気絶させたのか」

「なに、この程度のことでくたばるたまではない。すぐに息を吹き返そう」

「死んでおらぬのはわかっているが。それにしても、なにゆえこの子は才蔵を倒そうとするのだ」

「同じおなごに惚れておるのだ」

なんと、と市造が目を丸くする。

「早奈美どのにか。民吉はいくつだ」

「俺より三つ下だ」

「十一の男の子が、恋敵として才蔵を狙っているというのか」

「早奈美の気を惹《ひ》こうとして、自分のほうが才蔵よりずっと強いと証《あか》そうとしているのだ」

ねえ、と横からまじまじと市造を見て、亮吉がきく。

「才蔵、この人は誰なの」

この男は、といって才蔵は手短に紹介した。

「へえ、市造さんか。稲葉山城で知り合ったのか」

「気のよい男だ。仲よくしてやってくれ」

「市造さんは村にしばらくいるの」

「うむ、そうだ」

顔を上げ、才蔵は本殿のほうに目をやった。

「早奈美は元気か」

「うん、変わりないよ」

間髪容れずに源太郎が答える。才蔵はほっとした。

「早奈美は俺のことを心配していたか」

「ううん、別に。いつもと同じだよ」

「なんだ、そうか」

「才蔵、早奈美ねえちゃんに心配してほしかったの」

「そりゃそうだ」

その答えを聞いて源太郎が、にかっと笑う。

「才蔵は、早奈美ねえちゃんのことが本当に好きなんだね」

「当たり前だ」

ようやく民吉が目を開けた。上体を起こし、きょろきょろと見回す。才蔵と目が合い、あっ、という顔になる。

「おう、起きたか」

悔しげに唇を嚙《か》み、民吉が憎々しげに才蔵をにらみつける。

「才蔵、次はこうはいかないからな」

ふふ、と才蔵は笑いを漏らした。

「これまでに何度となく同じ言葉を聞かされたぞ。民吉、もっと精進せい。そんなざまでは、いつまでたっても戦に出られぬぞ」

「才蔵が初めて戦に行ったのはいつだ」

「民吉、いつになったら覚えるのだ。俺が十二のときだ」

「十五だと歳をごまかして行ったのだったな。初陣で敵を何人倒した」

「三人やっつけた」

「俺もあと二年で、そのくらいになってみせるわい。いや、必ず才蔵を超えてやる」

「おう、その意気だ。おのこたる者、そうでなければ出世など望めぬ」

民吉の頭をなで、才蔵は立ち上がらせた。民吉は才蔵にされるがままになっている。その顔はどこかうれしげですらある。

「まだ遊ぶのか」

頭をぽんぽんと叩いてから、才蔵は民吉にたずねた。

「当たり前だ。まだまだ遊び足りんわい」

「おう、遊べ、遊べ。おのこが元気よく遊んでいれば、愛宕神もお喜びになろう」

民吉たちに別れを告げた才蔵はいったん鳥居を通り抜けて、境内の外へ出た。石造りの鳥居には愛宕神社と記された扁額《へんがく》が掲げられている。深く辞儀をしてからあらためて鳥居をくぐり、境内に入った。

石畳の先に拝殿があり、奥に本殿が建っている。才蔵は足早に進んだ。後ろを市造がついてくる。右側に社務所があり、その前で巫女が立ってこちらを見ているのに才蔵は気づいた。心《しん》の臓《ぞう》がはね上がる。

「早奈美っ」

叫ぶやいなや、才蔵は走りはじめた。

「お帰りなさい」

にこにこして早奈美が出迎えた。犬のように息づかいも荒く才蔵は立ち止まり、早奈美の顔をまじまじと見た。

——やっと会えた。夢にまで見た女性がここにおる。

抱き締めたい。実際に両腕を伸ばしそうになった。かろうじてこらえ、才蔵は大きく息をついた。

「源太郎たちに聞いたが、ふむ、確かに俺の身を案じていた顔ではないな」

「だって、今日、帰ってくるのがわかっていたから」

「また夢を見たのか」

「三日前よ。それまでにも何度か才蔵の夢を見て、無事がわかっていたから、心配はしなかった。前にもいったけど、あなたが稲葉山城で死なないこともわかっていたし」

いったいどうしてそんなことがわかるのか。才蔵には不思議でならないが、幼い頃から何度も同じことが繰り返されており、もはや驚きはない。早奈美の言葉を素直に信じることが、才蔵には習い性になっている。

いったいこの女性はなにをいっているのだろう、という顔で市造が早奈美を見ている。

ほっそりした形のよい顎を小さく動かし、早奈美が市造に目を当てる。

「こちらは市造さんね」

ええっ、と市造が驚愕《きょうがく》し、目をむく。

「ど、どうして俺の名を。才蔵、話したのか。いや、話せるわけがないな」

「市造のことも夢で見たのか」

才蔵が確かめると、そうよ、と早奈美がうなずく。鳶色《とびいろ》の瞳はくりっとし、鼻筋が通り、桃色の唇には常に微笑がたたえられている。ふっくらとした頰は笑うたびにえくぼができ、才蔵にはそれがたまらなくかわいらしく映る。

「すまん、早奈美」

いきなり才蔵はこうべを垂れた。

「真歌音を取り戻せなかった」

「謝る必要などないのよ」

顔を上げ、才蔵は早奈美をじっと見た。

「俺が真歌音を持ち帰らぬことも、わかっていたのだな」

「ええ。斎藤龍興さまは真歌音を所持されていないのがわかったから」

「えっ、そうなのか。ならば、真歌音は今どこにある。誰が持っているというのだ」

続けざまにきかれて早奈美が首をひねる。

「それがわからないの。一度は、確かに石榑という男が龍興さまに大金で売りつけた。ただし、龍興さまは、とうに手放している。稲葉山城が落城する前のことよ」

「石榑という男については、城内をくまなく捜してみた。だが結局、見つからなんだ。俺が稲葉山城に入る直前に石榑善兵衛という者が龍興に会い、真歌音を売り渡したらしいのはわかったのだが」

深い色をした瞳で、早奈美が見つめてくる。

「才蔵、稲葉山城に入る前、城下で三人組の男に声をかけなかった」

「それもわかっていたのか。うむ、雑兵らしい三人組だった。そのうちの一人が、石榑という者は城内に三人もいるといったのだが、一人として見つけられなかった」

はっ、として才蔵は眉を上げた。

「まさかあの三人のうちの一人が、石榑善兵衛ではあるまいな」

「そのまさかよ。才蔵が声をかけた男が、まさに石榑善兵衛だったの」

なんてことだ。才蔵は自分を殴りつけたくなった。

「なんと迂闊《うかつ》な真似を――」

手を伸ばし、早奈美が才蔵の肩にそっと触れた。

「才蔵、自分を責めることはない。私は、あなたが真歌音を取り戻そうとして命を懸けてくれたこと、こうして無事に戻ったことがうれしくてならないのだから」

「だが、俺が死なぬことを早奈美は知っていただろうに」

ううん、と早奈美がかぶりを振る。

「すべて当たるわけじゃない。逆夢ということもあり得るし」

もし逆夢だったら、と思うと才蔵はぞっとする。早奈美の言葉を信じていたからこそ、どんな危うい真似もできたのである。

だが、そのことよりも、石榑善兵衛と会っていたのに気づかなかったことに悔しさがこみ上げてきた。才蔵は、がしがしと頭をかきむしった。

「なにも、いの一番に石榑善兵衛に声をかけずとも……」

「才蔵、それも運命よ」

真剣な顔で早奈美が語りかける。才蔵は早奈美に強い眼差しを注いだ。

「真歌音は必ず取り戻す。早奈美、どこにあるかわかったら、必ずいってくれ」

「承知しました。真歌音のことは、きっとまた夢に見るはずよ」

確信の籠もった声音で早奈美が告げる。うむ、と顎を動かした才蔵は、横に市造がぼうっとした顔で立っていることに気づいた。

「どうした、市造。早奈美のあまりの美しさに胸打たれたという顔だな」

「思い描いていたよりずっときれいで……」

はは、と才蔵は笑い声を上げた。

「まったく正直な男よな」

口元に手を当て、早奈美も笑いをこぼす。

「そうだ、早奈美。俺はこれから可児才蔵と名乗ることにしたぞ。さすがの早奈美も、これは知らなかっただろう」

しかし早奈美は驚いた顔を見せない。

「沢蟹のような蟹が歩いているのを見て、とっさに決めたのでしょ」

早奈美の前知の力のほどは身にしみているが、これにはさすがの才蔵も言葉がない。こうまでものの見事に言い当てるというのは、やはり人離れしている。愛宕神が乗り移っているとしか思えない。

「可児才蔵。とてもよい名ね。才蔵、あなたにはこれから立身出世が待っている」

「立身出世か。興味はないな」

いま一番関心があるのは、やはり誰が真歌音を持っているのかということだ。突き止めて、真歌音を取り返さない限り、ずっと落ち着かない気分を味わいそうである。

顔を動かし、才蔵は市造を見た。

「市造、今日は俺の家に泊まるのだぞ」

才蔵を見返して、市造がかすかに頬をゆるめる。

「才蔵、よいのか」

「市造、少し残念そうだな。おまえ、早奈美の家で世話になろうという魂胆だったのではないか」

「そ、そんなことはない」

そうか、と才蔵は笑った。

「ならば、今より俺の家に行くか」

「うむ、楽しみだ」

さすがに疲れている様子で、市造はゆっくり休みたいといいたげな顔つきをしているのだ。

才蔵には疲れなどない。早奈美に会えたことで吹き飛んだのか。

いいや、もともと疲労などろくに感じないたちなのだ。これまでも戦に行って、へとへとになったことなど一度もなかった。

「才蔵の家には、何度か風を入れておいた。掃除もしてある」

笑みを浮かべて早奈美がいった。

「そいつはありがたい」

破顔して才蔵は頭を下げた。

「いいのよ、当たり前のことだもの」

名残惜しくもっと一緒にいたかったが、才蔵は早奈美に別れを告げ、市造を連れて歩き出した。

「才蔵、早奈美どのは、いったい何者なのだ」

驚きを顔に貼りつけて市造がきく。

「市造がいま見た通りの者だ」

「将来のことがわかるのだな」

「それだけではない。人の身に起きたこともわかるのだ」

「才蔵のことをまるで目の当たりにしたかのように言い当てていたな。俺の名までも。ところで才蔵、まかねというのはなんだ。おぬしが探していた例の物というのがまかねなのだな」

「そうだ。市造、おぬしを信用して話すが、今から俺が話すことは他言無用ぞ」

「うむ、わかった」

真剣な顔で市造がうなずいた。歩を運びつつ才蔵は市造に真歌音のことを話した。

「肌身離さず持っていると、不老不死を約束するというのか」

「そういうことだ」

「不老不死か。本当なのか」

「俺は信じておるぞ」

そうか、と市造がいった。

「もし本当なら、俺もほしい」

「そのためにはまず取り戻さねばならぬ」

「よし、俺も力を貸そう」

「市造が合力してくれるか。それはありがたいことよ」

不意に市造がきょろきょろしはじめた。

「どうした」

「いや、案外、大勢の人が暮らしているのだなと思ってな」

そうかな、といって才蔵もあらためて村を見渡した。だだっ広い平野の中に雑木林が点在し、家々が寄り添って集落を形づくっている。小川沿いにも何軒かの家が連なっている。

うむ、と才蔵は市造にうなずいてみせた。

「このあたりの地味《ちみ》はとても肥えているゆえ、物成《ものなり》はひじょうによい。大勢の者を養ってゆくのに十分すぎるほどだ。ここ楽典郷は全部で三十四戸、百五十人ばかりが暮らしている」

「戦火に見舞われたことは」

「何度もある。美濃との国境に近いゆえな。これまでにも何人もの村人が殺され、人狩りにさらわれた。中には運よく帰ってきた者もいるが、いまだに行方知れずの者も少なくない。いったいどこでどうしているのやら。無事でいてくれればよいが」

嘆息した才蔵は遠い目をした。

「すべての家が燃やされたことも何度かある。だが、そのたびに皆で立ち上がり、今日まで生き延びてきた。それは、これからも変わらぬだろう」

一軒の家の前で才蔵は立ち止まり、建物を見上げた。周囲の雑木林が、風もないのにざわめいている。まるで才蔵が帰ってきたのを歓迎しているかのようだ。

家を見つめて市造が声を上げる。

「ここが才蔵の家か。なかなか大きいな」

「そうでもなかろう」

「俺の家に比べたら、お屋敷だ」

手を伸ばして才蔵は戸をがらりとあけた。かび臭さなど、一切ない。

暗い中を市造が遠慮なくのぞき込んでいる。

「人けがないな。早奈美どのが風を入れたといっていたが、本当にこの家には誰もおらぬのか」

「うむ、おらぬ」

顎を引いて才蔵は静かに答えた。

「才蔵は一人で暮らしているのだな」

「うむ、一人だ」

一瞬、才蔵は口をへの字にしてみせた。家に足を踏み入れ、さっそく市造を案内する。

「この土間の続きが台所で、ほかに五つの部屋がある。一室は、俺が書室及び寝間として用いておる。市造、おぬしはほかの好きなところを使えばよい」

残りの四室を見て回った市造は、庭に面している部屋を選んだ。

「才蔵、日当たりのよいこの部屋を借りてもかまわぬか」

濡縁《ぬれえん》がついており、市造のいうように陽射しが今も降り注いでいる。濡縁を下りた先は狭い庭になっている。

「もちろんだ。ここは父が使っておった」

「ほう、父上がな。居心地のよさそうな、とてもよい部屋だな」

わずかな荷物を床板の上に置き、市造がほっとしたように座り込んだ。

「父上はどうされた」

どすんと音を立てて才蔵は床板の上に腰を下ろした。

「父は織田家にしたがって戦に出ては、幾度も手柄を立てたものだ。俺の誇りだった。それが三年前の秋、戦から帰ってきて村人の家でしこたま酒を喰らい、その帰り、酔っ払って道を踏み外した。たった半丈落ちただけだったが、石に頭を打ちつけたらしく、村の者が早朝に見つけたときには息をしていなかった。俺はその翌年、十二で戦に出た。そうしなければ、食っていけなかった」

「そうか、気の毒に。父上もそんな死に方はなさりたくなかっただろう」

「俺も気をつけねばならぬ。父と同じような死に方だけはしたくないと思っておる。酒もできるだけ控えるようにしておる」

思いやりのこもった目で市造が才蔵を見る。

「才蔵、母上のこともきいてよいか」

「かまわぬ。母は行方知れずだ」

「どういうことだ。もしや村に入ってきた軍勢にかどわかされたのか」

いや、と才蔵はかぶりを振った。

「村の若い者と逃げたのよ。ずいぶん前のことだ。俺は、母の顔もろくに覚えておらぬ。今いったいどうしているか。野垂れ死にのようなことになっていなければよいが」

才蔵になんと声をかければよいのか。市造は戸惑いの顔になっている。小さく咳払いをした。

「早奈美どのも一人で暮らしているのか」

「宮司の父親がいるが、病がちでほとんど働けぬ。早奈美が祈禱《きとう》、祈願の類を一手に引き受けておる」

「早奈美どのの祈禱なら、御利益がありそうだ。だが、食っていけるのか」

太い腕を組み、才蔵は鼻から息を吐いた。

「占いがよく当たるゆえ、近在では少しずつ評判になっているらしい。だがそれで食っていけるかというと、まだむずかしいの。俺が早奈美と親父どのの食い扶持《ぶち》を運んでおる」

夕餉の刻限になった。才蔵は自ら飯を炊き、塩汁をつくった。慣れたものだな、と市造がいい、一人が長いゆえな、と才蔵は答えた。

夕餉のあと、才蔵と市造は外の井戸で水浴びをした。さっぱりした二人はそれぞれ自室に引き上げ、才蔵は板の間でごろりと横になった。

真歌音はどこにあるのか。今の才蔵の関心はこの一点である。

手がかりもないまま闇雲に探しに出ても、真歌音に出合える見込みは万に一つもないだろう。

早奈美の夢に真歌音があらわれるのを、今は待つしかない。

六

村に帰ってきて六日目の朝、才蔵は村長《むらおさ》に呼ばれた。

村長の勢左衛門《せいざえもん》には二日目の朝に市造を連れて挨拶に行き、無事に帰ってきたことを告げた。そのとき勢左衛門は才蔵の顔をじっと見て、よく帰った、としみじみいったものだ。

昼前に村長屋敷へ才蔵一人で足を運ぶと、九人の村の男が客間に顔をそろえていた。この十畳の部屋だけは畳が敷き詰められている。

上座の勢左衛門に座るようにいわれ、才蔵は一番後ろに腰を下ろした。

「これで全員そろったな」

満足げな顔で勢左衛門が満座を見渡す。ふだんは穏やかな四十男だが、村の者を率いての戦となれば、常に一番乗りを目指すほど血気盛んである。

「話というのは、ほかでもない。新たに美濃の国主となられた織田さまより、昨日、お触れがあった。兵を出すようにとの仰せだ」

「それは命令なのですか」

勢左衛門の前に座る今太《こんた》というやせた男がきく。意外な剛力で、相撲を取ると、才蔵が二歩ばかり下がらされることがときおりある。

「そうだ、命令だ」

今太を見て勢左衛門が重々しくうなずく。

「陣借りをして手柄を立て、手当を稼ぐというのは、もはや許されることではない。斎藤さまが美濃を退去されたことで、これまでほどよく保たれていたつり合いは崩れたのだ」

楽典郷が美濃との国境近くに位置していることもあって、村人たちは斎藤家に雇われて戦働きすることもあった。

「これからは、どっちつかずというわけにはいかぬ。我らは織田さまの軍勢に組み込まれて働くことになる。家臣になるということだ」

断言した勢左衛門が、男たちにその覚悟があるか、確かめるような目つきをした。

「振り返ってみれば、このところずっと織田さまの下で陣借りをしていた。組み込まれるといっても、今までとなんら変わりはない。美濃を手に入れられた織田さまは、さらに伸びていかれよう。我らは手柄を立て放題ぞ」

「手柄を立てさえすれば、これまで通り手当はもらえるのだな」

すぐさま才蔵は勢左衛門にただした。

勢左衛門が底光りする目を返す。

「それはそうだ。手当ではなく、報賞ということになろうがの」

「もらえる額は変わらぬのだな」

「変わらぬ。むしろ増えるやもしれぬ。これまでのような永楽銭ではのうて、土地をいただけるやもしれぬゆえ」

土地と聞いて、男たちから声が上がった。勢左衛門の顔もいつしか紅潮している。

土地か、と顎に手を当てて才蔵は思った。つまり大きな手柄を立てることで、ひとかどの領主になれるかもしれぬということだ。となれば、立身出世も悪くないかもしれぬ。

領主となり、そこから上がる年貢で、早奈美と悠々暮らすこともできるのではあるまいか。一城のあるじにも、なれぬことはなかろう。いや、なれるに決まっている。一城どころか、一国のあるじも望めよう。

「村長、織田さまのどの部将の麾下に入るか、もう決まっているのですか」

新たな問いを発したのは貞三《ていぞう》という、やや太り気味の若い男だ。

「うむ、決まっておる」

目を光らせて勢左衛門が大きく顎を引いた。

「滝川《たきがわ》さまだ」

滝川彦右衛門《ひこえもん》ならば、と才蔵は思った。これまでにも何度か指揮下に入って戦ったことがある。諱《いみな》は一益《かずます》で、伊勢長島を所領とする武将である。甲賀《こうか》の出という噂があり、そのために、もともとは忍びではないかともいわれている。

鉄砲放ちとしての腕がすばらしく、その腕を披露して織田信長に仕えるようになったと才蔵は聞いている。真偽は定かではない。

「では、再び北伊勢に攻め込むのですか」

問うたのはまた今太である。今太の目は、才蔵と相撲を取るときのように血走っているようだ。すでに瞳は戦場を見据えているのではないか。

「まだ聞かされてはおらぬが、滝川さまが主将をつとめられるのなら、伊勢全域かもしれぬ。大軍を催される織田さまは、伊勢を完全に掌中になさるお心づもりではないかな」

楽典郷から伊勢攻めに出るのは、村長を含め、十二人と決まった。村長の座敷に集まった十人の男のほか、市造も加わることになった。

近々伊勢に出陣すると才蔵から聞かされた市造は、俺も一緒に行きたいといったのだ。連れていってもよいか才蔵は勢左衛門にすぐさまたずね、快諾を得たのである。

もともと兵糧《ひょうろう》は自弁で、人数が増えても、村長の負担が増すわけではない。兵が少ないのならともかく、多い分には織田家の役人に文句をいわれることもない。

新たな年が明け、翌永禄十一年の二月、才蔵たちは楽典郷を発し、意気揚々と伊勢国に乗り込んでいった。

だが、国司である北畠《きたばたけ》家が領する伊勢においては、すでにほとんどの武将に調略がなされているようで、戦らしい戦にはならなかった。どこに行っても、そこにある城はすでに織田方のものになっていたのだ。敵勢と遭遇するようなこともなかった。

これでは手柄を立てるどころか、才蔵たちがすべきことはなにもなかった。

一国一城のあるじになるという目標を掲げている才蔵は落胆を隠せずにいたが、千里の道も一歩からだ、と自らを納得させた。市造にそういうと、その例《たと》えはちがうのではないか、と指摘されたが、いかにも才蔵らしいな、と市造はうれしげだった。

伊勢に初めて来た市造はなにもかもが珍しいらしく、瞳を輝かせている。海を見るのも初めてとのことで、その果てしなさに感動していた。

今回の伊勢侵攻において、信長の狙いは北伊勢を完全に我が物にすることだったらしく、その目的が達せられると、あっさり兵を引いた。結局、一度も戦いに参加することなく、才蔵たちは尾張に戻ってきた。

「これこそ骨折り損のくたびれ儲けというやつだな」

自嘲気味に才蔵はいった。その例えは合っているぞ、と市造が笑顔でうなずいた。

「才蔵、市造さん、二人とも無事に帰ってきてくれて、とてもうれしい」

村に戻った才蔵と市造を早奈美が出迎えた。

心から喜ぶその笑顔を目の当たりにして、安堵の思いが才蔵の心を包み込んだ。

「早奈美、俺たちが伊勢に行っているあいだ、夢に真歌音は出てきたか」

鎧櫃を担ぎ直して才蔵はたずねた。立身出世もいいが、それよりも真歌音のほうがずっと大事なことを、伊勢にいるときに思い出したのだ。

稲葉山城へ向かう際、必ず取り戻してくると早奈美にかたく約束した。その約束は今も生きている。それになによりも、早奈美を守ることこそが、自分に課せられた使命なのだ。

唇を嚙み締めて早奈美が首を振る。

「そうか、それは残念だ」

きゅっと両の眉を寄せたが、才蔵はすぐに明るい口調で続けた。

「そのうちきっと出てこよう。——ときに親父どのの具合はどうだ」

伊勢への出陣前、神職の身なりにととのえ、愛宕神社の境内で祝いの儀を執り行ったのだが、そのときの声は以前の張りを取り戻しつつあり、顔色も決して悪くなかった。

「だいぶよくなってきた。才蔵のおかげよ」

「俺はなにもしておらぬ」

「そんなことはない」

瞳に光をたたえ、早奈美がきっぱりという。

「私たちは、あなたのおかげで生きていられるの。いつかこの恩は必ず返さなくてはと、私はいつも思っているのよ」

早奈美が常に感謝の念を抱いていてくれることを知り、もっと強くあらねば、と才蔵は心ひそかに決意した。


永禄十二年九月。

またも出陣命令が下り、才蔵たちは、今度は南伊勢まで侵攻することになった。

その出陣の直前、市造がいきなり才蔵に申し出てきた。

「俺を才蔵の従者にしてくれぬか」

面食らい、才蔵はすぐさま市造にただした。

「どうしてそのようなことをいう」

「俺がこの地に来たのは一昨年の八月、稲葉山城が落城してすぐのことだ。楽典郷で才蔵とこうして日々を暮らして、すでに二年がたった。この村で過ごすことは俺の中で当たり前になっているし、才蔵の従者になろうと前からずっと考えてはいたのだ。才蔵に毎日鍛えられて俺自身だいぶたくましくなってきたし、槍の腕もまずまずになってきたと思う。だが——」

ここで市造が言葉を切った。

「才蔵に比べたら、俺の腕など幼子も同然だ。必死に戦働きをしたところで、ろくな出世はかなうまい。それならば、才蔵に付きしたがい、守《も》り立ててゆくほうがよいと思ったのだ。そのほうが性分に合っておる。きっと甲斐《かい》のある暮らしが送れよう。才蔵、どうか、俺のわがままを聞き届けてはくれぬか」

必死の色を瞳に宿し、市造がいい募る。

「市造、本気なのだな」

もはやきく必要はないように思えたが、才蔵はあえて念押しした。

「もちろんだ。本気でいっておる」

主人を代えることは、今の世ではなんら珍しいことではない。自分にふさわしい主人に仕えるのは、むしろ当然のことといえた。

「源左衛門どのよりも俺を選ぶというのか。変わった男よな。ならば市造、これからは俺のことを呼び捨てにはできぬぞ。友垣ではなくなるのだからな」

「当たり前だ。いや、殿、当たり前にござる」

力を込めていう市造を見て、才蔵は大きく首を動かした。

「承知した。ならば市造、これからはおぬしを従者とすることにしよう」

「ありがたき幸せ」

満面に笑みをたたえ、市造が深々と頭を下げた。

とはいうものの、主従の件については互いの口約束でどうこうできることではない。市造が源左衛門を見限って退散したのならともかく、自分の勝手にはならない事柄なのだ。市造の身分は今も笹山源左衛門の配下なのだから。市造が才蔵の配下になることへの了解を、源左衛門から取らなければならない。

稲葉山城で別れて以来、源左衛門とは一度も会っていないが、才蔵は消息を承知していた。稲葉山城の落城から無事に生き延びた源左衛門は、他の美濃衆と同じように織田家に仕えたのだ。

同じ美濃の出身という縁からか、智将として知られる明智光秀《あけちみつひで》の麾下に入っている。今は京の都に滞在中のはずである。

才蔵は源左衛門に文をしたため、市造を従者にすることの了解を求めた。この文がいつ源左衛門のもとに届き、いつ返書がくるか、まったくわからない。気長に待つしかなかった。

伊勢国司の北畠具教《とものり》の降伏により、今回の出陣も前回の北伊勢への出陣時と同様、華々しい戦にはならなかった。

なにも手柄を立てることなく才蔵たちが村に帰ると、源左衛門から文が届いていた。

「これよ」

早奈美が預かってくれており、愛宕神社の社務所の前で才蔵と市造を出迎えるや、さっそく渡してきた。

受け取った才蔵はすぐに文を読んだ。

「なんと書いてある」

教えてくれるように市造がせがむ。市造の鼻の頭を指で弾き、才蔵はにこりとした。

「諾、とのことだ」

「そうか」

さすがに市造がほっとした顔になる。

「市造のことをなにとぞよろしく頼む、と重ね重ね記されておる。いかにも殿らしいな」

「ありがたし」

源左衛門どのには、と才蔵はかたく思った。いつかこの礼をせねばならぬ。

それでなければ、男子ではない。

七

元亀《げんき》元年（一五七〇）六月、才蔵たちは近江《おうみ》で行われた姉川合戦に参陣した。

市造は従者として才蔵の影のように立ち働いた。才蔵の倒した敵の首を掻き切って腰に結わえたり、才蔵の槍が万が一折れようものなら、すぐさま替えの槍を手渡してきたりした。

兜首三つを本陣に納めて滝川陣に戻ろうとしたとき、一人の男が足早に近づいてくるのに才蔵は気づいた。

合戦の高ぶりもようやく消え、穏やかな気持ちで才蔵はそちらを見やった。

おっ、と我知らず声が出た。

「殿ではないか」

すぐさま源左衛門に駆け寄った才蔵は飛びついた。さすがに相撲の猛者だけのことはあり、才蔵に抱きつかれても、源左衛門はびくともしない。

「才蔵、重いぞ」

苦笑を顔に刻んで源左衛門がいう。

「殿、殿、ようやっと会えたなあ。稲葉山城のあと、どうしているか、案じられてならなかったぞ」

「わしは大丈夫に決まっておろう。才蔵こそ、どうであった。なにもなかったか」

「見ての通りだ」

笑みを浮かべて才蔵は源左衛門を見返した。

「うむ、相変わらず元気すぎるくらいだな。こたびの戦でも手柄を立てたそうではないか」

「俺が手柄を立てるのは、当たり前のことにすぎぬ」

さらりといって、才蔵は源左衛門の体からさっと下りた。

ふう、と源左衛門が息をついた。

「それはそうだな。才蔵ほどの腕なら、敵する者はおるまい」

目を転じて源左衛門が市造に優しい眼差しを注ぐ。

「市造も元気そうだな。従者ぶりも、ずいぶんさまになっているではないか」

源左衛門に会えたことで胸が一杯になっているらしく、市造は言葉がない。目を潤ませて源左衛門を見つめている。

「市造、なにかいわぬか」

笑って才蔵は急《せ》かした。

「あまりに喜びが強すぎて……」

感激のあまり市造は顔を覆って泣き出した。

「相変わらず涙もろいな」

市造の泣き顔を見て、源左衛門はにこにこと笑っている。その笑顔は、以前とまったく変わっていなかった。

「殿、市造は実によく働いてくれておるぞ。殿のしつけがよかったのだな」

顔を向けて、才蔵は頼もしげに市造を見た。

「そうではあるまい。才蔵が市造を鍛えに鍛えたからであろう。しかし、才蔵はすばらしい働きを見せたものよなあ。戦が終わったばかりというのに、すでに勇名は我が家中《かちゆう》にも鳴り響いておるぞ」

「そんなことはあるまい」

「謙遜など、おぬしに似合わぬ」

「しかし殿、なにゆえここにおる。明智勢はこたびの合戦に加わっておらぬだろう」

「丹羽《にわ》さまに与力《よりき》として付せられたのよ。またすぐに明智さまのもとに戻ることになっておる」

丹羽といえば、信長の側近中の側近である。

目に光をたたえて、源左衛門が真剣な表情になる。

「ところで才蔵、折り入って話があるのだが、よいか。前からずっと話したかったことだ」

「ほう、どんなことかな」

ごくりと唾を飲んだ源左衛門が思いきったように口を開く。

「才蔵、明智家に移ってこぬか」

「よいぞ」

なんら躊躇することなく才蔵は受けた。誘った源左衛門のほうが驚き、あわてたほどである。

「そんなにたやすく決めてよいのか」

目を丸くしてきいてきた。

「深く考えたところで答えは変わらぬ。それに、殿には市造のことも含め、いろいろと恩義がある。それを返さねばならぬ」

「ありがたい言葉だが、本当にじっくり思案せずともよいのか」

「よい。俺も殿のそばにいたいゆえ」

「だが才蔵、家も移ることになるのだぞ」

「ああ、そういうことになるのか」

今さらながら、才蔵はそのことに思い至った。

「やはり気づいておらなんだか。我が殿である明智さまは琵琶《びわ》湖のほとりにある坂本《さかもと》の地を織田さまからこのたび賜《たまわ》ったゆえ、わしらはそこに移ることがすでに決まっておる。築城もすぐにはじまるはずだ」

「坂本か」

むろん、一度も行ったことはない。古くから琵琶湖の水運によって栄えてきた地で、延暦寺《えんりゃくじ》の麓にあることを才蔵は知っている。

「わしの配下になるということは、才蔵、住み慣れた尾張を離れることになるのだぞ。よくよく考えたほうがよい」

「いや、かまわぬ」

一度いったことを、男子たるものひるがえせるはずもない。

「この地で殿に会《お》うたのは、天が引き合わせたからであろう。天の意思に背くわけにはいかぬ。俺は坂本に行く」

「本当によいのだな」

「よい」

「そうか」

才蔵の気持ちが変わらないことを覚ったらしい源左衛門が深くうなずいた。

「よし才蔵、坂本に来てくれ」

このののち才蔵は、源左衛門の口利きで足軽としてでなく、与力として晴れて明智勢の一員となった。やはり、姉川の合戦で挙げた三つの兜首が効いたということなのだ。

ようやっとまともな武士になれて、才蔵は晴れがましかったが、ただ一つ気持ちを沈ませたのは、やはり早奈美と離れなければならなくなったことである。

――いずれ早奈美を呼び寄せればよい。

そう思うことで、才蔵は気持ちを慰めた。

坂本に移り、足軽長屋で市造とともに暮らしはじめた元亀二年（一五七一）の九月十二日、才蔵は比叡山《ひえいざん》延暦寺の焼き討ちに臨むことになった。

信心深い才蔵にとって辛い戦いになった。

もっとも、これは戦いといえるものではなく、一方的な虐殺でしかなかった。僧侶だけでなく、女房顔をした遊女らしい者も数多くいて、世にいわれた延暦寺の堕落ぶりは才蔵にも伝わってきたが、容赦なく殺せ、一人たりとも生かすな、という織田信長の命にしたがうのは、さすがに心苦しかった。

延暦寺を襲う直前、明智光秀は信長に対し、ほとんどの僧侶はまじめに修行に励んでおります、どうかご翻意を願います、と攻撃の中止を求めたほどだ。

信長は肯《がえ》んじなかったが、不意打ちを行わず、九月十二日に攻撃することは延暦寺側に通達した。延暦寺のほうからは、攻撃をやめていただければ織田家に矢銭を提供し、朝倉《あさくら》家と浅井《あざい》家に合力するのはやめます、と懇願してきたのだが、信長はそれを蹴った。

信長が本気であることを覚り、いち早く山を下りた僧侶も数多くいたのだが、延暦寺に居残った者も少なくなかった。

そのために信長は、延暦寺にいまだにいる者はあらがう気持ちを持つ者と判断し、皆殺しにするよう命じたのである。

寺に居残った者は覚悟がある者もいたようだが、むしろ焼き討ちなどできないと高をくくっていた者が多かったようだ。

火に追われて泡を食って逃げ出す僧侶がやけに目についた。そういう者たちに槍を向けつつも、あっちへ行け、と才蔵は兵のあまりいない方角を指し示して逃がしてやった。やはり僧侶を殺すのはあまりに夢見が悪いと思ったからだ。同じことは源左衛門も行っていた。

光秀自身、麾下の武者や兵には僧侶や女たちを殺さないようにしてほしかったようだ。その意を汲《く》んでか、上の者からは一切、才蔵たちに咎《とが》めはなかった。

実際に比叡山に足を踏み入れてみて才蔵は驚いたのだが、延暦寺には焼き討ちにするほどの建物はほとんどなかった。これはいったいどういうことなのか。その光景を目の当たりにして才蔵は首をひねらざるを得なかった。

延暦寺といえば、平安の昔に最澄《さいちょう》によって開かれた天台宗《てんだいしゅう》の本山である。根本中堂《こんぽんちゅうどう》などに代表される大伽藍や塔頭《たっちゅう》、僧坊、五重塔など、叡山三千坊といわれるほど数多くの堂宇、堂塔が建ち並び、隆盛を誇っていると信じて疑わなかった。

織田兵によって焼き払われた堂宇の数は、三千などとんでもなかった。せいぜい数十棟に過ぎなかったのではあるまいか。

「殿、知っておられるか」

戦いが終わり、境内の切り株に腰かけて才蔵が一息ついているときに市造がきいてきた。

「七十年前にも、延暦寺が焼き討ちに遭っていることを」

「まことか。誰が焼き討ちしたのだ」

「室町《むろまち》幕府の管領《かんれい》だった細川政元《ほそかわまさもと》という御仁です」

「その細川という管領は、なにゆえ比叡山を焼き討ちにしたのだ」

「室町幕府内の争いです。細川政元公が嫌っている前将軍が再び京の都に入ろうとしたとき、延暦寺が力を貸したのです。それで細川政元公は怒り、焼き討ちの挙に出たそうです」

「それで有名な根本中堂も燃やされたのか」

「さようです。ですから、今ここに根本中堂がないのも当然です」

「細川政元の焼き討ちから七十年もたっているのに、再建はされなかったのか」

「そのようですね。なにしろ諸国は戦乱続きで、室町幕府や諸大名にも、それだけのお金を出せる人がいなかったでしょうから」

「ああ、それはそうだろうな。となると、次にこの地に根本中堂が建てられるのはいつのことになるのだろう」

「戦乱が治まり、世の中が落ち着かねば無理でしょう」

わずかに疲れを感じさせる顔で、市造がいった。

「それにしても市造、延暦寺の歴史に詳しいのだな」

「家が天台宗だったので」

「ああ、そうか。市造の家は天台宗か」

相槌《あいづち》を打ちながら、才蔵は改めて延暦寺の広大な境内を見回した。ぶすぶすと音を立てて幾筋もの煙が立ちのぼっている。

今は建物らしい物はなにもないが、と才蔵は思った。いつかきっとさまざまな建物が再建されるにちがいない。むろん根本中堂もである。

それが、才蔵が生きているうちに果たされるかどうかはわからない。だが、このまま延暦寺が滅びるようなことはまずあるまい。なんといっても天台宗の総本山なのだ。

才蔵の村がそうだったように、きっとたくましく立ち上がるに決まっているのである。

八

坂本城の作事が進むなか、明智光秀は水陸要衝の地の利を生かして、湖北、湖南の浅井方や六角《ろっかく》の残党が籠もる各城を攻め、次々に攻略していった。

それら一連の戦いでおびただしい手柄を立てたものの才蔵は働き詰めで、さすがに疲れを覚えはじめていた。それにいくら戦いに没入しても、心の中では延暦寺のことを引きずっている。

――俺は弱いな。もうあれから一年以上たつのに、まだ忘れられぬとは。

いま才蔵は坂本の屋敷に帰ってきている。とにかく眠るように心がけていた。眠ることが心身を休め、明日への活力を生むことを熟知している。

それでも、と才蔵は思った。せっかく屋敷に戻ったのだ、寝ているだけでは芸がない。なにか書物でも読んで、気分を変えたほうがよいのではないか。

起き上がって文机に向かってみたが、なにを読めばいいかわからず、才蔵は結局、般若心経《はんにゃしんぎょう》を唱えはじめた。

一度目はすぐに終わり、どことなく気持ちが落ち着いてきたのを知った才蔵は、二度目を唱えようとした。

そのとき、狭い屋敷の廊下を渡ってくる足音が聞こえた。今ここ坂本の屋敷には、楽典郷で暮らしていたときと同様、才蔵以外には市造しかいない。

郎党の一人として源左衛門に仕えているのだから、本来なら才蔵は源左衛門の屋敷に住まねばならないのだが、それはよかろう、と源左衛門がいってくれたのだ。

——才蔵は特別な男よ。なにもわしの屋敷で窮屈な暮らしをすることはない。自分で屋敷を持てばよい。

その言葉に才蔵は甘えさせてもらったのである。

「殿」

閉めきられた舞良戸越しに、市造が声をかけてきた。

「客人です」

「誰だ」

「笹山さまです」

「殿が。わかった、客間にお通ししてくれ」

承知しました、と市造が廊下を去っていく。

おととい、戦陣から才蔵たちは帰ってきたばかりだ。尻の温まる暇もないままに、また出陣ということだろうか。

そんなことを考えながら刀架《とうか》の刀を腰に帯びて自室を出た才蔵は、戸口近くの客間の前に立った。

「失礼する」

舞良戸を開けると、すでに源左衛門は端座し、才蔵を待っていた。

「殿、お待たせした」

刀を腰から抜き取り、才蔵は座った。刀を右側に置く。

真剣な目を源左衛門が才蔵に当てている。

「殿、どうした。俺の顔がそんなに珍しいか」

「珍しいといえば珍しい。異相よな」

「そうかな」

才蔵はつるりと顔をなでた。

「なにしろ彫りが深い。眉のところの骨が前に突き出ており、大きな目がくぼんでいる。鼻筋が通っており、石でも砕けそうなほど口ががっしりしている。そのような顔貌の男は、そうはおらぬ」

「俺が異相か。そのようなことは考えたこともなかった」

失礼します、といって市造が白湯《さゆ》の入った湯飲みを二つ、盆にのせて入ってきた。それを源左衛門と才蔵の前に置く。

一礼して市造が下がる。

「殿、飲んでくれ。市造がいれた白湯はひと味ちがうのだ」

さっそく才蔵は勧めた。

「ほう、まことか。それは知らなんだ」

湯飲みをそっと手に取り、源左衛門が白湯を味わう。

「うむ、なにか甘さを感ずるな」

「そうであろう」

湯飲みを持ち上げ、才蔵も白湯を喫した。

「市造のやり方を真似て、俺も白湯をいれたことがあるが、このようにはいかぬ。同じ水を沸かしているのに不思議なことよ」

湯飲みを置き、才蔵は源左衛門を見つめた。

「それで殿、何用だ。また戦か」

ふふ、と源左衛門が才蔵を見やって笑う。

「さすがの才蔵も、戦に飽いたという顔だな」

「飽いてはおらぬ。ただ、ちょっと疲れたとは思うておる」

「才蔵でもそうか。うちの家人《けにん》どもも疲れ切っておる」

また白湯を口にした源左衛門が才蔵を見て、いった。

「実は休みをやろうというのだ」

「俺に暇《いとま》を出すのか。殿は俺の働きぶりが気に入らぬのか」

「そのようなことはない。あるはずがない。才蔵はわしにとって無二の者よ。休みを取り、息抜きをしてほしいのだ」

「息抜き……。まことか」

「うむ、わしは嘘などいわぬ」

「いつまで休んでよいのだ」

「来年の年明けまでだ。そうさな、一月十日くらいには戻ってきてくれ」

今日は十二月十日。ひと月も休めることになる。

「そんなに休みをもらってよいのか」

「むろん」

「休みのあいだ、どこに行ってもよいのか」

「当然よ。勝手にしてもらってよい。だが、才蔵の行くところは決まっておろう」

「もちろんだ。しかしありがたい話だ。俺以外の者にも休みは与えられるのか」

「うむ、わしら全員に明智さまが休みをくださった」

「ああ、そうだったのか」

「これまでのわしらの働きについて、大儀であった、と明智さまからじきじきにお褒めの言葉をいただいた。その褒美ということだ」

これは、と思って才蔵は胸が一杯になった。殿と明智さまに感謝してもしきれぬ。

「とにかく才蔵、ひと月もの休みは、次はいつになるかわからぬ。存分に骨休めをしておくことだ」

「わかっておる」

「ただし才蔵――」

厳しい光を目に宿して源左衛門がいった。

「状勢の変化により、休みはどうなるかわからぬ。すぐにまた呼び戻されるかもしれぬ。それだけは覚悟しておくようにな」

「承知しておる」

いま織田家に対しては甲斐《かい》の武田《たけだ》家、越前《えちぜん》朝倉家、近江浅井家、中国の毛利《もうり》家、石山本願寺《いしやまほんがんじ》などの包囲網が敷かれ、いつ敵の攻撃が開始されるか、予断を許さない。

その上、武田信玄《しんげん》などは織田信長を討つことを目論《もくろ》み、三万という大軍を率いて上洛《じょうらく》の途についたという風評が上方まで流れてきている。すでに武田の大軍は徳川家康《とくがわいえやす》の所領である遠江になだれ込んだとのことだ。

「しかし殿、このような時期に休んで、まこと大丈夫なのか。いま織田家は四面楚歌《しめんそか》というありさまではないか」

「四面楚歌などではないさ」

さらりと源左衛門がいった。

「四面楚歌とは裏切り者が続出して、これまでは味方だった者が敵になり、その者たちに囲まれているという意味だ。織田家中で裏切った者など一人もおらぬ。それに包囲されているといっても、やつらになにができるというのだ。ただ手をこまねいて見ているだけではないか」

「武田信玄についてはどうだ」

「それも大丈夫だ」

強い口調で源左衛門が断言する。

「殿、なにゆえそう言い切れるのだ」

「信玄の狙いは上洛ではないからだ」

「なに、そうなのか」

意外な言葉を聞き、目を見開いた才蔵は源左衛門をじっと見た。

「では、信玄の狙いはなんだ。なんでも、いま遠江を蹂躙しているそうではないか。次々に城が落とされていると聞くぞ」

「才蔵、信玄の狙いはまさにそれよ」

きらりと目を光らせて源左衛門がいった。

「というと」

「石山本願寺や朝倉、浅井などを相手に織田さまが身動きできぬ今を狙い、徳川さまの領土をかすめ取ってしまえということだ」

「だから、遠江の城を続けざまに落としているのか」

「その通りだ」

織田信長は、徳川家康と永禄五年（一五六二）から同盟を結んでいる。すでに十年近くその関係は続いているが、今のこの状況では確かに信長自ら援軍を率いて赴くことなどできないだろう。

「まこと信玄はそのような狙いなのか」

「うむ、まずまちがいなかろう。武田勢に上洛という狙いはない。兵站《へいたん》が続かぬことは信玄も解しておろう」

「兵站か」

「そうだ。兵站ほど大事なものはない。腹を空《す》かした軍勢など、たっぷりと飯を食って英気を養った軍勢の前には、まったく歯が立たぬ」

自信たっぷりに源左衛門がさらに説明を加える。

「仮に、信玄の狙いが上洛して上総介さまと雌雄を決することだとしよう。それにはまず遠州で徳川勢を打ち破らなければならぬ。今まさに打ち破っている最中だと才蔵はいいたいかもしれぬが、徳川勢を叩き潰したのち、武田勢は上総介さまと対決するためにさらに西上を続けなければならぬ」

「その通りだな」

「信玄率いる武田勢が美濃を通るにしろ、三河を行くにしろ、進むのはすべて敵地だ。そのときに最も難しいのは兵糧の調達だ。通り過ぎていくその地その地で調達することもできるだろうが、三万という大軍の腹を毎日満たすだけの兵糧を調達するのは至難の業としかいいようがない。甲斐や信濃《しなの》から送られてくる兵糧もあるだろうが、それも限りがあろう。美濃、あるいは三河を首尾よく武田勢が通り過ぎたにしても、甲斐や信濃から兵糧を運ぶ道のりはさらに長くなっていく」

「うむ、確かにな」

「兵站を維持することの難しさは、これまでの経験から信玄自身、骨身にしみてわかっているはずだ。もっとも、信玄自身、これまでにそれだけ遠くまで遠征したことはあるまい。せいぜいが信濃国内の川中島《かわなかじま》か、上野《こうずけ》あたりまでではないか」

「なるほど」

「それに、武田家の兵は、尾張や美濃とは異なり、いまだに百姓兵が主力になっていよう。今は冬の農閑期だからよいが、田植えの時季までには国に返さなければならぬ。翌年の米が穫《と》れなくなってしまうからな。田植えは三月にははじまろう。実際には、田植えの前に田起こしをしなければならぬ。三月までに信玄は上総介さまと雌雄を決する合戦を行い、さらに国に戻らなければならぬ。そのようなことはできぬ。せいぜい信玄が侵せるのは三河までだ。才蔵、見ているがよい、きっとそうなるはずだ」

「うむ、わかった」

うなずき、才蔵は源左衛門を見やった。

「いま口にしたすべてのことは、殿の頭の中で考え出されたことか」

「いや、ちがう」

苦笑を頰に浮かべて源左衛門がかぶりを振った。

「すべて明智さまがおっしゃったことよ」

それを聞いて才蔵は得心した。

「そういうことか。それだけの見通しを持っているからこそ、明智さまは我らに休みをくださるのだな」

実際に、明智光秀の言葉通りになるかはわからない。ゆえに、源左衛門がいったようにいつ呼び戻されるか知れたものではない。

だがすでに才蔵の心は楽典郷に飛んでいる。


十二月十二日の夕刻に、才蔵は市造とともに楽典郷に戻った。

存分に故郷を楽しもう、と才蔵は考えている。比叡山のことは忘れてしまえばよい。心にとどめておいたからといって、よいことなど一つもないのだ。

久しぶりに村の見慣れた景色が視界に入ると、脳裏につきまとって離れなかった比叡山の阿鼻叫喚のさまが、実際に薄らいでいくような気がした。

これが故郷の力なのだな、と感じた。

「悲しいことがあったようね」

愛宕神社の鳥居をくぐって、社務所の中に招き入れられた才蔵はすぐさま早奈美にいわれた。記憶が薄れただけに過ぎず、表情は早奈美には一見してわかるほどに暗いようだ。

「うむ、ひどかった」

言葉少なに才蔵は答えた。

「比叡山ね」

「そうだ。戦いにいいものなど一つもないが、延暦寺での戦いはむごたらしいことこの上なかった」

ため息を一つついて、才蔵は延暦寺の様子をつまびらかに語った。

焼き討ちの噂はとうに村まで流れてきており、しかもその様子を夢に見ていた早奈美は、才蔵が加わっていなければよいけれど、と案じていたそうだ。

「なぜか焼き討ちの夢の中に、才蔵は出てこなかった。坂本という延暦寺近くの地にいる以上、加わらないということが無理なことは、よくわかっていたのに。——才蔵は、お坊さんをたくさん逃がしてあげたのね。才蔵がいたからこそ、助かったお坊さんも多かったのでしょう。よかった」

感謝にあふれた眼差しを早奈美が向けてきた。うむ、と才蔵は首を縦に動かした。

「俺にできることは、それくらいしかなかったゆえ」

「でも、なかなかできることじゃない。才蔵らしい」

「かたじけない。そういってくれるのは、早奈美だけだ」

くすくすと早奈美が笑う。

「なにゆえ笑う。俺はなにかおかしなことをいったか」

「ううん、そうではないの。市造さんが怖い目で才蔵をにらみつけているからよ。俺も慰めたではないか、というお顔をされているの」

いわれて才蔵は市造を見た。怖い顔はしていないが、むくれているようだ。

「すまぬ、市造。おぬしも俺のことを慰めてくれたな」

「一度や二度ではありませぬ」

「そうであったな。すまぬ、許せ」

「もちろん許すも許さぬもないのですが」

「市造、とにかく機嫌を直してくれ」

「もう直っています」

　市造がにこりとしてみせる。

「もともと機嫌など害しておらぬだろう。市造が怒ることなど滅多にないからな」

　もっと早奈美と一緒にいたかったが、早くも日暮れが迫っていた。早奈美に別れを告げて家に戻った才蔵は、翌日の朝早くから旅の疲れも見せずに市造とともに大掃除を行った。すっかりきれいになった家は、とても気持ちがよかった。

　その後、十三日ばかりのあいだ、なにもせずに才蔵と市造はのんびりと過ごした。

　戦のない日々がこんなにゆったりしたものだとは、思わなかった。すでに新しい年まであと三日を余すのみとなっている。

　――いつかはすべての戦が終息し、日の本の国に平和がもたらされる日もこよう。俺が生きているあいだにそのような日々がうつつのものになればよいが、それはさすがに望み薄かもしれぬ。だが、その日のために俺は戦い抜くことにしよう。平和をもたらすために俺は戦うのだ。二度と延暦寺のようなことがあってはならぬのだ。

「殿、いま村人から聞いたのですが」

　才蔵の部屋に市造が姿を見せた。顔が紅潮している。

「どうした、なにかあったのか」

姿勢を正して才蔵は、目の前に端座した市造を見つめた。

「武田信玄のことです」

「信玄がどうかしたのか」

目に力を込めて才蔵はきいた。

「この二十二日ですが、遠江の三方原《みかたがはら》という場所で、徳川さまとのあいだで大きな合戦があったそうでございます」

「ほう、それで結果は」

「徳川勢が大敗したようにございます」

もし合戦となれば、徳川家に勝ち目はないと思っていたが、本当に家康という男は真正面から信玄にぶつかっていったのだろうか。そのような無茶をする男なのか。冷静沈着という形容が最もふさわしいように世評ではいわれている。

「徳川勢は武田勢の大軍の前に粉砕されたらしく、徳川さまは命からがら浜松《はままつ》に逃げ帰った由にございます」

「粉砕か。さすがに武田信玄が率いる軍勢は強いようだな」

「剽悍で知られる三河勢を鎧袖《がいしゆう》一触《いつしよく》にするなど、尋常の強さではございますまい」

「徳川勢には、どのくらいの死者が出たのだろう」

「一千ではきかぬのではないか、と村人はいっていました」

「それはすごい数だな。負傷者はその倍はいるだろう。この分では、徳川勢はしばらく戦えぬのではないかな」

「立て直すのには相当のときがかかりそうですね」

「まちがいあるまい。戦場から命からがら逃げ帰ったとのことだが、徳川さまは無事なのだな」

一応、才蔵は確かめた。

「多数の家臣を失われたようですが、命は長らえられたようでございます」

もしその戦いで家康が死んでいたら、どうなっていただろうか。家康の生死など才蔵にはなんら関係ないが、織田家にとっては大きな意味を持っている。

家康が死んだら、徳川家は瓦解《がかい》するだろうか。瓦解せずとも、少なくとも織田家とのこれまでのような良好な関係は望めないのではないか。下手をすれば、信玄のあまりの強さに恐れおののいた徳川家が武田家側につくということも考えられる。

もしそうなったとき、いかな信長といえども安閑《あんかん》とはしていられないだろう。領土の東側を常に守ってくれた頑丈な堤を失うのだから。

それにしても、と才蔵は思った。徳川家がここしばらくものの役に立たないというのは信長にとって痛かろう。西に向かってくる武田勢に、誰を当てるかということを考えねばならなくなる。

市造、と才蔵は呼びかけた。

「すぐに坂本に戻る支度をはじめたほうがよいな」

「えっ、まことでございますか」

驚きの色を顔に貼りつけて市造がきく。

「うむ。明智さまの描かれた筋書の中には、徳川さまが信玄に戦いを挑み、大敗を喫するというものはなかった。明智さまは、徳川さまは武田勢を避けて浜松城に籠もると踏んでおったのだろう。その目論見が外れた以上、明智さまの中で信玄の脅威というのは、大きくなるばかりであろう」

「ゆえに、この休みは取り消されるかもしれぬというわけですね」

「うむ。その知らせが殿より来る前に坂本に戻っておいたほうがよかろう」

「承知いたしました」

市造は少し残念そうだ。

「市造、まだ村にいたそうだな」

「当然でございます。もっとのんびりしていたかった」

無念そうにいい、市造が眉を八の字にする。

「予定していたより早く村を発たねばならぬなど、正直、徳川さまがうらめしゅうございます」

「確かにな。俺も早奈美とまたも離ればなれにならねばならぬ」

すぐさま才蔵は早奈美のもとに行き、別れを告げた。

あまりに急なことで早奈美は戸惑っている。

「休みは年明けまでではなかったの」

「ちと事情が変わった」

武田勢がいきなりここ尾張まで進軍してくるようなことはまず考えられないが、万が一そのときにどうすればよいか、才蔵は伝えることにした。

「ここでじっとしておれ」

「えっ、そうなの」

意外そうに早奈美が目をみはる。

「俺が必ず迎えに来るゆえ」

「武田の軍勢が来たらどうするの。あの人たちも、他の軍勢と同じように乱暴狼藉《ろうぜき》をはたらくのでしょう」

「武田勢がここに来る前に必ず俺がやってくる。早奈美、案ずるな」

静かに早奈美が目を閉じた。しばらくじっとそうしていた。

「うん、わかった。才蔵のいう通りにする」

「その場面が見えたのか」

「ううん、見えていない。きっと才蔵が来てくれるという確信が持てたの」

「そうか。では、早奈美、俺たちは発つことにする」

「もう行ってしまうのね」

「名残惜しいが」

両手を伸ばして才蔵は早奈美を抱き締めた。はっとした表情になったが、早奈美は才蔵の肩に顔をうずめてきた。


――十二月二十九日。

屋敷を訪れた才蔵と市造の主従を認め、源左衛門が目を丸くする。

「才蔵、市造、もう帰ってきたのか」

うむ、と才蔵は顎を引いた。

「三方原の戦いは明智さまにとっては予期せぬ出来事ではなかったかと思えてな」

「その通りだ。実は昨日、戻ってくるよう楽典郷に使者を走らせたのだ」

「ああ、そうだったか。お使者には無駄足を踏ませてしまったな」

「いや、そのようなことは気にせずともよい。才蔵、市造、よく帰ってきてくれた。わしは心強いぞ」

命じられずとも自分の判断で動いた才蔵のことがうれしくてならなかったらしく、源左衛門はにこにこしている。

「さすが才蔵だ」

「殿、ほめても、なにも出ぬぞ」

「なにか出ることを期待して、ほめているわけではない」

結局、元亀四年（一五七三）という新しい年を才蔵は坂本で迎えた。気になる武田信玄は三方原の大勝のあと遠江の刑部《おさかべ》という場所で動かなくなっているそうだ。

――まだ遠州を動かぬか。

市造ともども才蔵はのんびり手足を伸ばして過ごした。

――こんなことなら、楽典郷にいてもよかったな。いや、どのみち殿の使者が来ていたのだから、それは無理か。

元亀四年の三月、足利義昭《あしかがよしあき》と織田信長がついに断交に至った。これまでも不仲は伝えられていたが、やはり、という思いしか才蔵にはなかった。

その後、四月になり、三河まで進んで野田城を落とした信玄が帰国の途についたことを才蔵は知った。これは明智光秀の読み通りだった。信玄の撤兵を知った足利義昭は同じ四月に信長に和平を申し入れた。信長はそれを受け容れたが、七月にまた義昭が反旗をひるがえし、手切れとなった。すぐに義昭は降伏して捕らえられ、追放となった。これにより室町幕府は滅亡した。

それら一連のことを聞いても、才蔵にはさしたる感慨はなかった。室町幕府がまだ存続していたことのほうが、むしろ驚きだった。

元亀四年は七月末に天正元年に改元された。

その直前、才蔵たちは出陣した。

相手は朝倉勢である。

信長が浅井家にとどめを刺そうと出陣したところに、浅井から要請を受けて朝倉義景《よしかげ》自ら北近江に出陣してきたのだ。朝倉勢の拠点で、最も織田勢に近いのは、浅井家の居城である小谷《おだに》城の北に位置する大嶽《おおずく》城だ。

戦う前から、大した戦になりそうにないということを才蔵は肌で感じていた。もちろん気をゆるめることはできないが、全軍にわたって織田勢には、すでに勝ち戦の雰囲気が充満していた。

八月に入り、朝倉勢の拠点となっていた大嶽城を才蔵たちは一気に攻めた。朝倉勢はこの城に手を入れ、堅城としていたが、織田勢の猛攻の前にあっけなく落城した。

これだけで、もともと戦意に乏しかった朝倉勢は逃げ出す者や織田勢に投降する者があとを絶たなくなった。

大嶽城の落城からほとんど間を置くことなく壊滅状態におちいった朝倉勢は越前を目指して遺走をはじめたが、そこへ織田勢が容赦なく襲いかかった。首を獲り放題だったが、才蔵は逃げる敵を討ってもつまらぬと、ほとんど槍を振るわなかった。向かってくる者だけを討った。

朝倉勢を追って越前に滞在しているとき、旧美濃国主斎藤龍興の死去の報が伝わってきた。信長に攻められて稲葉山城を退去したのち龍興は流浪の末、縁戚関係にあった越前朝倉家に身を寄せていたが、こたびの織田勢の朝倉攻めにより、討ち死したのである。

享年二十六という。早奈美のいう通り、龍興は真歌音を持っていなかったのがはっきりした。不老不死がかなえられる小太刀を所持していたら、討ち死などあり得ない。

天正元年（一五七三）の暮れも、才蔵は市造とともに楽典郷に帰ってきた。

「あれ」

愛宕神社の鳥居の前に立ち、才蔵はあっけにとられた。社務所の前に、長い行列ができているのだ。三十人はいるのではないか。

「市造、あれはなんだ」

「なんでしょうね」

わけがわからないようで、市造も首をひねっている。

「この行列はなんだ」

列のいちばん後ろについている老婆に、才蔵は声をかけた。

「早奈美さまですよ」

「早奈美がどうかしたのか」

えっ、という顔で老婆が才蔵を見る。

「お侍は早奈美さまのお力をご存じないのですね」

「早奈美の力か。まあ、知らぬことはないが、おぬしは知っておるのか」

「はい、将来を予見できるお力ですから」

早奈美はおのれの力を別に隠そうとはしていなかったが、ついに近隣の者の知るところになったのか。将来のことを前知する早奈美の力が知れ渡り、その美しさも相まって、これだけの人が集まってきているのであろう。

「つまり将来のことを占ってもらうために、これだけの行列ができておるのか」

――これだけのにぎわいならば、もしやすると、俺の援助など、もはやいらぬかもしれぬ。

「さようにございます」

老婆が上目遣いに才蔵を見る。

「あの、お侍は早奈美さまを呼び捨てにされましたけど、どういうお知り合いですか」

「幼なじみよ」

「ああ、さようですか。でしたら、早奈美さまとは親しくされているのですね」

「むろん」

「でしたら、あたしを先にしていただけるよう、早奈美さまに頼んではいただけませんか」

うん、とつぶやいて才蔵は老婆を見直した。

「できれば年寄りには優しくしたいが、残念ながらそれはできぬ。おとなしく順番を待ってくれぬか。こずるいことをするのは俺の流儀ではない」

うらめしそうに老婆が才蔵を見る。そんな目をしたからといって、どうかなることではなかった。

社務所に詰めているのは、見知らぬ女だった。どうやら雇ったようだ。早奈美はどこにいるのか。

左手にある祈禱所かもしれない。そちらで占いを行っているのだろう。

夜になってから、才蔵は早奈美を訪ねた。

「急にどうしてこうなったのだ」

灯し皿の灯りが揺れる。その明かりに照らされて、目の前に座る早奈美の顔は神々しく見えた。

「今年の六月に、この境内で一人の年老いた女性の行き倒れがあったの。ほとんど息をせず死にかけていらしたのだけれど、その人はなんとか息を吹き返したの。話を聞くと、胸の病に苦しんでいて、死に場所を探していたらしいの。あまりに苦しくて死んでしまいたい、と思いつつ、ここにやってこられたのよ。なにげなく目をつぶったら、私にはその人がお嫁さんに辛く当たっている画《え》が見えたの。体の痛みとか不調とかには、本人の行い、振る舞い、素行などが強く出ることがあるの。できればこれからはお嫁さんに優しくしてあげてください、とお願いしたの。そうしたら、胸の痛みが治るかもしれないって」

「本当に治ったのだな」

「ええ、そして家に戻ったその人が私のことを触れ回ったようなの。あっという間に人が集まってきた。本当に驚いた」

「それで人を雇ったのだな」

「すぐに人々の熱が冷めれば雇う必要はなかったのだけれど、全然冷めないの。むしろ人は日に日に多くなっていく」

「すごいな、それは」

素直に才蔵は感嘆した。

「占い料というのか、それとも祈禱料というのか、代はもらっているのか」

「ちょうど十文よ」

「それは安いのではないか」

早奈美が困ったような顔をする。

「だって高くできないから」

一人十文として日に五十人来れば、五百文になる。悪くはないか、と才蔵は思い直した。

「早奈美、これからも援助は続けたほうがよいな」

「うん、続けてほしい」

「かなりの稼ぎがあるのにか」

「才蔵はいやなの」

「俺はずっと続けていたい」

「できるなら、私も才蔵に続けてほしいの。才蔵からの援助があると、私と才蔵はつながっているのだな、と心から思えるから」

うれしい言葉だ、と才蔵は思った。この早奈美の言葉を糧にして、この先、生きていくことにしよう。

天正二年の正月を故郷の楽典郷でゆったりと過ごしていた才蔵に、市造がいった。

「殿、予定ではあさってにはこの村を発ち、坂本に戻らねばなりませぬ」

坂本に戻れば、また戦続きの日々が待っている。

――早奈美の顔が見たいな。

無性に会いたくなって、才蔵は昼過ぎに一人、愛宕神社に向かった。

正月ということで、早奈美は占いの仕事は休みにしており、境内にはほとんど人けがなく、これまでの盛況ぶりが嘘のような静寂に覆われていた。

――これが本来の姿よな。

なんとなく懐かしい気がした。

「おや」

足を止めて、才蔵は目を鋭くした。

早奈美のもとに織田家の武士でも来ているのか、十人ばかりの平服姿の供らしい者が社務所のそばで所在なげにたむろしていた。馬も二頭いる。一頭は駿馬《しゅんめ》といっていい体格と毛並みをしていた。

あれはいい馬だな。ほしいくらいだ。

だが、才蔵はまだ馬に乗れる身分ではない。

何人かが険しい眼差しを向けてきたが、才蔵が見つめ返すと、気弱な犬のように顔をうつむけた。

ただし、一人だけ、まだ十一、二と思えるおのこだけが目をそらさなかった。

不敵な面魂をしておる、と才蔵は感心した。末はなかなかの武将になるのではないか。あるじが誰なのか、問いただしたい衝動に駆られたが、その気持ちを押し殺して社務所に向かう。

早奈美の顔を早く見たくてならない。

社務所に早奈美はいなかった。若い巫女が一人いるだけだ。

「早奈美はあちらか」

祈禱所のほうを指さして、才蔵は巫女にたずねた。

「はい、さようです。ただいま占いをされている最中です」

にこりとうなずいた才蔵は社務所を出て、祈禱所に向かった。

――休みを返上して仕事をしているということは、よほど身分の高い武士なのかな。あの馬のすばらしさからしても、名のある武将が来ているのかもしれぬ。

祈禱所は寺の本堂のような造りになっているが、六畳間ほどの大きさで、中はただの一間しかない。外の沓脱《くつぬぎ》に草履が脱いである。観音扉は閉じられていた。

――ふむ、中で早奈美は武士と二人きりか。

祈禱所は雪の朝のような静けさに包まれているが、才蔵はなにか妙な気配をとらえた。

祈禱所の中が、なにかざわめいている感じがしてならない。

――変事が起きておる。

確信した才蔵は扉に手をかけた。閂《かんぬき》が下りているようで、扉は開かない。

武者の供の者が、才蔵が扉を開けようとしていることに気づき、ぞろぞろと寄ってきた。

「なにをしておる」

年かさの一人が静かな声で咎めた。

「ちと胸騒ぎがするのでな」

一瞥《いちべつ》をその男に投げた才蔵は、かまわず観音扉をぐいと引いた。閂が折れたようで、扉はあっさりと開いた。

あっ。我知らず声が出ていた。真っ白な太ももが目に飛び込んできたからだ。

顔を振って見直すと、巫女姿の早奈美が畳の上に横になり、それを組み敷いている男がいた。才蔵に気づいて早奈美が、助けて、と必死に目で訴えた。口には丸めた手ふきが押し込まれていた。

「このたわけが」

祈禱所に上がり込んだ才蔵は怒りにまかせて武士の尻を蹴り上げた。ぎゃっ、と侍が声を発して引っ繰り返った。逆立ちしたように壁に体を預けていたが、素早く床に起き上がり、才蔵をにらみつけた。

「なにをするっ」

「それは俺の言葉だっ」

武士の一物は下帯にしまわれたままだ。才蔵は安堵したが、それで怒りがおさまるはずもない。目の前にいるのは猿のような顔をした小男である。この男は、と才蔵は気づいた。羽柴秀吉《はしばひでよし》ではないか。

小者から身を起こして織田家の将となり、今は所領の近江長浜に城を築いている最中のはずだ。それがどうしてここにいるのか。

才蔵には相手が誰だろうと関係なかった。首根っこをへし折るつもりでいる。

羽柴秀吉らしい小男は次に訪れる運命を悟り、あわてて逃げ出そうとした。才蔵は腕を伸ばして小男の着物の襟元をつかみ、ぐいっと小さな体を引き寄せた。炎が噴き出さんばかりの目でにらみつけ、小男の喉頸に右手をそろりと当てた。

「や、やめてくれ」

宙に浮いた小男が涙を浮かべて懇願する。

「早奈美も同じことをいったのではないか」

「ちと戯れたにすぎぬ」

――戯れだと。才蔵は右手に力を込めた。

うっ、と息が詰まった様子で、小男の顔が朱に染まる。短い手足をばたばたさせた。

「きさまっ、なにをする」

年かさの供の者が乗り込んできた。その体を才蔵は蹴った。どん、と音が響き、供の者が外に転がり落ちていった。

「きさまっ」

なおも供の者が入ってこようとする。

「――やめて。才蔵、本当にやめて」

叫ぶようにいったのは早奈美である。

眉根を寄せて才蔵は見やった。すでに身なりをととのえ、早奈美は平静な表情を取り戻している。

相変わらず人とは思えぬほどの美しさで、あまりに畏れ多くて、才蔵はこの娘を組み敷こうという気にはならない。羽柴秀吉という男は、もしや自分などとは比べものにならない器量人なのか。

「ここは神聖な場よ。人が死ぬべきところではありません」

目を転じ、才蔵は秀吉らしい小男を見つめた。

「まこと運のよい男だの」

才蔵が手を放すと、小男はどすんと尻から落ちた。背中を丸め、激しく咳き込む。

「去ね」

才蔵が顎をしゃくると、小男は手で喉を押さえつつじっと見上げてきた。細い目だが、その奥に宿っている光は鋭い。まさに射るような眼差しだ。才蔵の顔を脳裏に焼きつけているのだろう。執念深さも感じさせる。

それがいきなり立ち上がるや、開いている扉から外に飛び出した。

猿ではなく、脱兎《だっと》の勢いだった。

「あんなのが織田家の出頭人《しゅっとうにん》か」

馬に乗ろうとしているが、あわてているために、なかなかうまくまたがることができない。供の者が小男の尻を押している。

先ほどの十一、二と思えるおのこが才蔵の前にやってきた。早奈美を見つめ、一礼する。

「我が殿の無礼、どうかお許しくだされ」

顔を上げると、才蔵に目を当ててきた。なにかいいたげだが、なにもいわずに体を返した。境内を小走りに走り出した小男の馬のそばにすぐさまつく。

――よい身ごなしをしておる。

いずれひとかどの武将になるのではあるまいか。

小男を中心とする一団は鳥居を抜けていき、すぐに姿が見えなくなった。

――あの者の名を聞いておけばよかったな。

ちらりと後悔の思いが胸のうちをかすめた。だが、いずれあのおのことは、また会うことができるのではないか。

――その日を楽しみに待てばよい。

さほど遠くない将来に、再会できるのではないか。
そう才蔵は確信している。

第二章　本能寺

一

樹間に、焼け落ちた建物がいくつも見えている。

歴史に名を刻む数々の名僧を輩出した名刹《めいさつ》だが、信長の命で焼き討ちされて以来、無残に放置されている。

延暦寺の再建は、少なくとも信長が存命のあいだはあり得ないだろう。

才蔵のあるじである明智光秀は再建を願っているにちがいないが、それがうつつになることは、まずあるまい。

あのときは大勢の僧侶や僧兵が命を失ったが、逃げおおせた者も少なくない。よりどころを失った者たちは、今どこでなにをしているのだろう。

織田勢が比叡山延暦寺を焼き討ちしたのは元亀二年（一五七一）九月のことだから、あれからもう十一年がたっている。

延暦寺の焼き討ちの際の悲惨さは、今でもありありと思い出す。

戦《いくさ》は嫌いではないが、あのような一方的な殺戮《さつりく》は二度とごめんだ。

目を転じて才蔵は琵琶《びわ》湖を見た。

淡海《おうみ》と呼ばれるだけあり、広々として、本当に海のようだ。順風に恵まれているようで、白帆を掲げ、荷や客を積んだ一艘《そう》の大船が東を目指して湊《みなと》を出てゆこうとしている。

坂本の湊には、おびただしい数の船が帆を休めている。小舟が行き交い、桟橋に次々と荷が積まれてゆく。人足《にんそく》たちがそれを担ぎ上げ、いかにも頑丈そうな馬の背に載せる。

天正十年（一五八二）もすでに四月に入っている。真夏に向かって太陽はますます意気盛んで、その光と熱を浴びて誰もが汗水垂らしている。

「殿は、湊が好きだな」

後ろから市造が語りかけてきた。

「市造は嫌いか」

「俺も好きだ。人が一所懸命に働いているさまを見るのは、とても気持ちがよい」

「まことその通りだな。よし、引き上げるか」

市造をいざなって、才蔵は斜面を下りはじめた。

宏壮《こうそう》な天守が目に入る。琵琶湖の対岸に築かれている安土《あづち》城には規模や高さでは及ばないとはいえ、坂本城の天守も見る者を圧倒する威容を誇っている。坂本という交通の要衝に、まさにふさわしい。船でやってくる者はこの城を仰ぎ見て、明智光秀という武将の勢威をまざまざと知ることになる。

いま光秀はあの城にはいない。新たな領地として信長から与えられた丹波《たんば》国にいるのである。いや、そうではない。武田攻めに駆り出され、今は甲斐国のほうにいるのだ。

いずれ才蔵たちも丹波に移ることになっている。笹山源左衛門からまだ詳しいことは知らされていないが、そんなに遠い話でないのはまちがいない。

才蔵自身、早く光秀に会いたくてならない。光秀が真歌音を持っていると、早奈美が告げたからだ。長いことあらわれ出なかった真歌音の夢を、早奈美はついに見たというのである。

戦における活躍を認められて、才蔵は正式に明智家の家臣となり、今や十貫の知行を受けている。源左衛門には与力《よりき》として仕え、市造を含め、六人の配下を抱えていた。もちろん騎乗の身分である。

自らの屋敷に戻った才蔵は、板の間にどかりと腰を下ろした。

どうすれば、光秀から真歌音を取り戻せるか。じかに会うべきか。

光秀ならば話をしやすく、真歌音を返してくれるのではないかという期待がある。丹波にかかりきりになっている光秀が坂本に戻ってきたとき、いちど目通りを願ったことがある。

だが、結局その機会を得られないままに、忙しい光秀は丹波に再び戻ってしまったのだ。その後、甲斐に向かって出陣していった。才蔵はただ悔しがるしかなかった。

廊下を市造がやってきて、才蔵に来客を伝えた。

「笹山さまがお見えです」

「殿が。客間にお通しせよ」

身繕いをして、才蔵は客間に赴いた。

「おう、才蔵」

入ってきた才蔵を見て、源左衛門が満面に笑みをたたえる。才蔵は源左衛門の向かいに端座した。

「才蔵、堅苦しいぞ。膝を崩せ」

いわれて才蔵はにやりとした。

「なにしろ畳だからな、膝を崩さずともなんということもない」

客間は屋敷の中で唯一、畳を敷いてある部屋である。

「殿も畳を入れればよいのだ」

「高価だからな。それに、ついに我らが坂本を離れる日にちが決まった」

目をみはったが、才蔵は冷静な口調で問うた。

「いつ丹波へ行くのだ」

息を吸って源左衛門が居住まいをただす。

「十日後だ」

なんと。才蔵は源左衛門を見つめた。

「それはまた、ずいぶんとあわただしいことよな」

「うむ。だが織田家に仕えている以上、当たり前のことでしかない」

とにかく迅速さを好むのは織田信長の性分である。家臣たちは、つむじ風にもてあそばれる木の葉のようなものだ。それに耐えられる者でなければ、織田家には仕えていられない。

「甲斐にいらっしゃる明智さまの帰りを待たず、丹波に行くことになるのだな」

「そういうことだ」

「丹波では戦があるのか」

「丹波国の中では、もうないかもしれぬ。聞こえてくる噂《うわさ》によれば、いずれ中国に行くことになるのではないか」

「ならば相手は毛利か。そちらは、いま羽柴どのが相手をしておるではないか」

その名を口にしたら、苦々しいものがわき上がってきた。羽柴秀吉。不届きにも、早奈美を手込めにしようとした男である。あれからもうずいぶんたつのに、才蔵の中で怒りはまったく薄れていない。

「さすがに毛利は一筋縄ではいかぬらしい。羽柴どのも苦戦しているとのことだ」

「羽柴どのの援軍として向かうわけだな。丹波に着いたら、すぐに中国へ発《た》つのか」

「いや、丹波にはひと月ほど腰を落ち着けることになろう」

「丹波では、どこに住むことになる」

「亀山《かめやま》だ」

知らぬ地名である。

「亀山というと、どんなところだ」

きかれて源左衛門が首をひねる。

「さあてな。わしも行ったことがないゆえ。ただ、山の中というのはまちがいない。わしもおぬしも、これまで味わったことのないない暮らしが待っておろう」

「ほう、それは楽しみだ」

美濃は飛騨《ひだ》との国境のあたりはともかく、ほとんど平野ばかりである。近江も、だだっ広い平野が広がっている。

「才蔵、戦への備えは怠りなくしておくようにな」

「そいつは心配いらぬ。武具の手入れは欠かしたことがない」

「それは重畳《ちょうじょう》。今日わしがおぬしに伝えることはこれだけだ」

にこりと笑って、源左衛門が席を立とうとする。それを才蔵は引き止めた。

「殿、武田攻めだが、つつがなく終わったのだな」

「ああ、終わったらしい。三月十一日に武田勝頼《かつより》を自害に追い込んだそうだ」

「そうか、勝頼公は亡くなったか。甲斐の武田家は滅亡したのだな」

三方原の合戦で徳川勢を粉砕したのが嘘《うそ》のようだ。三方原の翌年に武田信玄は死に、以来、武田家の輝きは急速に失われた。勝頼の代になってから坂道を転げるように衰退していき、ついに滅亡の憂き目を見たのである。

「才蔵、武田攻めに行きたかったか」

才蔵をじっと見て源左衛門が問いを放つ。

「むろんよ。坂本で留守番はつまらぬ」

「確かにな。わしも行きたかった」

二月三日からはじまった武田攻めに、明智勢も織田勢の一員として参陣した。だが、武田攻めの主力は信長の嫡男である信忠《のぶただ》率いる軍勢であり、明智光秀が率いた兵は、わずかに一千程度でしかなかった。

「甲斐に行った明智勢は、ひたすら後方でおとなしくしているだけだったそうだ。武田勢と干戈《かんか》をまじえた者は一人もおらぬ」

「そのことは俺も聞いたが、群雄が割拠する今の時代において、群を抜く強さを誇った武田家を討伐する戦いに加わりたいと思うのは、武者として当然だ」

「わしも才蔵と同じ気持ちよ。だが、お呼びがかからぬのでは、どうすることもできぬ」

武田勝頼という剛《ごう》の者が相手だというのにこの俺を呼ばぬとはなんたることよ、と留守番になることを知った才蔵は腹を立てたものだが、勝手に甲斐へ赴くわけにもいかず、ひたすら歯嚙《はが》みする毎日が続いた。

「才蔵、丹波に行けば今度は毛利だ。武田以上に歯応《はごた》えのある相手かもしれぬ。楽しみにしておくことだな」

「うむ、殿のいう通りだ」

力強くいって、才蔵は腕を撫《ぶ》した。

二

天正十年も五月十八日になった。

どうやら梅雨に入ったようで、雨こそ降っていないが、どんよりとした雲が空を覆っている。風がかなりあるせいか、ときおり雲間ができ、そこから薄い太陽が顔をのぞかせる。

可児屋敷の庭では男たちが槍《やり》の稽古に励み、梅雨空を吹き飛ばすような気合を飛ばしている。

稽古の最後に才蔵は、市造を除いた配下の五人の相手をしはじめた。一人ずつである。すでに三人が終わり、残りは二人だ。

「よし、竹助《たけすけ》、来い」

声を発した才蔵は木刀を構え、目の前の小柄な男を見つめた。竹助は腰を落とし、槍を構えている。穂先が、ちょうど姿をあらわした太陽の光を浴びて、きらりと色を帯びる。

「竹助、構えているだけではなんにもならぬぞ」

木刀を片手で高く掲げ、才蔵は叱咤《しった》した。

「しかし殿」

竹助が情けない声を出す。

「殿があまりに大きく見えて、とても突っ込もうという気になりません」

「たわけ。戦場で敵と相まみえたとき、そんないいわけが通じるか。敵が怖くて、おまえは逃げるのか。もしそんなことをしたら、俺は容赦なく叩《たた》っ斬るぞ。竹助、来いっ」

竹助が唇を噛み締める。息を入れて、決意を秘めた顔つきになった。どうりゃあ。踏み込み、槍を突き出してきた。

竹助が手にしているのは本身の槍だから、もし体に突き刺されば怪我《けが》どころか命に関わるだろうが、両者の力量の差は天と地ほどあって、竹助の槍が才蔵の体に届くことは決してない。才蔵は余裕を持って、迫ってきた穂先を木刀で横に払った。

がつ、と鈍い音がし、竹助はよろけかけたが、素早く体勢を立て直して槍を勢いよくぶんと回し、柄で才蔵の体を打とうとする。才蔵は木刀で軽々と弾《はじ》いた。槍をしごいた竹助が上から振り下ろしてきた。

才蔵は木刀で槍を受けるや、すっと受け流して右腕でがっちりと槍の柄を抱え込んだ。竹助は槍を抜こうとするが、びくともしない。

才蔵は白い歯を見せた。

「竹助、今のはよかったぞ。槍は、突こうと思うな。叩くものだ。そのほうがずっと威力を発揮する」

「はい。そのことは、以前、殿に教えていただきました」

「そうだったな。ならば竹助、もっと勇気をもって踏み込んでこい。さすれば槍がいっそう威力を増す。敵に恐怖を与えることもできる。戦いというのは、相手の懐にいちはやく飛び込んだほうが勝つ。そういうふうに決まっておるのだ。——竹助、もう一度来い。よいか、存分に踏み込んでくるのだぞ」

才蔵は抱き込んでいた槍をさっと放した。たたらを踏みかけたが、なんとかこらえた竹助が槍を構える。才蔵の隙を見つけんと、目をぎらぎらさせている。

いいぞ、と才蔵は思った。このくらいの気迫があれば、戦場においてそうたやすくやられることはない。気持ちで敵を圧倒できれば、ほとんど勝ったようなものである。

気合をかけて竹助が突っ込んできた。先ほどとは比べようのない鋭い踏み込みだ。突く、と見せかけて、上から槍を振り下ろしてきた。才蔵は両手で木刀を掲げて、竹助の槍を受けた。ずん、と足の裏が地面に沈み込むような衝撃があった。

いいぞ、と才蔵はまたも思った。美濃の百姓の子である竹助を預かってから、厳しく鍛え上げてきたが、ようやっとここまできたのだ。十五の歳《とし》から、およそ三年かかった。才蔵は感無量だった。

竹助がなおも槍を振るおうとする。才蔵は後ろに下がり、右手を挙げた。

「そこまででよい。竹助、強くなったな」

才蔵がほめると、槍を手にした竹助がはにかんだ。

「嘘でも、うれしゅうございます」

「まことのことぞ。俺は嘘をつかぬ。よし、竹助、もっと精進するのだ。下がれ」

才蔵は、六人の配下の中で最も大兵《だいひょう》である馬之丞《うまのじょう》に目を当てた。最後の男だ。

馬之丞がうなずき、才蔵の前に進み出る。

「馬之丞、遠慮なく来い」

馬之丞が昂然《こうぜん》と顎を上げる。

「殿、この槍で本当によいのですか」

「かまわぬ」

才蔵は馬之丞に笑いかけた。

「馬之丞、誤って俺を殺してしまうとでも思うておるのか」

「いえ、そのようなことはありませぬが、やはりどうしても手加減してしまいます」

「ほう、俺に手加減か。ならば、たんぽ槍でもかまわぬぞ」

たんぽ槍とは、綿などを丸めて皮で包み、穂先につけてある槍をいう。

安堵《あんど》したように馬之丞がたんぽ槍を手にする。才蔵は、そばに立つ市造に木刀を預け、馬之丞と同じ物を得物とした。馬之丞に対しては木刀よりたんぽ槍のほうがよいと判断した。こちらのほうが思い切り振ることができる。稽古のやりやすさという点でいえば、馬之丞の言は正しい。

腰を落とし、馬之丞が槍を構える。才蔵は心中でにこりとした。さすがにいうだけのことはあり、まだ十八歳だが、なかなか隙がない。竹助と同じ村の出で、歳も同じだ。いつも一緒にいるが、性格は正反対である。

「来いっ」

いうと、馬之丞がにっと笑みを漏らした。

「殿からどうぞ」

やんわりという。才蔵は目に光をたたえた。

「あまりなめると、痛い目に遭わせるぞ」

「どうぞ、ご存分に」

馬之丞はろくに戦場での場数は踏んでいない。にもかかわらず、いったいこの余裕はどこから出てくるのか、と才蔵はいぶかしんだ。

「ならば、言葉に甘えさせてもらおう」

姿勢を低くするや、才蔵は土を蹴った。

才蔵が一気に馬之丞の懐に飛び込む。待ってましたといわんばかりに、馬之丞が槍を突き出す。たんぽ槍が眼前に迫り、才蔵の目には人の顔と同じくらいの大きさに見えた。

才蔵はそこまで見極めてから、わずかに顔を傾けた。目は馬之丞から決して離さない。たんぽ槍が頬と耳をかすめてゆく。

あっ、と馬之丞が狼狽《ろうばい》の声を上げた。確実にやったと思えたのに避けられ、その上に才蔵の槍が頭上から落ちてきたからだ。

馬之丞はかわそうとしたが、半歩も動かないうちに才蔵の槍は馬之丞の肩を叩いていた。

ぐえっ。喉が押し潰されたような声を出し、馬之丞が地面に崩れ落ちそうになる。なんとかこらえ、才蔵を見ようとしたが、目がうつろになり、膝が折れて横転した。

白目になって、馬之丞は気絶していた。

「水をかけてやれ」

才蔵は市造に命じた。

あらかじめ満杯にしてある桶《おけ》を手に市造が前に進み、馬之丞にざぶんと水をかけた。

一杯では目を覚まさない。

「ちとやりすぎたか」

才蔵はつぶやいたが、目は笑っている。

「もう一杯だ」

市造が二杯目をかけた。うう、と声を出して馬之丞が目をあけた。頭を振って、ゆっくりと起き上がる。左肩に手を置き、驚いたように才蔵を見つめる。

「痛い目に遭わせるといったぞ。馬之丞、おまえの望み通りだろう。おまえは、俺がどのくらい強いか知りたくてならなかった。それで俺を挑発するような真似《まね》をした」

馬之丞が顔から水をしたたらせる。

「できれば、殿を倒したかったのですが」

ふふ、と才蔵は笑いをこぼした。

「なかなか鋭い槍ではあったが、あの程度ではまだまだ俺を倒すことはできぬ。だが、戦場であの槍を繰り出すことができれば、兜首《かぶとくび》も夢ではなかろう」

「まことですか」

馬之丞にきかれ、才蔵は大きく顎を引いた。

「戦場には俺のような者ばかりがいるわけではない。兜首といっても、歯応えのない者も少なくないからな」

馬之丞がゆっくりと立ち上がった。背筋を伸ばして大きく息をつく。

「まだふらつくか」

才蔵がたずねると、馬之丞がかぶりを振る。

「もう大丈夫です」

「そうか。よし、これで稽古は終わりだ」

才蔵は宣するや褌《ふんどし》一つになって、井戸の水をたっぷりと浴びた。馬之丞たちも才蔵にならう。馬之丞たちはよい稽古ができたことを実感しているようで、水をかぶった顔には満ち足りた表情が刻まれている。才蔵も満足である。みんな強くなれ、と心から思う。そうすれば、手柄はいくらでも立てられよう。

「夕餉《ゆうげ》まで、まだ一時《いっとき》(約二時間)ほどあろう。それまで、ゆっくり体を休めるのだぞ」

馬之丞たちに命じ、才蔵は市造を連れて屋敷に引き上げた。馬之丞たちは、敷地の西側にある小屋に向かった。

小屋といっても、建坪は三十坪ばかりある。広い土間に板敷きの間が一つあるだけの粗末なものだが、五人が寝起きするには十分である。馬之丞たちはまだ足軽に過ぎない。手柄を立てて出世し、侍になれば屋敷内に部屋を与えられるが、そこまで行き着くのに、あとどれほどの時がかかるだろう。

とにかく死なぬことだ、と才蔵は思った。死んでしまえば、そこで終わりである。生きてさえいれば、なんとでもなる。

居間に赴いた才蔵の着替えを、市造が手伝う。新しい着物は、さすがにさっぱりして気持ちがよい。

板戸があけ放たれた居間には、北側からよい風が入ってくる。

襟元をくつろげて、才蔵は板の間に腰を下ろした。市造もあぐらをかく。少し歳を取ったな、と才蔵は市造を見て思った。これまでなかった深いしわが両の目尻にできている。

「市造、おぬし、いくつになった」

市造があっけにとられる。

「覚えておらぬのか。俺は殿よりも三つ上だ。三十二になった。ちなみに殿は二十九だ」

「自分の歳はいわれずともわかっておる」

才蔵は市造をしげしげと見た。

「そうか、おぬし、もう三十二か。知り合ったのは稲葉山城だったな。あのときおぬしは十七の若造だった。そうか、あれからもう十五年も過ぎたのか」

「殿も若造だったぞ。といっても、俺より歳上にしか見えなんだ。それは今も変わらぬ」

「市造はしわが増えたというても、三十二の割に若く見えるな。ところで、嫁はまだか」

「殿、他人事《ひとごと》のようにいうな」

市造が不満そうに口をとがらせる。

「殿が世話してくれぬゆえ、いつまでたっても女房をもらえぬ。俺はずっと独り者よ」

「独り者は俺も同じだ」

「殿には早奈美どのがおるではないか」

「早奈美か」

久しく会っていない。顔を見たくて、才蔵は時に胸をかきむしりたくなる。その気持ちを抑え込み、平静な顔を保つ。

「嫁に迎えたいが、まだまだだな」

「どうしてだ」

「俺ではなく、早奈美のほうに理由がある。占いや祈禱《きとう》の評判がよすぎて、楽典郷を離れられぬのだ。毎日、押すな押すなのありさまだそうだ」

「そのような遠慮は殿らしくないぞ。とっとと、さらってきてしまえばよいのだ。こちらに来ても、早奈美どのにはいくらでも客はつこう」

「さらってきてしまえか。市造にしては、ずいぶん乱暴な物言いだな。確かに、さらおうと考えぬでもなかった。だが、俺は早奈美のいやがることはしたくない。こればかりは時機を待つつもりでおる」

「殊勝な心がけよな。早奈美どのは、殿の女房になるつもりはあるのか」

「あると思う」

「確かめておらぬのか」

「確かめずともわかる。早奈美はいつか俺の女房になる気よ。それはまちがいない」

「殿がいうのなら、そうなのだろう。だが、俺にはそのような決まったおなごはおらぬ。殿、せめて女手を屋敷に入れてくれ」

「女なら、おせんがおるではないか」

「五十過ぎのばあさんではないか。取り柄は飯炊きがうまいことだけだ」

「飯炊きだけではないぞ。洗い張りに仕立てもすばらしい。市造、若い女がよいのか」

「俺の嫁にふさわしい歳の女がよいに決まっておる」

才蔵はうなずいた。市造の寂しさもわからないではない。故郷を離れてずいぶん久しいのだ。独り寝がつらいこともあるだろう。

「わかった。考えておこう」

「殿、約束だぞ」

「うむ。俺は嘘をつかぬ」

殿、と外から才蔵を呼ぶ声がした。

「おっ、鉄吉《てつきち》」

居間を出て、才蔵は縁側に立った。屋敷の雑用をほとんど一人でこなしている下男が腰をかがめ、控えめに才蔵を見上げる。

「どうした」

「笹山さまからのお使いがお見えです」

「殿の使い……」

笹山源左衛門は厳密にはあるじではないが、稲葉山で知り合ったときから才蔵は呼び方を変えていない。

「よし、ここに通せ」

体をひるがえした鉄吉がすぐに若い男を案内してきた。

男が才蔵に辞儀をする。

「我が殿の伝言でございます。よい酒が入ったゆえ一献酌み交わしたい、配下も連れてくるようにとの仰せにございます」

「よい酒か。そいつは楽しみだ」

さっそく才蔵は市造と馬之丞たちとともに、笹山屋敷を訪れた。

待ちかねた様子で、源左衛門が玄関に立っていた。才蔵を見て、顔をほころばせる。

「おう、才蔵。よう来た」

源左衛門に向かって才蔵は頭を下げた。

「殿、お言葉に甘えさせてもらった。それにしても、戸口で出迎えるとは、よほど俺の顔を見たかったとみえる」

「当たり前だ。なにしろ三日ぶりだぞ」

「そんなに俺が恋しいか」

「恋しいさ」

「殿には、おさきどのがおるではないか」

源左衛門が声をひそめる。

「女房ももらった当初はいとおしくてならぬが、十年もたつと、まるで母親のようじゃ。わしのことを幼子のように扱うわ」

「幼子か。ふむ、そういうものか」

「うむ、そういうものだ。才蔵ももらえばわかる。さ、入ってくれ」

才蔵たちは板敷きの広間に案内された。かわらけの載った膳が置いてあり、その前にいわれるまま座った。源左衛門の家臣たちもあらわれ、あぐらをかいてゆく。

あっという間に広間は二十人ほどの男で埋まった。ひげ面の者ばかりで、むさくるしいことこの上ないが、才蔵はこういう座が嫌いではない。

源左衛門の配下は戦慣れした者が多く、いかにも屈強そうな面つきだ。稲葉山城でともに戦った顔も、いくつか並んでいる。そういう者たちが敬意を込めて、才蔵に会釈する。才蔵も笑顔でうなずきを返した。

ひさげを手にした二人の若い女が入ってきて、膳の上のかわらけに酒を注《つ》ぎはじめた。甘酸っぱいにおいが立ちのぼり、鼻腔《びこう》をくすぐる。

市造が二人の女を食い入るように見ている。さほど器量よしではないが、二人ともまだ十代半ばと思える若さで、女房を欲する市造には相当惹《ひ》かれるものがあるようだ。

他の男たちの眼差《まなざ》しは、酒に注がれている。才蔵も酒は久しぶりだ。考えてみれば、ここ亀山に移ってきて、初めてではないか。

厠《かわや》に行っていた源左衛門も姿を見せ、才蔵の隣に腰を下ろした。穏やかな目で男たちを見回し、よく通る声で告げる。

「行き渡ったようだな。さあ、飲んでくれ」

どっと歓声が上がり、笑い声を弾けさせた男たちがいっせいにかわらけを手にする。

才蔵は源左衛門を感謝の目で見た。

「では殿、いただくぞ」

「遠慮はいらぬ。たらふく飲んでくれ」

才蔵はかわらけを掲げ、口に持っていった。甘いが、すっきりした味わいで、どこか華やかな感じすら受ける酒だ。

「こいつはうまい。いくらでも入っていきそうだ。殿、どこの酒だ」

「地の酒よ」

「亀山でこんなにうまい酒を醸《かも》しているのか」

「馬鹿にしたものではなかろう。丹桜という名がついておる」

「丹波の桜か。うむ、味にふさわしい名だ」

才蔵は女に酒を注いでもらってから、源左衛門に再び目を当てた。

「それにしても、殿。酒を馳走《ちそう》してくれるなど、どういう風の吹き回しだ」

にやりとした源左衛門が酒を一気に干し、かわらけを膳に戻した。

「毛利に関し、わかったことを才蔵に話しておこうと思うてな」

才蔵はかわらけを置き、源左衛門を注視した。広間の男たちは酒を飲むのに夢中で、源左衛門に目を向ける者は一人としていない。

目を閉じた源左衛門が話しはじめる。

「我があるじの明智さまは先月二十一日、上さまとともに甲斐から安土に無事に戻ってこられた。その後、上さまのお誘いに応じて上方《かみがた》にお見えになった徳川さまの饗応役《きょうおうやく》を務めていらしたが、つい昨日のこと、その役を上さまより免ぜられ、坂本城に入られた」

「明智さまは、徳川さまの饗応役をいきなりやめさせられたのか」

微笑を浮かべ、源左衛門がかぶりを振る。

「しくじりをされて、上さまのお怒りを買ったわけではない。はなからその予定だったのだ。饗応役と申しても、徳川さまを歓待するための準備を仰せつかったに過ぎぬ。明智さまは有職故実《ゆうそくこじつ》に通じておられるゆえ、その手のことに万事そつがない」

「明智さまの後釜はどなたが」

「堀久太郎《ほりきゅうたろう》さまだ」

なにごとも抜かりなくこなしてみせる武将だ。戦上手として知られるが、織田家中において明智さま以外では徳川さまの饗応役に最も適した男であろう、と源左衛門は加えた。

「もっとも、その堀さまも徳川さまが安土を去られたら、すぐさま毛利攻めに向かわれることになっている」

「ほう、そうか。やはり毛利は大敵なのだな」

ふっ、と息をついて才蔵はうなずいた。

「とにかく我々は、堀さまよりも早く中国に赴かねばならぬのだな。羽柴勢は毛利相手に苦戦しているとのことだったが、それは今も変わらぬということか」

「そのようだ。なにしろ相手は中国の覇者だ。総勢五万ともいわれておる。楽に倒せる相手ではない。羽柴さまは、いま備中《びっちゅう》の高松《たかまつ》というところで足止めを食らっている。さほど大きな城ではないようだが、まわりを湿地に囲まれた堅城だそうな」

羽柴秀吉は城攻めの名人と評されているが、ろくに耳にしたことのない城に手こずっているようでは、実はたいしたことはないのではないか。

そんなことを才蔵がちらりと思ったときに言葉を継いだ源左衛門が、驚くべきことを口にした。

「羽柴さまは、どうやら城を水攻めにしようとしているらしい」

「水攻めだと」

瞠目《どうもく》した才蔵の腰が、びくりと浮いた。そんな方法は初めて聞いた。

「城攻めに、そのような兵法があるのか。羽柴は、どのような手立てを用いようとしておるのだ」

才蔵が呼び捨てにした瞬間、源左衛門は片眉を上げたが、そのことには触れずに話を進めた。

「なんでも、城のまわりに長大な土手をめぐらせ、そこに川の水を引き込もうとしているようだ。今は梅雨時で、川は増水しておる。いずれ高松城は水ですっぽりと囲われよう」

「土手の普請をはじめたのはいつのことだ」

「高松城を三万の軍勢で囲んだのが、四月の半ばだな。今月に入ってから土手を築きはじめたという。まだできあがってておらぬらしいが、土地の者に破格の労銀を与えているそうだ。完成はきっと間近であろう。いや、今頃もうできているやもしれぬ」

ふむう、と才蔵はうなり声を出した。

「水攻めか。羽柴はどこからそのような着想を得たのだろうの」

「少なくとも、この国に前例はなかろう」

「ならば、唐土《もろこし》か」

「かもしれぬ。いずれにしろ、奇想天外としかいえぬ城攻めのやり方よ」

早奈美を手込めにしようとしたあの男に、そのような奇抜な策を思いつく才があるとは意外だが、そういう男だからこそ、織田家中において異例の早さで成り上がることができたのだろう。

唇を嚙み締めた才蔵は新たな問いを発した。

「水攻めという策を用いねばならぬほど、高松城は堅いのだな」

酒が満たされたかわらけを源左衛門が手にし、唇を湿すように一口だけすすった。

「城主は清水長左衛門《しみずちようざえもん》という剛の者らしい。城兵の士気も高いという。毛利の援軍はいまだに到着しておらぬらしいが、羽柴さまといえども、一筋縄ではいかぬようだ」

「城にはどれだけの兵が籠もっておる」

「三千から五千のあいだらしい」

腕組みをし、才蔵は顎を引いた。

「水攻めという策がどの程度の効き目があるか知らぬが、おそらく城兵の士気をくじくためのものであろうな」

興味を惹かれた目で源左衛門が才蔵を見る。

「それは、どういう意味だ」

女に酒をもらい、才蔵は飲み干した。

「城を水で囲んでしまえば、羽柴勢はのんびりと城方が降伏を申し入れてくるのを待つだけであろう。毛利の援軍がやってきたところで、水に阻まれて城を助けるどころか兵糧を入れることもできぬ。援軍がすぐそばまで来ているというのに手をこまねいてなにもできぬというのは、城兵の気持ちをひどく滅入《めい》らせるであろう」

一つ息を入れ、才蔵は続けた。

「その上、城内は水浸しになるはずだ。米も薪も下手をすれば使い物にならなくなる。厠で用を足すこともままならぬ。そのような城に籠もるのは、俺ならば勘弁してもらいたい。城主に一刻も早く降伏してほしいという気持ちになるのが自然なことだろう」

「羽柴さまはそこまで読んで、水攻めという策を用いられたのだな」

「そのくらいのおつむがなければ、毛利攻めの大将に任じられることはあるまい」

その通りだな、と源左衛門がつぶやく。殿、と才蔵は呼びかけた。

「明智さまはどれだけの兵を率いていかれる」

「本軍は一万三千ほどだ。あとは与力の中川さま、池田さま、細川さま、筒井さま、高山さまなどの軍勢が七千ばかりであろう」

「総勢二万か。羽柴勢の三万と合わせれば、毛利と兵力は互角だな」

「なに、勢いはこちらが上よ。それに、毛利は全軍を高松城に回せるわけではない。領内の城に兵を籠め置かねばならぬゆえ。我らとの対決に出てこられるのは、せいぜい三万というところであろう」

「ならば、楽に勝てるということだな」

にこりとして源左衛門が才蔵を見やる。

「負けることなど、おぬしは、はなから考えておらぬだろう」

「それはそうだ。俺がわざわざ行く以上、必ず勝ち戦よ。俺には愛宕神の加護があるし。毛利の武者がどのくらい強いのか、早く確かめたくてならぬ。毛利が一戦も交えることなく降伏せぬことを望むぞ」

「相変わらず強気な男よ」

ふふ、と笑って源左衛門が才蔵を見る。

「ところで才蔵、羽柴さまとはなにがあった」

軽い口調だが、唐突にきかれ、才蔵は少し驚いた。

「殿には話しておらなんだな。天正二年の正月のことだから、八年前のことだ」

「八年前になにがあった」

「あの男、不届きにも早奈美を手込めにしようとしたのだ」

むう、とうなって源左衛門が瞳に光を宿らせる。

「早奈美どのというと、真歌音の持ち主だな」

「正しくは、早奈美の暮らす愛宕神社の持ち物だが。愛宕神社の祈禱所での異変に気づいた俺は中に飛び込み、羽柴をくびり殺そうとした。だが、早奈美がやめるように願ったのだ。もし早奈美が止めていなかったら、俺はやつをあの世に送り込んでいたにちがいない」

才蔵の胸中に、あのときの怒りがありありとよみがえった。早奈美が止めたのは、才蔵に織田家の武将を殺させるわけにはいかないという配慮からだろうが、そのあとどんな面倒が起きようと、殺しておいたほうがよかったのではあるまいか。

眉根を寄せ、源左衛門が苦い顔をする。

「羽柴さまは女性《にょしょう》をことのほか好まれると聞いたことがある。女性のこととなると、他は目に入らなくなるようだな。それにしても羽柴さまは、おぬしのことをどう思うておるのだろう。さっぱりとしたご気性のようでいて、本当は恐ろしく執念深いのではないかという噂も聞こえてくるが、さすがに八年も前のことは忘れていらっしゃるか」

祈禱所で羽柴は、と才蔵は思い出した。俺をにらみつけていた。この顔を脳裏に刻みつけていたのは紛れもない。やつは、俺のことを決して忘れてはおらぬ。今は織田さまの命に応じるのが精一杯ゆえ、なにもしてこぬだけで、あの猿顔の男は心ひそかに報復を考えているのではあるまいか。

才蔵をじっと見て、源左衛門が口をひらく。

「忘れてはいらっしゃらぬだろうという顔だな」

「それは殿も同じだろう」

いわれて源左衛門が苦笑を頬に刻んだが、すぐさままじめな顔つきになった。

「才蔵、どうする」

今度は才蔵が苦笑いする番だった。

「今のところ、どうしようもない」

「それはそうだな」

源左衛門が同意する。

「ところで殿」

秀吉のことを頭の隅に追いやって、才蔵は源左衛門にたずねた。

「明智さまはいつ亀山にいらっしゃるのだ」

「坂本に残っておる兵をととのえられ、二十二日か二十三日には向こうを発たれるのではないか。我らには、すでに内々に出陣準備の触れが出ておる。おそらく二十五日にはこちらに戻られ、その二日後には一万三千の軍を率いて出陣ということになろう」

「殿、頼みがある」

身を乗り出した才蔵は、源左衛門を真剣な目で見つめた。

「俺が自ら頼んでもよいのだが、殿が口添えしてくれたほうが許しがおりやすかろう。俺を明智さまに会わせてほしいのだ」

才蔵はこうべを垂れた。

源左衛門は実直な人柄を買われ、今は七十貫取りの身分となっている。光秀に目をかけられ、かわいがられているという話も聞く。

「才蔵、顔を上げろ」

優しい声に誘われ、才蔵はいわれた通りにした。源左衛門と目が合う。

「承知した。明智さまが戻ってこられたら、すぐさまその旨、言上しよう」

才蔵は感謝の思いを込めて源左衛門を見た。

「殿は、俺がどうして明智さまに会わせてほしいのか、わけをきかぬのか」

ふっ、と源左衛門が小さな笑いを漏らした。

「きかぬでもわかっておる。明智さまが真歌音をお持ちなのだろう」

才蔵は驚きの目で源左衛門を見た。

「どうしてわかる」

「才蔵、稲葉山城で斎藤龍興さまに会わせてほしいといったときのことを覚えておるか」

「忘れるはずがない」

「そのときの顔と今の顔とが同じなのだ」

才蔵は頬をつるりとなでた。

「そうか、同じか」

「おぬしは昔と変わっておらぬ。――真歌音のことだが、わしは明智さまからその話を一度も聞いたことがない。しかし才蔵、早奈美どのが明智さまが所持されているというたのだな」

その通りだ、と才蔵は大きくうなずいた。

三

五月二十六日。

源左衛門に呼ばれた才蔵は、市造を連れて笹山屋敷に赴いた。

出迎えた源左衛門が、才蔵の着衣を確かめる。

「うむ、しっかりと正装してきたな」

白の小袖《こそで》に草色の肩衣《かたぎぬ》を着用した才蔵は、殿、と呼びかけた。

「早々に明智さまに会わせてくださるとは、まことにかたじけない」

にこりと笑って源左衛門が顎を引く。

「なに、礼をいわれるほどのことではない。明智さまは、先ほど亀山に戻ってこられた。才蔵、今より城にまいるぞ。出陣前の忙しいときゆえ、あまり悠長に構えてはおられぬ」

同じように正装している源左衛門には、四人の家臣が供についた。笹山屋敷を出た才蔵たちは、亀山城への道を歩きはじめた。

武家屋敷が建ち並ぶ町からほど近いこんもりとした丘に三層の天守がそびえ、狭い城下を見下ろしている。天守の黒壁が日光を鈍く弾き、ほんのりと輝く様子が美しい。

がっちりとした大手門には、槍を手にした十人ほどの番兵が目を光らせていた。

出陣が明日に迫っているということもあり、ぴりぴりと神経を高ぶらせている。才蔵だけでなく源左衛門をも警戒の目で見つめ、いつでも槍を振るえる姿勢を取っている。

番兵の中で最も年かさと思える男が名と用件をきいてきた。

「笹山源左衛門と申す。こちらは可児才蔵どのだ。我らは、明智さまに会うことになっておる」

胸を張って源左衛門が答えると、番兵が恐縮したような顔になり、わずかに身を引いた。

「殿さまに」

「あまりときがないのだ。早く通してくれ」

源左衛門が強い口調で番兵を急《せ》かす。

「承知した」

番兵が横にどき、他の者たちもそれにならった。才蔵たちは堂々と大手門を抜けた。

三の丸、二の丸ともに、門で城兵の誰何《すいか》を受けた。なにごともなく、才蔵たちは本丸に入った。

真向かいに天守が聳立《しょうりつ》し、右手に書院造りの御殿が建っている。御殿は、稲葉山城の麓《ふもと》にあった斎藤家のものを思い出させた。あれは、落城時に焼け落ちたと聞いた。

源左衛門が御殿に足を向ける。才蔵と市造たちも続いた。

御殿の式台に、一人の小姓が端座していた。

「笹山さま、お待ちいたしておりました」

深々と辞儀をし、ゆっくりと端整な顔を上げた。亀山城内に充《み》ち満ちている戦近しという空気に、この若い侍はまったく冒されていない。凛《りん》とした雰囲気を自然にまとっているのが、主君光秀の薫陶を感じさせた。

「可児さまもようこそいらっしゃいました」

「これはごていねいに。痛み入る」

穏やかにいって才蔵は腰を折った。

「笹山さま、可児さま、あるじがお待ちかねでございます。さあ、お上がりください」

市造と源左衛門の家臣四人は、横合いからあらわれた別の侍が、こちらへ、と御殿の左側に建つ東《あずま》屋《や》に連れていった。あそこで才蔵たちの戻りを待つことになるのだろう。

才蔵と源左衛門は小姓に導かれ、座敷に足を踏み入れた。障子があけ放たれて広々とした座敷には涼やかな風が吹き込んでいる。

正面に一段上がった畳敷きの間がある。脇息が置かれているが、まだ人影はない。

この部屋で茶を飲んだらさぞうまかろう、と才蔵は見回して思った。光秀の人柄を映じているのか、心が寛闊《かんかつ》になりそうな座敷だ。

明智さまは本当に真歌音を持っているだろうか。才蔵の気持ちは高ぶりはじめている。

首を回して源左衛門が才蔵を見やる。瞳に、案じるような色が浮いていた。

「殿、どうかしたか」

「もし明智さまが真歌音を持っていらっしゃらなかったら、才蔵が落胆するであろうと思うてな。わしのほうが落ち着かぬ」

顎に手を触れ、才蔵は首をかしげた。

「別にお持ちでなくともかまわぬ」

「あっさりいうな。才蔵、なにゆえだ」

「もし明智さまがお持ちでないのならば、真歌音に愛宕神社に戻ろうという気が、まだないだけにすぎぬ。真歌音がその気になれば、きっと戻ってくると俺は信じておる。明智さまがお持ちであればこの上ないが、お持ちでなくとも俺は気落ちしたりはせぬ。いつか必ず取り戻すことができよう」

力強く才蔵がいったとき、廊下を渡ってくる足音がした。人影がすっと座敷に入る。

明智さまだな、と才蔵は覚《さと》った。いちはやく源左衛門が平伏する。

それを見て、才蔵も同じ姿勢を取った。

気配が動き、明智光秀と思える男が上段の間に座り込んだのが知れた。二人の小姓らしい者が光秀の背後に控える。

「源左衛門、才蔵、よう来た。面《おもて》を上げよ」

澄んだ声がやんわりと頭上から降ってきた。

「遠慮はいらぬ。さあ」

首を動かした源左衛門が、才蔵に目配せしてきた。その意味を察し、才蔵はかすかに顎を上下させた。二人はそろって顔を上げた。

公家《くげ》を思わせる瓜実顔《うりざね》が、ゆったりとした微笑を浮かべている。切れ長で聡明《そうめい》そうな目から、好々爺《こうこうや》のように穏やかな眼差しが才蔵たちに注がれている。瞳に眼光と呼べるようなものは一切感じられず、背筋を伸ばしたその姿からは落ち着きと静謐《せいひつ》さが感じられた。

とても織田家きっての武将とは思えず、小さくつぼめたような口つきは、五十五という歳にもかかわらず、どこか可憐《かれん》な少女のようですらある。

歌をよくすると才蔵は聞いているが、明智光秀という男がまとうこの閑寂《かんじゃく》な雰囲気からして、それも得心がいくというものだ。

うれしそうに目尻にしわを刻んだ光秀が源左衛門と才蔵を交互に見やる。うむ、と深くうなずいてみせた。

「二人とも息災そうでなによりだ」

両手をついたまま源左衛門が頭を下げる。

「出陣前のご多忙のところ、殿にはお時間をいただき、お礼の言葉もございませぬ」

「源左衛門、そのようなことは無用にせい」

脇息をそっとどけて、光秀が身を乗り出す。

「早く用件をいうがよい。なんでも、隣に控える才蔵のことらしいな」

「はっ、さようにございます」

源左衛門が光秀を遠慮がちに見やる。光秀が大きく顎を動かし、才蔵に目を当てた。

「才蔵、かまわぬ。じかにいうがよい」

はっ、と答えて才蔵は畳に両手をそろえ直した。静かに息をつき、心を鎮める。

「明智さまにおたずねいたします」

才蔵は丹田《たんでん》に力を込め、一気に声を放った。

「明智さまは真歌音をお持ちでございましょうや」

「真歌音とな」

首をひねり、光秀が思案するような顔つきになる。思い出したようで、点頭してみせた。

「刀身が人魚の骨でできているという小太刀だな。それを所持しておると、不老不死が約束されると聞いた」

そこまでご存じなのか、と才蔵は思った。ならば、今も手放すことなくお持ちなのではあるまいか。

「明智さま、いかがでございましょう」

待ちきれず才蔵はうながした。光秀が少し険しい表情になる。

「持っていた。だが、それは以前のことだ」

眉をひそめかけたが、才蔵はこらえ、冷静にたずねた。

「今は所持されておらぬのですか」

「うむ、持っておらぬ。あの小太刀は上さまに贈ってしもうた」

「織田さまに」

源左衛門には、光秀が持っていなくとも落胆はしない、といったものの、自分でも意外なほど気持ちが落ち込み、そのことに才蔵は驚いた。

「そうだ、上さまに贈った」

わずかに暗い色を目に宿して光秀が答えた。

この目はいったいなんだろう、と才蔵は見つめたが、すぐに光秀が言葉を続け、その思いは一瞬で消え失《う》せた。

「わしは、不老不死を約束するという真歌音の曰《いわ》くを知っておった。だが、そのような力は信じておらぬ。ゆえに我がものとしなかった」

「織田さまに贈られたのは、いつのことでございましょう」

これは源左衛門が問うた。

「だいぶ前のことだ。すでに六、七年はたつのではあるまいか」

そんな前のことを今になって早奈美は夢に見たというのか。

「いま上さまは真歌音をお持ちでございましょうか」

「さて、どうだろうか」

やや薄い眉を寄せて、光秀が首をかしげた。

「お持ちではないかと思うが、上さまも不老不死など信じてはおられまい。あるいは、誰かに下されたかもしれぬ。さすがに捨てられたということはないと思うが」

最後をつぶやくようにいって、光秀が才蔵を見つめる。

「才蔵、なにゆえあの小太刀のことを知っておるのだ」

ごくりと唾を飲んでから、真摯《しんし》な口調で才蔵は真歌音の由来を語った。

「なるほど、もともとそなたの故郷の神社にあった物を、石榑という者が盗み出したのか」

そういうことであったか、と光秀が深くうなずく。

「あの小太刀は、一時は斎藤龍興公のもとにあったのか。あれを取り戻すために稲葉山城に乗り込んだとは、いかにも剛勇を謳《うた》われる才蔵らしいな。才蔵は真歌音を、もう長いこと追っておるのか」

「すでに十五年に及ばんとしております」

ほう、と光秀が同情するように嘆息した。

「十五年か、それは苦労なことよの」

早奈美のためである。苦労と思ったことは一度たりともない。いまだに取り戻せずにいることで、才蔵はむしろ申し訳なさで一杯である。

「明智さま」

顎を少し上げ、才蔵は呼びかけた。

「今は織田さまのもとにあるかもしれぬとのことでございますが、どういう経緯《けいい》で真歌音を手にされたのでございますか。斎藤龍興公からでございましょうか」

穏やかな顔で、光秀が首を横に振る。

「龍興さまからじかに、というわけではない、我が明智家はかの斎藤道三公にお味方したゆえ、龍興公の父である義龍公から攻められ、明智城を退去しておる」

弘治《こうじ》二年（一五五六）美濃国主だった道三がせがれである義龍と戦い、討ち死するという出来事があった。ほとんどの美濃衆が義龍の側についた中で、道三に与力した者もいたのだ。明智家は、その数少ない者の一人なのであろう。

「その上、わしは織田家に仕えて久しい。龍興公とは決して管鮑《かんぽう》の交わりではなかった」

むずかしい言葉が出てきたが、つまりは親しくなかったということだろう。

「では、明智さまにはどのような手蔓《てづる》があって真歌音を手に入れられたのでございますか」

「我が家臣に斎藤内蔵助《くらのすけ》という者がおる」

その名は才蔵も知っている。諱《いみな》は利三《としみつ》といい、出身は美濃だ。斎藤龍興とは異なる血筋の斎藤家の出である。

以前は西美濃衆の稲葉右京亮の家臣だったが、もともと明智家と縁戚であることから、織田家の家臣になった光秀に仕え、光秀の娘婿《むすめむこ》である秀満《ひでみつ》とともに明智家一の宿老として重用されている。

「内蔵助が、稲葉右京亮どのから真歌音をいただいたのだ。わしに仕えることが決まったとき、内蔵助が差し出してきた。おそらく、稲葉どのは龍興公から拝領したのであろう」

光秀の話を聞き、才蔵ははっきり思い出した。稲葉山山麓の館で斎藤龍興は、稲葉右京亮の紹介で石榑善兵衛という男が真歌音を持ってきたといったではないか。

あとで龍興がきいたところ、稲葉は石榑を知らぬといったそうだが、その話をしたときにでも、龍興は稲葉に真歌音を譲ったにちがいあるまい。その直後に稲葉に裏切られるなど、龍興はこれっぽっちも思っていなかったのであろう。

「才蔵、いかがする」

思いやりのこもった目で光秀がきく。

「果たして上さまがお持ちかどうか。すでにどなたかに差し上げておられるやもしれぬ。真歌音のことはわしがうかがってもよいが、明日はもう中国に向けて出陣よ。上さまに次にお会いできるのは、いつのことやら」

これ以上、光秀にきくべきことはなかった。長居《ながい》するわけにもいかない。謝意を述べて、才蔵は光秀の前を辞した。

源左衛門と肩を並べて、廊下を歩く。先ほどは小姓が案内してくれたが、帰りは二人のみだ。

「才蔵、残念だった」

自分のことのように源左衛門が悔しがる。

「よいのだ。予期していたことではないか」

「それにしても、上さまとはな」

困ったような顔で源左衛門が腕組みする。

「織田さまは、もはやお持ちでないのではあるまいか」

頰を少年のようにふくらませて才蔵は口にした。

「真歌音をお持ちだからこそ、神仏を味方につけられたように、上さまは無敵なのかもしれぬぞ」

源左衛門のその言葉に、ふっと才蔵は笑いを漏らした。

「才蔵、なにゆえ笑う」

「織田さまの強さに真歌音は関係なかろう。俺には、あのお方ご自身が神仏そのもののような気がしてならぬ」

御殿を出た才蔵と源左衛門は市造たちを連れ、亀山城の門を次々に抜けていった。

市造が、光秀とのやりとりを聞きたげにしている。大手門を出て大路を歩き出した才蔵は、できるだけ明るい口調で語った。

聞き終えて市造が無念そうに首を振る。

「そうか、明智さまはお持ちでなかったか。それで殿、どうする」

「今のところ、どうしようもない。毛利攻めに行くしかない。織田さまのもとに乗り込むわけにもいかぬからな」

さっぱりとした口調で才蔵はいった。

四

——織田さまは真歌音を所持しておられぬ。

出陣の支度に追われつつ、才蔵はそんなことを思った。

光秀との面会から一晩たったが、その思いは変わることがない。信長は不老不死を信じることはなく、縁起を担ぐこともせず、誰かに真歌音を与えたに相違ない。

いま誰の手元にあるのか知りたいが、信長にただせるはずもない。

若い頃ならば、無理を承知で安土城に行ったかもしれない。いつの間にか無茶をしなくなった自分がいる。そのことに才蔵は気づき、寂寥《せきりよう》の感を抱いた。それと同時に、早奈美に申し訳なさを覚える。

今日の正午に、中国に向けて出陣がはじまる。予定では、今宵《こよい》は四里（約一六キロ）ほど西へ行った能勢《のせ》という山間《やまあい》の小さな村に泊まることになっている。

能勢村には村名主の屋敷と寺があるくらいで、そちらは光秀や主立った家臣の宿営地となる。ほとんどの兵は野営だろう。

じき辰《たつ》の刻（午前八時頃）であるが、亀山城に向けて屋敷を出る準備はととのいつつあった。

広間に置かれた床几《しようぎ》に腰かけて、刀の手入れをしていると、市造がやってきて、源左衛門の使いが来たという。

すっくと立ち上がった才蔵は、鎧を鳴らして戸口に向かった。

源左衛門の使いは若い男だったが、その若さにそぐわない愁いの色を瞳に帯びていた。

「可児さまに申し上げます」

やや遠慮がちに声を発する。

「本日の出陣は取りやめになりもうした」

驚き、才蔵は目をみはった。

「どういうことだ。日延べということか。それとも、まさか毛利攻めが取りやめになったのではあるまいな」

一つ息を入れて若者が才蔵を見つめる。

「可児さまには、我が殿が詳しくお話し申し上げるとのことでございます」

「ふむ、話を聞かせてもらわねでは、心がおさまらぬ」

源左衛門は屋敷にいるという。市造と馬之丞を連れて才蔵は急ぎ足で向かった。

すでに他家にも同様の知らせが届いているらしく、建ち並ぶ武家屋敷の門前で、沈鬱《ちんうつ》そうな顔つきで話し込んでいる武者が何人もいる。才蔵に話しかけてくる者も少なくなかったが、はっきりした事情を知る者は一人もいなかった。

源左衛門が才蔵たちを戸口で迎えた。

「よう来た」

才蔵を見て笑顔になった源左衛門だが、すぐに表情を引き締めた。

「まずは上がってくれ」

廊下を抜けた才蔵たちは客間に通された。

「殿、どういうことだ」

向かいに源左衛門が座ると同時に才蔵はききただした。困ったなという顔で、源左衛門が苦笑いする。

「明智さまが愛宕山に参詣されるというのだ。急な話で家中の者は皆、戸惑い、驚いておる」

愛宕山というと亀山の丑寅《うしとら》（北東）の方角にそびえる山で、三百丈（約九〇〇メートル）ほどの高さを持つ。京から見て戌亥《いぬい》（北西）の方向に当たり、古来より比叡山と並んで、都の者から深く信仰されている。

「参詣ということは、愛宕神社に行かれるのだな」

「そうだ。だが明智さまの目的は、戦勝祈願のための参詣だけではないようだ」

興味を引かれ、才蔵は耳を傾けた。市造と馬之丞も真剣な顔を源左衛門に向けている。

「連歌《れんが》の会を催されるそうだ」

「連歌の会だと。なにゆえ出陣の日になって急にそのようなことをされるのだ」

「わしも腑《ふ》に落ちぬのだ。連歌の会だけに、明智さまのほかにも参加される方が何人もおる。そういう方々に急な参加を呼びかけたというのが、なんとも明智さまらしくない。事前にそつなく知らせておかねばおかしいのだが」

「明智さまは本日の出陣を取りやめてまで、なにゆえ連歌の会を執り行うのだ」

「毛利攻めの戦勝祈願だ」

「それならば、もっと前にやっておけばよかったのではないか」

「わしもそう思う」

「殿、連歌の会にはどなたが参加するのだ」

才蔵は新たな問いを発した。

「明智さまのほかには、御嫡子《ごちゃくし》の十五郎《じゅうごろう》さま、明智さまの連歌のお師匠である里村紹巴《さとむらじょうは》さま、愛宕山威徳院《いとくいん》住持の行祐《ぎょうゆう》さまなど、全部で九人らしい」

「斎藤内蔵助どのや明智左馬助《さまのすけ》どのも、むろんおられるのだな」

明智左馬助とは、光秀の娘婿である秀満のことだ。

「いや、そのお二方は参加されぬ」

ゆっくりと源左衛門がかぶりを振った。

「家臣で加わるのは、東六郎《とう》どのだけだ。斎藤どのも明智どのも歌が得手という話は聞かぬゆえ、辞退されたのであろう。もともと、出陣の支度に忙殺されていることもあるにちがいない」

殿、と才蔵は呼びかけた。

「明智さまはいつ愛宕山にいらっしゃる」

「昼過ぎと聞いておる」

「連歌の会は、泊まりがけで行うのか」

「おそらくそういうことになろう。愛宕山の威徳院で、夜通し歌を詠まれるはずだ」

「では、明智さまが亀山にお戻りになるのは明日になるな」

「うむ。出陣はその後だ」

「明日、出陣できるのであろうか」

眉根にしわを寄せて源左衛門が腕組みする。

「いや、どうやら今月の出陣はなくなったらしい。本決まりかどうかわからぬが、六月一日になったようだな」

今日は五月二十七日だから三日後である。

「中国行きが取りやめにならなかったことには安堵した。とにかく日延べですんだのは喜ばしいことだ」

座り直して、才蔵は源左衛門を見つめた。

「明智さまたちが愛宕山にいらっしゃるあいだ、俺たちは亀山で留守番だな」

いや、と源左衛門がいった。

「才蔵も一緒に愛宕山に行くのだ」

一瞬、才蔵は沈黙した。

「明智さまたちの警護か」

「その通りだ」

身を乗り出し、才蔵はたずねた。

「警護には何人連れていけばよい」

「大仰な人数は必要ない。わしは四人を連れてゆく。才蔵は二人で十分だ」

「警護ならば、鎧を着込まねばならぬな」

「うむ。平服では警護はできぬ」

「急ぎ屋敷に戻り、支度をととのえてくる。またここに来ればよいか」

「それでよい」

うなずいて才蔵は立ち上がった。

まぶしいものを見るように源左衛門が目を細める。

「才蔵、ずいぶん張り切っておるな」

「正直、連歌の会などどうでもよいのだ。役目を与えられることがうれしくてならぬ」

「ただの警護だ。退屈かもしれぬぞ」

「覚悟の上よ。それでも亀山にとどまっているよりずっとよかろう。それに――」

言葉を切って、才蔵は間を置いた。

「愛宕神社に行けば、明智さまが出陣を日延べしてまでなにゆえ連歌の会を催すのか、そのわけがわかるような気がする」

「うむ、そうかもしれぬな」

顎を引き、源左衛門が同意してみせた。

五

いつしか雨が降っている。

そのせいか木々の香りがむせ返るほど濃く、息をするたびに体が清らかになってゆくような思いにとらわれる。

高所だけにかなり涼しく、下界の暑さが信じられない。梅雨の真っ最中だというのに、ときおり鶯《うぐいす》の声が雨音を突き破って響き渡る。付近にはおびただしい石楠花《しゃくなげ》が生え育っているが、もう時季が終わっているため、桃色の可憐な花を見ることはできない。葉が雨に打たれて揺れているだけだ。

鎧《よろい》に身を固めた才蔵は馬之丞と竹助とともに、警戒の目を放っている。ほかにも大勢の武者や兵が槍をきらめかせて、境内を見回っている。

愛宕神社には、本殿のほか社僧の住坊がいくつも点在している。連歌の会は、源左衛門がいっていたように、威徳院というひときわ目を惹く立派な僧房で行われている。

百の歌を詠んで会は終了するらしいが、今が朝の辰の刻という刻限からして、すでに相当の数が詠まれたはずだ。

鎧を鳴らして源左衛門が近づいてきた。配下の者が四人ついている。いずれも胡乱《うろん》な者は決して近づけぬという決意の瞳をしている。

「才蔵、眠くはないか」

ねぎらうように源左衛門がいった。目尻を指先でかいて、才蔵は苦笑いした。

「この雨だ、体が冷え切って眠気はない。ただ、昨夜の戌《いぬ》の刻（午後八時頃）から、もう六時（約十二時間）も見張りをつとめておるゆえ疲れは隠せぬ。――殿たちは威徳院の裏をかためておったな」

「そうだ。歳ゆえ徹夜はこたえる」

「歳は取りたくないの。殿がこちらに来るということは、連歌の会は終わったのか」

「うむ、終わった。皆さまは詠まれた句を奉納し、御神籤《おみくじ》を引いていらっしゃるらしい。すぐに出てこられよう」

それを聞いて才蔵は、これで終わりか、と安堵の息を漏らした。馬之丞と竹助もほっとしている。

顔を寄せた源左衛門が低くささやく。

「ところで、才蔵。この急な催しのその理由だが、おぬしなりに推測はついたか」

眉間にしわを寄せ、才蔵は首を横に振った。

「今のところはさっぱりよ。最初は、明智さまの出陣の支度がととのわなかったのではないかと思うた。だが、やはりそれはちがうであろう。明智さまらしくない。今一度明智さまのお顔を見れば、わかるのではないかと期待しておるが、はてさてどうだろうか」

威徳院の前を警護する武者たちがざわめき立ち、建物から出てきた馬廻《うままわり》衆に押されるように扇形に広がった。

武者たちに代わって建物前を固めた馬廻衆が、あたりに厳しい眼差しを注ぐ。威徳院の近くにいた見張りの者たちが呼ばれ、建物に背中を向けて厚い人垣をつくった。

その中に才蔵たちもいた。

いち早く才蔵は、光秀の顔がよく見えるはずの場所に陣取った。背中を反らして建物のほうをのぞき込んでみたが、がっちりと固める馬廻衆にさえぎられてなにも見えない。その馬廻衆の壁が不意に二つに割れ、一人の男が姿をあらわした。

光秀ではない。明智家の重臣の一人、東六郎である。近づいてきた六郎の顔を馬廻衆の肩越しにちらりと見て、才蔵はどきりとした。驚くほど暗い顔つきをしていたからだ。

六郎は、もともと美濃国郡上《ぐじょう》郡の地侍である。先祖が室町幕府の奉公衆となり、二条流歌道を伝えた家柄とのことで、六郎は歌人として知られる宗祇《そうぎ》に古今伝授《こきんでんじゅ》を行った東常縁《つねより》の後裔《こうえい》に当たると、才蔵は源左衛門から聞いている。

それだけの血筋なら、連歌の会に加わるのも当然なのだろうが、闇に包まれたような顔色はいったいなんなのか。

六郎のあとに続いたのは僧侶と連歌師で、その者たちも雨に打たれつつ沈みきった顔だ。一言も発せずうつむき加減に歩を進めている。

最後に、光秀と十五郎光慶《みつよし》が姿を見せた。

光秀の前を行く光慶は、父に似たととのった顔立ちをしている。らんらんと輝く目は正面を力強く見つめ、どこか決意を秘めたような表情に感じられる。

まだ十四歳とのことで、体つきは華奢《きやしや》で頼りなさを残しているが、顔だけ見れば眉目秀麗な若武者といってよい。

馬廻衆に囲まれて、光秀が足早に才蔵の前を通り過ぎた。一心に考え事をしている様子で、周囲に一瞥《いちべつ》すらも投げなかった。

光秀は眉根が寄り、目が血走り、血がにじみそうなほど唇を強く嚙んでいた。

威徳院の中でなにがあったのか。

昨日の面会の際、光秀の瞳に暗い色が宿っていたことを才蔵は思い出した。あれは、今日のこの表情に関係しているのか。

才蔵は目で光秀を追ったが、その姿はそぼ降る雨の向こうにあっさりと消えていった。

——威徳院でなにがあったのか。

亀山の屋敷に帰ってきてからも、才蔵はそのことばかり考えた。

威徳院で行われたのは連歌の会であることは、論ずるまでもないことだ。

光秀だけでなく、参加していた九人の様子はただ事ではなかった。

ただ一人、十五郎光慶だけは目を輝かせていたが、あの若者にとって心が奮い立つことだったということか。

出陣の日を変更してまで連歌の会を催したのは光秀だが、なにかしらの考えがあってそうしたのはまちがいない。

しかしながら才蔵にわかるのはそこまでで、あとはもはや、うなることしかできない。

源左衛門も、わしが調べてみようといったものの、結局のところなにもつかめずに終わったらしい。

愛宕神社での光秀たちの様子については亀山城下でも噂になったが、威徳院でなにがあったのか、同席した九人以外に知る者は一人もいなかった。

それぞれの胸のうちに、すべては秘されたのである。

六

五月は二十九日で終わった。

今日は六月一日である。

毛利攻めに向けて出陣の日だが、その刻限は、どういうわけか夕刻に近い申《さる》の刻（午後四時頃）になっている。

そんな時刻に亀山を出たところで、二里も行かないうちに日暮れを迎えよう。今宵どこに泊まることになるのか、今のところ知らされていない。どこに泊まろうとどうせ野営だろうから、才蔵としてはかまわないのだが、釈然としない。

ようやく出陣の日を迎えたというのに気持ちが晴れず、才蔵は市造を連れて源左衛門の屋敷を訪れた。

源左衛門は笑顔で迎えてくれた。

「忙しいときに迷惑ではなかったか」

才蔵がいうと、かぶりを振って源左衛門が穏やかに答えた。

「なに、とうに支度はすんでおる。申の刻までどうやって時を潰すか悩んでいたところだ」

「殿、なにゆえ出陣が申の刻になった」

知りたかったことを才蔵は単刀直入にただした。

「それがわからぬのだ」

眉をへの字にして源左衛門が首を振る。

「他の者たちにもきいてみたが、知る者はおらぬ」

「そうか。まったく解せぬことよな」

まことその通りよ、と源左衛門が大きくうなずく。

「威徳院のことも合わせ、納得できぬことだらけだ。この先、なにが待っているやら」

源左衛門は浮かぬ顔である。前途にいいようのない不安を抱いているようだ。


申の刻を迎えた。

しかしながら、亀山城の内外に集まった一万三千の軍勢に動きはない。光秀から出陣の声がかかりそうな雰囲気は今のところ感じられない。

おびただしい武者や軍兵が発する熱気に包まれて、三の丸の一角に立つ才蔵は汗ばんでいる。顔を上げ、三層の天守を仰いだ。

大気に湿り気はなく、雨は降り出しそうにないが、波のように重なり合う厚い雲を背景にした天守は、どこかしら精彩を欠いている。

日暮れまであと一時ばかりだが、常は凜として見えるあの天守がうら寂しく見える。今日に至るまでに起きた一連の不可解な出来事が、心を曇らせているとしか思えない。

背後から腰をつつかれた。愛馬の雪風《ゆきかぜ》が甘えてきたのだ。おとなしすぎるほどの馬で、今は馬之丞が轡《くつわ》を取っているが、今日に限ってはさすがに落ち着かない様子だ。

「よしよし、静かにしていろ」

雪風をなだめてから才蔵は前を向いた。

「殿、それにしても、我らはなにゆえ具足を着込まねばならぬのですか」

才蔵の仕草をじっと見ていた馬之丞が、手綱を握り直してきいてきた。

「我らが向かうのは備中でしょう。先ほど殿にうかがったところでは、ここから高松城までは四十五里（約一八〇キロ）ほどだろうとのことでした。それだけ遠いところに行くのに、今から鎧を着込むのはなにゆえでしょう」

同じ疑問を抱いている者は相当数に上るようで、至るところでその話題が聞こえる。鎧というのは鎧櫃《よろいびつ》で運び、戦場が近くなったら身につけるものなのだ。軍勢というのは、疲労を極度にきらうからである。

特に、この梅雨の時季に鎧を着用したまま強行軍をしたら体力を使い果たしかねない。鎧櫃や兜は通常、従者が持ち運ぶ。才蔵には、その役目を負う者として竹助がいる。少しでも才蔵の技量に近づきたいという思いからか竹助自らが望んだことで、才蔵はその意気を買ってこころよく許した。

「こうして全軍が鎧を着込んでいるのだ。なにか理由があるに決まっている」

面に力をみなぎらせて才蔵は断言した。

「どこか近くを攻めるのでしょうか」

目を光らせて馬之丞が問いを重ねる。

「それはまずあるまい。少なくとも、丹波にも畿内《きない》にも織田家の敵は一人もおらぬ」

首を横に振って才蔵は否定した。

「誰かが反旗をひるがえしたとか」

声を低めて馬之丞がいった。

すっと指を伸ばした才蔵は、馬之丞の鼻をぴんと弾いた。いたっ、と馬之丞が鼻を押さえる。

「滅多なことをいうでない」

たしなめ、才蔵は厳しい眼差しを馬之丞に注いだ。

「流言飛語は、軍陣において最も怖いものぞ。それだけで軍勢が崩れかねぬ」

「はっ、申し訳ありませぬ」

馬之丞が深くこうべを垂れる。

「なに、わかればよいのだ」

馬之丞の肩を軽く叩いて、才蔵は再び天守を見上げた。

「鎧を着込んでいる理由は、いずれ知れよう。それまで待つしかあるまい」

源左衛門にきけばなにかわかるかもしれないが、上の者に呼ばれているのか、亀山城内ではまだ顔を見ていない。

ひしめく武者や兵のあいだをすり抜けて、厠へ行った市造がようやく戻ってきた。

「ずいぶん長い小便だったな」

「さすがに混んでおりもうした」

額に浮いた汗を市造が手の甲でぬぐう。これだけの軍勢が集まっている以上、厠が混み合むのは当然だろう。城外なら立ち小便でかまわないが、城内ではそういうわけにもいかない。

「殿、厠で噂を聞きもうしたぞ」

顔を寄せて市造がささやくようにいう。ぴんときた才蔵は市造にさっと顔を向けた。

「鎧のことだな」

「さよう。どうやら我らは、城を出たあと京に向かうようでござる」

それを聞いて才蔵は眉根を寄せた。

「京だと。備中とは逆の方向ではないか」

京の都は亀山から東に当たる。馬之丞や竹助たちも、わけがわからないといいたげな顔を並べている。

「今さら京へなにをしに行くのだ」

才蔵は市造への問いを重ねた。

「どうやら織田さまの御前で、馬揃《ぞろ》えをするとの由にござる」

「馬揃えか……。ふむ、そのために我らは鎧を着込んだのか」

顎に手を触れ、才蔵はつぶやいた。夕刻に亀山を出て五里以上もある京へ向かい、信長に毛利攻めの軍勢を見てもらう。

——なにか妙よな。

才蔵は心中でつぶやいた。五里の道のりを歩き通して、軍勢が京に着くのは真夜中になろう。明朝、馬揃えが行われるとして、今夜は京の都で野営ということか。

「馬揃えということは、我らは、織田さまにじかに声をかけてもらえるということだな」

納得はいかないものの、才蔵は明るい口調で告げた。市造が笑みを頬に刻む。

「ご運がよければ」

「織田さまは、いま京にいらっしゃるのだな。いついらしたのだろう」

徳川家康を饗応し、ずっと安土城にとどまっていたはずなのだ。

「昨日、本能寺《ほんのうじ》に入られた由にござる」

本能寺は信長の京での定宿である。五月二十七日の出陣が今日に延期になったのはこの馬揃えのためだったのか、と才蔵は気づいた。

「本能寺には、徳川さまもいらしているのか」

「さて、どうでござろう」

「織田さまと徳川さまは仲むつまじいゆえ、おそらくご一緒であろうな」

織田勢とともに甲斐の武田家を攻め滅ぼした徳川家康は駿河一国を与えられた礼を信長に述べるために、三河からわずかな供回りを連れてやってきたのだ。

信長を心から信じていない限り、このような真似は決してできない。

配下を連れて源左衛門が才蔵たちの前に姿を見せた。

「おう、才蔵、そこにいたか」

才蔵を認めて源左衛門が目を輝かせる。

「ずいぶんと待たされたが、ようやく出陣だ」

源左衛門は、斎藤利三の麾下《きか》に入るとのことだ。与力として源左衛門の隊に付されている才蔵たちも、自然、斎藤利三の指揮を受けることになる。

斎藤利三は光秀から明智軍の采配を任されている。才蔵たちは、まさしく明智軍の主力ということである。

本丸の方角から、出陣っ、という野太い声が響いてきた。

その声で武者や兵に緊張が走り、一瞬にして全員の背筋がぴんと伸びた。出陣、出陣だ、行くぞ、という声が飛びかい、命令が全軍に伝わってゆく。

一万三千という軍勢が出陣するのには、ときがかかる。才蔵たちはすぐには動けなかったが、四半《しはん》時《とき》（約三十分）後、城外に出た。

京に向け、軍勢は山陰道を粛々と進んだ。

出陣に手間取ったため、すでに日暮れが近づきつつあり、あたりは薄暗くなっている。

半時ののち、日は西の空に没した。途中、才蔵たちは松明《たいまつ》をつけて足元を照らしながら行軍した。

まわりは山ばかりで、空がひどく狭く、月が出ているのかどうかすら、はっきりしない。

三時後、才蔵たちは広々とした平野に出た。

「あれが京だな」

才蔵は小声で口にした。行く手に、闇に沈む京の町が望見できる。

さらにそこから一時ほど進んだところで、止まれとの命が下った。才蔵の位置からは見えないが、どうやら川が前途を阻んでいるようだ。

「おそらく桂川《かつら》だろう」

静かな口調で源左衛門がいった。桂川は驚くほどの大河ではないが、さすがに街道を行くのと同じ足取りというわけにはいかない。

足を止めるついでにこの場でいったん軍勢をととのえるのではないか、と才蔵は思った。馬揃えに臨むためにはそのほうがよい。

ここまでほとんど人とは出会わなかった。織田家の領内は秩序や安全が保たれているといっても、夜ともなれば夜盗や追いはぎなどが横行している。旅人もよほどのことがない限り、夜の道を行くような真似はしない。

なかなか進軍の命が出ない。まさかここで野営するわけではあるまい。生あたたかい風が吹き抜け、たっぷりと汗をかいた才蔵たちの体をなぶってゆく。

突如、馬に乗った使番《つかいばん》たちが声を張り上げ、駆け回った。

「敵は本能寺にあり。これから我が軍は本能寺を攻める。全員、心してかかれ」

わけがわからず、軍勢にざわめきが走る。

「本能寺を攻めるだと。いったいどういうことだ」

才蔵は源左衛門にただした。

「上さまの命により、我が殿は徳川さまを亡き者にするおつもりではないか」

すぐに源左衛門が答えた。

「徳川さまを討つだと。だが、徳川さまはわずかな供回りだけで上方にいらしているはず。これだけの軍勢が必要とは思えぬ。それに、徳川さまの命をいただくのなら安土城でやればすんだ話ではないか」

「うむ、才蔵のいう通りだ」

静かにしろ、私語は慎め、と使番が行ったり来たりして、上からの命を伝える。

使番は、声を発する者は斬る、とまでいった。ざわめきが徐々におさまってゆく。

再び軍勢が動き出した。梅雨時でやや増水しているとはいえ、桂川は渡れぬほどの水かさではない。せいぜい臑《すね》が浸《つ》かる程度で、才蔵たちは悠々と東岸に上がった。

桂川を渡り、すぐに京の町に入ったところで、軍勢は三手に分かれた。才蔵の属する斎藤利三麾下の三千の部隊は、そのまま街道を東へ進みはじめた。他の二隊は、どうやら北と南に向かったようだ。

――つまり明智さまは、本能寺を完全に包囲するつもりでおるのだな。

徳川さまを殺すのに、と才蔵は雪風の背に揺られつつ思いをめぐらせた。それだけの周到さが果たして必要なのか。それに、信長が家康を謀殺するとはどうしても思えない。

だが、思い悩んだところで仕方ない。今は気持ちを切り替えるしかない。

竹助から兜を受け取り、緒を締めた才蔵は馬上からあたりの様子に目を配った。

京の町はまだ目覚めておらず、人影はほとんどない。たまにあらわれる行商人らしい者たちも、声もなく進む軍勢に出会ってあわてて後ずさるか、とっさに狭い路地に逃げ込んでゆく。

才蔵が京の町に来るのは、これが二度目である。一度目は永禄十一年（一五六八）の九月で、上洛《じょうらく》する信長にしたがって来たのだ。

そのとき信長が秩序を取り戻したおかげで京は復興が進んだが、それでも長年続いた戦火の傷跡はいまだに隠しようもなく残っている。闇の中、焼け落ちたままの寺院が目につき、その黒々とした空虚な影が悲惨さを際立たせている。人が住んでいるのか、判然としない町屋も少なくない。

こういう光景を目の当たりにすると、戦いのむなしさに才蔵の体は震える。戦で飯を食っている身とはいえ、才蔵は戦い続きの世がいつの日か終わることを望んでいる。すでにその兆しは見えている。天下布武を掲げる織田信長こそ、その偉業を成し遂げるのではあるまいか。

そんなことを考えているうちに、騎乗の者は馬を下りるよう命があった。雪風の手綱を馬之丞に預け、才蔵は歩いて大通りから小路《こうじ》の一つに入った。

才蔵には大通りの名も小路の名も、わからない。

小路を半町（約五四・五メートル）ほど進んだところで号令がかかり、全軍がひしめき合うようにして止まった。軍兵の持つおびただしい松明がめらめらと音を立てて燃え、じき明けようとしている夜空に向けて幾筋もの黒煙を吐き出している。

――これが本能寺か。

土塁上に築かれた一丈ほどの高さを持つ土塀を、才蔵は見上げた。

塀は一町四方ばかりの寺の周囲をめぐり、その手前には黒い水をたたえた一重の堀がある。堀の幅は二間半（約四・五メートル）ばかり、深さはおそらく半丈はあるだろう。信長が定宿にしているだけのことはあり、城塞のような構えを誇っている。

塀の向こう側の闇に、物見櫓《ものみやぐら》の影が浮いている。透かして見たが、そこに人影はない。先行した光秀の手の者が始末したか、はなから見張りは立てられていなかったか。

高い塀越しでは屋根しか見ることはできないが、境内には伽藍《がらん》や信長の宿所などがあるようだ。

本能寺の境内は静謐の幕に包まれ、物音一つ聞こえてこない。家康主従は明智勢に包囲されたことに気づかず、依然として深い眠りについているのだろうか。

――この宏壮な寺に徳川さまがいるならば、織田さまはどこにいるのか。

そんな当たり前の疑問が、今さらのごとく才蔵の胸中に湧き起こった。背中に差している桔梗《ききょう》の紋を染め抜いた旗印が、小路に流れ込んできた風にわずかにはためき、才蔵の思案は中断された。

「殿、これを」

市造が差し出した面頰《めんぼお》を受け取り、才蔵は顔につけた。東の空が白みかけている。じき夜明けだ。

才蔵たちの目の前に小さな橋が架かり、その先には門がある。小城ならば大手門がつとまりそうな、立派で頑丈そうな門である。

やれ、と侍大将の一人が唐突に声を発した。それを受けて十人ばかりの足軽が足早に橋を渡り、いくつもの綱を結わえた丸太を門扉にぶつけはじめた。がーん、がーん、と重い音が響き渡り、静謐の幕を一気に裂いてゆく。

それに応じるかのように、なにごとだ、と野太い声が境内から聞こえた。同時に、わらわらと境内を駆ける足音が響き渡る。家康の手の者だろうか。信長が家康を謀殺する気なら、寺を警護する武者や兵は、明智勢の手引きをするはずである。

何度も丸太の打撃が繰り返されると門扉に亀裂が走り、やがて丸太が突き通って大きな穴がうがたれた。

「よし、門をあけよっ」

その命に応じて足軽の一人が穴に手を突っ込み、閂《かんぬき》を外そうとした。だが、いきなり、ぎゃっ、と悲鳴を上げて後ろに飛びのいた。左手で右手を押さえている。手首から先がなく、切り口から血が噴き出している。警護の者に刀で手を切断されたのだ。

それを見て、妙だ、と才蔵は思った。中の者の手引きはないのか。足軽の手を切り落としたのは徳川家の者としか考えようがない。

当の足軽は血の気をなくし、仲間に抱きかかえられて背後に下がってゆく。

「鉄砲隊っ」

その命に応じ、二十人ほどの鉄砲足軽が二列になり、横にずらりと並んだ。膝射の者と立射の者が塀に向けて鉄砲を構える。

「放てっ」

耳を聾《ろう》する轟音《ごうおん》が響き、まず膝射の十発が放たれた。玉は門扉に激しく当たり、何発かは門の穴に吸い込まれた。撃ち終えた足軽たちが玉込めをはじめ、立射の者たちが号令とともに鉄砲を放った。またもや玉は門扉を鋭く叩き、穴を通り抜けていった。

「やれっ」

その命に応じて前に出ようとした足軽を制し、才蔵は進み出た。中の気配を嗅ぐや、門にできた穴に素早く手を入れた。同時に刀が振り下ろされるのを感じ、すぐに手を引っ込めた。刀が、がっ、と門を激しく打つ。刀が引かれるのを気配で感じ取った才蔵は再び手を差し入れて、閂を落とした。閂は石畳の上に落ちたようで、がらん、という音を立てた。

すかさず門を押す。中から警護の者たちが押さえているのか、わずかにきしむだけでびくともしない。どどど、と他の者も殺到し、門に取りつき、押したが、やはり開かない。

「下がれっ」

侍大将の大音声《だいおんじょう》が背後から響き渡り、才蔵たちはすぐまた後ろに引いた。

「鉄砲隊っ、放て」

またもや鉄砲が轟然《ごうぜん》と火を噴いた。

鉄砲の玉は門扉をささくれ立たせ、丸太で打たれて弱くなっていた箇所を貫いた。うっ、ぎゃあ、という悲鳴やうめき声が門越しに聞こえてきた。

それを合図にしたかのように、斎藤勢の足軽が次々に門に取りついた。きしんだ音が立つ。見る間に門が押しあけられていく。

「行けっ、突っ込め」

待ちかねたように、槍を構えた武者や足軽たちが突進する。それらを押しのけて、才蔵は先頭で門をくぐり抜けようとした。才蔵の肩がぶつかり、横に弾かれそうになった若武者が体勢を立て直してにらみつけてきた。面頰をつけ、見事な大立物《おおたてもの》の兜をかぶっている。

にやりと笑みを浮かべて、才蔵は若武者を見やった。その余裕と凄《すご》みのある笑顔を目の当たりにして、若武者がわずかにひるむ。その隙に才蔵はあっさり一番乗りを果たした。

うしろに馬之丞がついてきている。それに気づいて、才蔵はすぐさまただした。

「雪風はどうした」

「竹助に預けてまいりました」

にこりとして馬之丞が答える。ずいぶんと余裕があるではないか、と才蔵は頼もしく思ったが、そうか、とだけ口にして顔を前に戻した。

斎藤勢の鉄砲にやられた三人の兵が血だまりに横たわっている。すでに息絶えているようで、身動き一つしない。

左手に番所らしい細長い建物があり、そこから出てきたのか、具足を着けた数十人の兵が槍を構えて隊列を組んでいた。その隊の指揮を執っている武者が太刀を抜き放ち、一歩二歩と前に進み出て才蔵たちをにらみつけた。

「明智の手の者と見たが、きさまら、血迷うたか。ここがどこかわかっておっての狼藉《ろうぜき》か」

「あらがうな。得物を捨てよ」

才蔵の背後で侍大将が怒鳴る。

「さすれば、命は取らぬ」

声の主が誰であるかに気づいて才蔵が振り返ると、そこにいたのは案の定、茶紗地《ちゃしゃじ》の陣羽織を着用し、采《さい》を手にした斎藤利三だった。兜の大立物が明け初めつつある空へ向かって屹立《きつりつ》している。

「上さまを害さんとする謀反人がなにをいうか」

憎々しげに顔をゆがめた武者が利三に向かって吠《ほ》え、掲げた左手をさっと振り下ろした。

「上さまをお守りせよ。逆賊を討て」

おう、と答えた兵が槍をそろえ、えいえいえいとのかけ声とともに殺到してきた。

——上さま、謀反人とはどういうことだ。

まさか、と思って才蔵は眉根を寄せた。味方にも動揺が走り、わずかに及び腰になる。

そのとき味方を励ます利三の大音声が響き渡った。

「皆の者、織田信長を討て。討てば、日向守《ひゅうがのかみ》さまは天下さまになられる。信長の首級を挙げれば、恩賞は望みのままぞ」

雷に打たれたような衝撃を受けつつ、才蔵はすべてを解した。

──そうか、明智さまは、はなから織田さまを弑《しい》するつもりだったのだ。

愛宕神社での光秀の顔が、才蔵の脳裏によみがえってきた。

おう、やるぞっ、行けえっと斎藤勢の武者や兵が迷うことなく槍を突き上げた。

才蔵の脳裏にあらわれた光秀の像は、一瞬にして消え失せた。

「進めっ。逆らう者は容赦するな」

利三の声に応じ、斎藤勢が奔馬のように突き進む。天下という言葉に興奮し、誰もが気持ちが激している。目を血走らせていない者は一人もいなかった。

斎藤勢は、信長を守らんとする者たちと岩同士が突き当たったようにぶつかり、もみ合いになった。喊声《かんせい》、剣戟《けんげき》、悲鳴が境内にこだまし、血しぶきが薄闇に噴き上がる。

乱戦になったが、それをすり抜けるようにして二人の足軽が才蔵をめがけてやってきた。頭上から振り下ろされた槍をかわし、才蔵は小兵の足軽を槍で突き殺し、もう一人には体当たりをかました。

大柄でがっちりとした体軀《たいく》を誇る足軽だったが、後ろに吹っ飛んで石畳の上に倒れ込んだ。

突進した馬之丞がその足軽に馬乗りになり、あっという間に首を掻《か》き切った。小兵の首もすぐさま切り取る。

「馬之丞、足軽、雑兵の首はいらぬ」

打ち捨てにするように才蔵は命じた。

「承知しました」

馬之丞が石畳の上に置いた二つの首は、わずかに転がり、動きを止めた。無念そうにあけた目は、虚空を見つめている。

「殿、どうする」

背後から駆け寄ってきた市造がただす。

「こうなっては、どうするもこうするもあるまい」

やや語気を荒らげて才蔵は告げた。

「では」

「このまま進むしかない。もはや後戻りはできぬ」

「織田さまを討つのだな」

「いうまでもない。だが、討つ前にお顔を見たいものよ」

才蔵としては、なんとしても真歌音のありかを聞き出さなければならない。

「そういうことなら、殿、急がねばならぬ」

市造にうながされ、才蔵は石畳を蹴った。

大勢の味方が境内に入り込み、喊声を上げてあたりを走り回っている。数十人の番所の者たちは激しい抵抗を見せたものの、あまりに彼我の数がちがいすぎ、なぶり殺しにされた。指揮を執っていた武者の首は足軽の槍の穂先に突き刺さり、血祭りとばかりに宙に掲げられている。

左側に、見る者を圧する大屋根を持つ伽藍が建ち、正面に書院造りの御殿が見えている。宿坊らしい小さな建物もいくつかあった。

「どちらに織田さまはおわすのですか」

後ろから馬之丞がきいてきた。

「伽藍のほうだろう。あちらの御殿は、おそらく客人を遇するためのものだ。あの御殿では茶会などもひらかれるのだ」

才蔵たちは、半町ほど先に建つ伽藍に向かった。他の武者や兵も気が触れたような声を上げて、大波と化して近づいてゆく。

伽藍の回廊の欄干《らんかん》に信長の馬廻や小姓だろう、数十人の武士が立ち、槍や太刀を手にしているのが才蔵の目に入った。弓矢を得物にしている者も少なくない。

この明智勢の襲撃の思いがけなさを証《あか》すかのように、誰一人として鎧に身を固めていない。そんな余裕はなかったのだ。鎧があるとないとでは、戦闘力が十倍はちがってくる。

才蔵たちは一気に伽藍に迫った。あと十間ほどまで来たとき、風を切って次々と矢が飛んできた。よけるのはたやすかったが、それでは背後に続く配下たちがやられてしまう。槍を小さく振って、才蔵は飛来する矢を叩き落とした。

うぐ、ああっ、とそれでも声が上がるのは、矢をよけきれなかった者がいるからだ。

配下がやられたのではないと、才蔵は信じたかった。今は死んだ者がいないか、確かめているすべも暇もない。とにかく前に進むしかなかった。

馬之丞と市造が無事なのは見ずともわかっている。またもや矢が飛んできた。うるさい、とばかりに才蔵は腕で叩き落とした。

斎藤勢から鉄砲が一斉に放たれ、轟音が耳を圧した。背後から熱風が押し寄せ、一瞬で前方に駆け抜けていった。信長の小姓や馬廻の者たちが人形のようにばたばたと回廊に倒れた。がくりと膝を折って欄干にもたれかかる者も少なくない。至るところから血が噴き上がり、欄干が暗い色に染められてゆく。硝煙がもうもうと立ちこめ、視界を垂れ絹のようにさえぎる。硫黄のにおいのせいで鼻の奥がむずむずするが、気にしてはいられない。

織田さまはどこだ。回廊にいらっしゃるのか。目を皿のようにして才蔵は見つめた。回廊はすでに槍が届くところまで迫っている。

生きて動いている信長勢は、もはや多くない。せいぜい十数人か。目をつり上がらせた一人の若武者が、才蔵に向かって槍を伸ばしてきた。

体をひらいて才蔵はよけ、逆に槍を突き上げていった。才蔵の槍は武士の胴を突き、穂先が背中から抜けた。

血を吐いて息絶えた武士から槍を引き抜き、才蔵は回廊を見上げた。回廊に乗り込んだ斎藤勢はまだ一人もいない。再び背後の鉄砲の群れが火を噴き、信長方の武士たちが悲鳴やうめき声を上げて倒れ込む。矢も次々に放たれて何人もの武士の命を奪い、板戸や回廊に音を立てて突き刺さってゆく。

織田さまはどこだ。あらためて捜してみたが、才蔵の視野には入ってこない。少なくとも回廊にはいない。

伽藍の奥に入ったのか。それとも逃げ出したのか。今は奥にいると信じて追うしかない。

才蔵は回廊に上がろうとした。だが、まだ馬廻らしい生き残りがおり、才蔵に向かって刀を振り下ろしてきた。

武士は、いかにも信長が好んだのではないかと思えるような涼やかな相貌をしていた。よく鍛えているようで、しなやかな筋肉を誇っている。信長の馬廻の中でも、いずれ名のある者なのだろう。

繰り出される斬撃は威力十分だった。まともに兜を打たれたら目を回し、失神するかもしれないだけの力を秘めていた。

だが武士の刀は、才蔵の瞳にはっきりと映っていた。斬撃をかわすまでもなく、槍を回して石突きで武士の腹を突いた。武士の刀はむなしく欄干を叩き、武士はうっ、とうめいて腰を折った。すかさず左手を伸ばした才蔵は武士の髷《まげ》をつかみ、ぐいっと下へ引っぱった。武士が欄干を乗り越え、地面に落ちる。

「馬之丞っ」

名を呼ばれる前にすでに馬之丞が進み出て、鎧通しを手に武士の上に乗りかかった。胸に突き立てて息の根を止めようというのだ。

だが、鎧通しが中途でぴたりと動かなくなった。馬之丞の手を武士ががっちりと押さえている。体をはね上げられ、馬之丞が下になる。鎧通しを奪われ、逆に胸を刺されそうになっている。

その武士の頭に刀で斬りつけたのは市造だった。がつ、と鈍い音がし、武士は背をのけぞらせた。血が飛び、頭がぱっくりと割れた。うしろを振り向こうとしたが、それはかなわず、武士は悔しげに歯嚙みし、馬之丞の上にくずおれていった。

「馬之丞、早く立て」

市造が、もはや息のない武士の体をどかすと、あわてたように馬之丞が立ち上がった。武士の死骸をこわごわと見つめている。

「馬之丞、怪我はないか」

欄干に手をかけ、才蔵は馬之丞の無事を確かめた。馬之丞が我に返る。

「はっ、おかげさまで」

はあはあと荒い息をついてはいるが、少し落ち着いたようだ。市造に感謝の目を向ける。

「それならばよい」

土を蹴った才蔵は、ひらりと欄干を乗り越えて回廊に上がった。そこには生きて戦う信長の馬廻や小姓は一人もいない。全滅している。横たわる死骸の群れは、いずれも無念さに満ちた目をしている。

天下布武を目指し、幾度も絶体絶命の危機に見舞われながらもしぶとくくぐり抜けてようやくここまでやってきたのに、光秀の裏切りを許した信長の無念の思いを誰もがわかっているのではあるまいか。

血でぬるぬるして滑りやすい回廊を進み、槍を構えて才蔵は本堂に足を踏み入れた。

正面の壇に如来像《にょらい》や菩薩像《ぼさつ》などさまざまな仏像が鎮座し、境内で激しい戦いが行われていたのが嘘のように穏やかな表情をして才蔵たちを見つめている。その中で金剛神だけが憤怒の形相を浮かべていた。

本能寺の本尊は曼荼羅《まんだら》であると聞いたことがあるが、危険を覚った寺の者がいち早く持ち去ったのか、それらしい物は見当たらない。

斎藤勢の他の者たちが、次々に伽藍に入り込んできている。肩を並べ、槍をそろえて才蔵たちは広々とした板敷きの上を進んだが、そのとき奥から、もうもうと煙が漂い出てきた。誰もがぎょっとし、足を止めた。

「火を放ちおったな」

つぶやいた才蔵は、信長が覚悟を決めたことを察した。ここで死なれては真歌音のことを聞き出せない。急がねばならなかった。

建物の隙間など至るところから吐き出される猛烈な煙のせいで他の者が咳き込み、涙を流す中、才蔵はものともせずに奥へと進んだ。

まだ生き残っていたらしい信長配下の三人があらわれ、煙を真っ二つに斬り割るように刀を振り下ろしてきた。

この者たちも鎧を着けていない。信長からおのが首を明智勢に決して与えぬよう、厳命されているのだろう。すでに信長に殉ずる決意を固めているらしく、三人の武者は死兵と化している。命を捨ててかかってくる者は恐ろしく強く、できれば避けたほうがよい。斬撃も目にとまらぬほど鋭かった。

捨て身の相手を前にしているといえども、才蔵には殺《や》られるつもりはまったくない。生き抜いてやるという思いは、誰にも負けはしない。

槍をしごくや、才蔵はさっと繰り出した。穂先は先頭にいた大柄な武者の腹を貫いた。うっとうめいて、武者が床にひざまずく。悔しそうなうなり声を漏らした武者の体を蹴って槍を引き抜くと、才蔵は左側から斬りかかってきた細身の武者の顔を柄で殴りつけた。

がつ、という音とともに首がねじ曲がり、武者は床に転がった。白目をむいて、気絶したところを馬之丞がとどめを刺した。

最後に、がっしりとした武者が刀を手に突進してきた。すぐさま槍を旋回させた才蔵は、穂先をその胸に突き入れた。

ぐっ、と息の詰まった声音を出し、武者があえぐように口を大きくあける。真っ赤な舌が生き物のように動いている。槍を抜いて才蔵が後ろに下がると、引っぱられたように武者が前のめりに倒れ込んだ。血だまりが床の上に広がってゆく。

あっという間に三人を屠《ほふ》った才蔵は、背後を振り向くことなく舞良戸《まいらど》に到達した。この戸の向こうが信長の寝所につながっているはずだ。

すかさず馬之丞が舞良戸をあけようとする。

「待てっ」

手を伸ばして、才蔵は制した。

なにゆえ、とききたそうに馬之丞が見つめてくる。眉根を寄せて、才蔵は耳を澄ませた。舞良戸の向こう側で、ごうごうと大気がうなっている。もし舞良戸をあければ、火が大渦となって一気になだれ込んでくるだろう。その猛烈な炎を浴びたら、火だるまになるにちがいない。

先に進むのはあきらめるか。そんな思いが、ちらりと才蔵の頭をかすめた。このありさまでは、すでに信長は自害したのではないか。

くそう。才蔵は歯嚙みしかけたが、すぐに思い直した。

いや、織田さまはまだ自害されておらぬかもしれぬ。ここまで来て話を聞かずに引き返せるものか。このくらいであきらめては、早奈美に申し訳が立たぬ。早奈美のためにも、織田さまになんとしてもお会いしなければならぬ。

「よし、あけるぞ」

決意した才蔵は腰を落とし、馬之丞と市造に下がるようにいった。背後の斎藤勢の武者たちが、早くあけてくれ、といわんばかりの顔つきをしている。

だが、そこに立っているのが、たったいま三人の武士を瞬時にあの世に送り込んだ可児才蔵では、黙って見ているしかないのだ。

熱を帯びている引手に手を置き、才蔵は舞良戸を横に引いた。重い戸が敷居をするすると滑る。同時に熱風が噴き出し、獲物を求めるように炎が一気にいくつもの腕を伸ばしてきた。

かまわず才蔵は敷居を越えた。そこは広い廊下だったが、行く手は火の海だった。

廊下を走り、才蔵は信長を捜した。いくつもの部屋があるが、すべての板戸に火がつき、襖《ふすま》は燃え上がっている。炎はとうに天井に達し、横に広がりはじめていた。

——どこだ。どこにいる。

床を滑るように近づいてくる炎が、手を大きく広げて才蔵を包み込もうとする。才蔵はそれを乗り越え、上から降りかかる火の粉を槍で振り払って信長の姿を捜し求めた。柱や梁《はり》に炎の舌が絡みつき、この巨大な建物は目に見えて弱っていた。

あとわずかな時間で、瓦の重みに耐えられずに燃え落ちるのは疑いようもない。前後左右、至るところで火が燃え盛っている。全身から汗が噴き出してきていた。

草鞋《わらじ》はすっかり焼け焦げ、鎧は触れればやけどしそうなくらい熱く、着物は今すぐ燃えはじめてもまったく不思議はなかった。兜の中の髪の毛も焦げはじめていた。

「殿、引き上げましょう」

後ろから市造の声が聞こえた。さっと才蔵は振り返り、市造をにらみつけた。

「まだだ」

躍りかかってくる炎を物ともせず廊下を走った才蔵は、もしやここではないか、と直感した場所で立ち止まり、ぶすぶすとくすぶる板戸をさっとあけた。

床板をなめ上げる激しい炎の中、五間ほど先に寝間着姿の男が端座していた。目つきは鋭いが、涼やかな相貌だ。

——織田さまだ。

才蔵が目をみはったとき、轟音が鳴り響いて天井が落ち、男を瞬時に押し潰した。

「ああっ」

声を発したのは市造である。頭上から不気味な音がしはじめており、才蔵ははっとして天井を見上げた。廊下の天井にも炎は広がっており、今にも崩れてきそうだ。

「殿、引き上げましょう」

才蔵に、もはや否やはなかった。

第三章　賤ヶ岳

一

円明寺川《えんみょうじ》というそうだ。

川幅は一町（約一〇九メートル）あるかどうか。梅雨時ということもあり、たっぷりとした水が悠々と流れている。

山と山のあいだの隘路《あいろ》を抜け出た場所に広がる河原は広大で、一万六千の軍勢が陣を構えるのに不都合はない。

といっても、あたりは大小いくつもの沼が点在し、大軍は自在に動くことができない。唯一、明智軍が布陣しているこのあたりだけが平地になっている。

生あたたかな風が吹き渡るたびに、旗幟《きし》がばたばたと鳴る。

円明寺川の向こう岸にも、無数の旌旗がひるがえっている。

羽柴秀吉率いる軍勢である。

総勢がどのくらいなのか判然としないが、おそらく二万は優に超えているだろう。

才蔵たちは、いま山城《やましろ》国の山崎《やまざき》という地で槍《やり》を手にしている。本能寺で織田信長が死んで、すでに十一日が経過していた。

羽柴勢が目の前にいるのは、信長の死を聞いた秀吉が毛利家と和睦し、備中から大急ぎで引き返してきたからだ。名目は信長の仇《かたき》を取るためだが、光秀を討てば、そのまま信長の後継として天下人に最も近い地位を得ることになる。どんな武将であろうと、この機を逃すはずはない。

だがまさか、と才蔵は思う。あの猿面の男とこうして相まみえることになるとは、脳裏の片隅をよぎったことすらなかった。

秀吉とは故郷の楽典郷で出会った。愛宕神社の祈禱所《きとうしょ》で早奈美に不届きなことをしようとした男を、才蔵はくびり殺そうとしたのだ。あれは天正二年（一五七四）の出来事だったたか。

当時の秀吉は織田家の一介の武将に過ぎなかった。それが今や天下を狙える位置にまで達したのだ。

確かにあの頃から有数の出頭人《しゅつとうにん》ではあったが、才蔵には信じられぬという気持ちしかない。あの猿のような顔をした男が天下人になるかもしれないというのは、頭ではかろうじてわかるのだが、感情ではまったく解せない。

やはり人には運や勢いが必要なのだな、と才蔵は思った。きっと羽柴秀吉という男は、天下取りのための努力を惜しまなかったのだろう。そういう者にしか運や勢いはつかないものだ。

これからはじまる合戦は、と才蔵は羽柴勢を見渡して考えた。織田信長という希代《きたい》の天才に見いだされ、順調に出世を重ねてきた二人によるものということになる。

「勝てますか」

ささやくような声で竹助がきいてきた。

「勝たねばならぬ」

断固とした口調で才蔵はいい放った。できれば、秀吉の首をこの手で獲りたい。やつの運や勢いをこの手で断つのだ。

そうすれば必ず勝てる。秀吉を失った羽柴勢は総崩れになるはずだ。もし光秀が負ければ、秀吉はこの俺をきっと殺すだろう。

楽典郷でのうらみを秀吉が忘れているはずはない。俺を捕らえ、なぶり殺しにしようと考えていても、なんら不思議はない。

時刻はすでに申《さる》の刻になろうとしている。昼が最も長いこの時季でも、あと一時《いっとき》で日は没する。

才蔵たちは昨日、この地に着陣した。それからずっと動かず、ひたすら腕を撫《ぶ》している。

ようやく戦機が熟しつつあるのを才蔵は感じ取っている。おそらく、あと四半時《しはんとき》もかからずに戦いがはじまるのではあるまいか。

右手に、天王山というなだらかで小高い山が見えている。高さは九十丈（約二七〇メートル）ほどに過ぎないが、あの頂からは両軍がどういうふうに布陣しているか、一目瞭然のはずだ。

光秀は敵中に孤立させることをきらったのか、あの山に軍勢を出そうとしない。羽柴勢は麓《ふもと》に軍勢を置いているだけだ。

その軍勢の前を羽柴勢の一隊が通り過ぎようとしているのを、才蔵ははっきりと見た。旗印からして中川清秀《なかがわきよひで》の軍勢だろう。清秀は光秀与力《よりき》の武将で、本能寺で信長が死ななければ、才蔵たちとともに備中へ赴くことになっていたのだ。それが光秀に与《くみ》せず、秀吉についたのである。

槍を握る手にじっとりと汗がにじみ出てきたのを、才蔵は感じた。がちがちと歯が音を立てているのは、市造や馬之丞、竹助たちが鳴らしているのだ。武者震いは、なんら恥ずべきことではない。中川清秀隊の狙いは、円明寺川を渡って明智軍の右翼に出、こちらを包囲することであろう。秀吉は今日、雌雄を決する決意を固めているのだ。日が暮れる前に、光秀の首級を挙げる気なのだ。

どんどん、と押し太鼓が背後で激しく打ち鳴らされ出した。光秀の本陣が打っているのだ。

それに応じて、斎藤利三麾下《きか》で右翼を担っている伊勢貞興《いせさだおき》の軍が一斉に駆けはじめた。

どんよりと厚い雲が覆っていた空から、雨が落ち出した。ぱらつく雨のなか、伊勢勢が円明寺川の流れに足を踏み入れる。ばしゃばしゃと、おびただしい水しぶきが上がる。およそ千五百の兵を率いる伊勢貞興はまだ二十一の若さである。

本能寺攻めの際には別働隊として二条御殿に襲いかかり、信長の嫡男信忠を自害に追い込んだ。そのとき貞興は槍を縦横に振るい、何人もの敵を討ち取ったと才蔵は聞いている。

勇猛な若武者に率いられた軍勢は水かさの増した流れを物ともせずに、円明寺川を一気に渡った。雨の中、渡河した伊勢の鉄砲隊から玉が放たれる。その数およそ数十挺《ちょう》。

今は火皿が濡《ぬ》れないように小さな傘が差し込める穴のある鉄砲がほとんどで、雨でも撃てるように工夫がされている。

鉄砲玉を受けて、二千はいると思える中川勢の先鋒《せんぽう》三十人以上が、もつれ合うようにして倒れた。伊勢勢からは矢も放たれ、中川勢に降り注ぐ。中川勢もすぐさま鉄砲を撃ち返してきた。やはり鉄砲の威力は絶大で、伊勢勢にも相当の損害が出た。

伊勢どのは大丈夫だろうか、と才蔵は案じた。二条御殿のときと同じく、またも自ら槍を手にして、軍勢の先頭を走っているはずなのだ。

少々鉄砲にやられたからといって伊勢勢の勢いはまったく減じず、喊声《かんせい》を上げて、すでに態勢をととのえている中川勢に突っ込んでゆく。またたく間に中川勢との距離を縮めた伊勢勢は、足軽隊が槍を振り下ろし、第一線にいる雑兵《ぞうひょう》、足軽を叩《たた》き伏せた。円明寺川を渡河する前に下馬していた武者たちも槍や刀を振りかざして突進し、中川勢の武者を突きまくり、斬り殺した。

伊勢勢は、敵勢を小さなかたまりにちぎるように進んでゆく。中川勢は兵力でまさっているにもかかわらず数十人ずつに孤立し、伊勢勢の輪の中で次々に殲滅《せんめつ》されていった。瞬《まばた》きするあいだに、数え切れないほどの命が失われてゆく。

今や伊勢勢は中川勢を潰走《かいそう》寸前にまで追い込んでいた。あと四半時もこの戦いが続けば、中川勢は半分以上の兵を失うことになるだろう。軍勢の体を保てず、この戦場を離脱するしかなくなる。

伊勢どのは、と才蔵は伊勢勢の戦いぶりを眺めた。存分に槍を振るっているのだろう。伊勢貞興は光秀を父のように慕っており、なんとしても天下人にと願っているはずなのだ。

窮地の中川勢を救うために、敵の一隊が駆け出した。旗印を見ると、摂津《せっつ》の高槻《たかつき》城城主高山《たかやま》右近《こん》の軍勢である。

兵力は中川勢と同様、二千ほどか。それを見て取った光秀本陣から、またも攻め太鼓が打ち鳴らされた。

馬上で斎藤利三が采《さい》を振り、大音声《だいおんじょう》を発する。

「かかれっ、かかれっ。高山勢を打ち破れ」

その命に応じ、すでに下馬していた才蔵は槍を握り締めて走り出した。川を渡る際、馬に乗っていてはあまりに危険だ。鉄砲の恰好《かっこう》の標的にされる。

刀が得物の者は、抜き身を肩にのせて走っている。斎藤勢は三千の兵力を誇っており、ここで自軍より少ない高山勢を一息に撃破してしまえば、敵軍に動揺が走るかもしれない。いくら羽柴勢が多勢だといっても、所詮《しょせん》は寄せ集めに過ぎず、わずかなほころびから崩れがはじまり、それが一気に全軍の潰走につながるのは、珍しいことではない。

雨脚がやや強くなった。兜《かぶと》に当たる雨音がかんかんと響く。

水柱を激しく立てて、才蔵たちは円明寺川を渡りはじめた。高山勢から鉄砲が放たれ、一発が才蔵の耳元をかすめた。まわりの兵がばたばたと倒れ、水しぶきを上げて流れに没していく。赤い水が滔々《とうとう》と流れていく。

「馬之丞っ」

市造の悲鳴のような声が耳を打ち、才蔵はさっと振り返った。流れに突っ立って、市造が馬之丞を抱きかかえている。

馬之丞の具足に穴があき、そこから血が流れ出している。ちょうど胸のあたりだ。血は泉のように流れ出て、止まる気配は微塵《みじん》もない。小柄な市造だけでは馬之丞を支えきれず、竹助が手を貸していた。

「馬之丞っ」

才蔵は叫び、流れの中を戻った。血の気を失った馬之丞が才蔵を見て、にやりと笑う。

「こ、このくらい、だ、大丈夫です」

「当たり前だ」

ごふっ、と馬之丞が血のかたまりを吐き出した。そのときまた高山勢が鉄砲を撃ってきた。悲鳴やうめき声を上げて大勢の兵や武者が倒れ込み、流れを赤く染めていく。

幸いにも才蔵や市造、竹助には玉は当たらなかった。ほかの配下たちも無事だ。

ほっとして才蔵は馬之丞に目を向けた。市造の腕の中で首をがくりと落としている。

「馬之丞っ」

肩を揺さぶったが、馬之丞は二度と目をあけなかった。

——馬之丞が死んだ。

才蔵は呆然《ぼうぜん》としかけたが、すぐ近くで鉄砲が続けざまに発せられ、その轟音《ごうおん》で我に返った。斎藤勢の鉄砲隊が流れの中から放ったのだ。あたりにはもうもうと煙が立ちこめ、向こう岸が見えなくなった。その煙を突き破って、矢が才蔵たちに降り注いだ。首や胸を貫かれ、悲鳴を上げる間もなく足軽たちが流れに倒れ込んでゆく。

今一度、才蔵は馬之丞に目をやった。やはりもう死んでいる。いいようのない悲しみが全身を包み、顔がくしゃくしゃになりかけたが、その思いを振り払うように市造に顔を向けた。

「市造、馬之丞の髻《もとどり》を切れ」

はっ、と脇差《わきざし》を腰から抜いた市造がいわれた通りにする。髻を鎧《よろい》の上に巻いた帯のあいだにねじ込んだ。

「遺骸はどうしますか」

「岸に揚げておけ。戦《いくさ》はこれからが正念場だ。勝ちさえすれば、引き取りに来られる。皆の者、よいか、必ず勝つのだ。馬之丞の弔い合戦ぞ。励めっ」

おう、と配下たちから声が上がる。

才蔵たちは円明寺川を渡りきった。乾いた場所に馬之丞の骸《むくろ》が横たえられる。才蔵は手刀をつくり、瞑目《めいもく》してから駆け出した。

貞興率いる伊勢勢は高山勢に横合いから突っ込まれたものの、矛先を変えて悠々と対処をはじめた。疲れているはずの伊勢勢のほうが、むしろ高山勢を押している。

「高山勢は捨ておけ。中川勢にかかれ」

斎藤利三から新たな命が飛んだ。

才蔵たちは一丸となって中川勢に向かった。ようやく死地から解き放たれたのに斎藤勢があらわれて、中川勢は明らかに及び腰になった。それでも、逃げ出すような真似《まね》はしない。必死に踏みとどまっている。

かかれっ。才蔵は大声を発し、中川勢に挑みかかった。市造たちも遅れずについてくる。

槍をしごいた才蔵は、目の前に立ちはだかった巨軀《きょく》の足軽を突き殺した。ひょろりとした武者の兜を槍の柄で思いきり叩く。武者は首をねじ曲げ、ああ、という声とともに倒れ込んだ。気を失っただけで死んだわけではない。

「馬之丞っ」

武者の首を獲るように命じかけて才蔵は、もう馬之丞がいないことを思い出した。代わりにその役目を竹助にいいつけた。

竹助が人を殺したところを、才蔵はこれまで見たことがない。乱世で人の死に慣れているといっても、初めて人を手にかければ強い衝撃を受けるのはまちがいない。だが、最も仲のよかった馬之丞の仇《あだ》を討つためでもある、きっとやれると信じた。

息をのんだ竹助が鎧通しを手に武者に馬乗りになった。陣笠《じんがさ》の下の目は血走り、唇が青くなっているが、冷静さは失っていないように見える。

気絶している武者の鎧の隙間に鎧通しを突き立て、ためらうことなく押し込んだ。

目をかっとあけた武者が体を海老《えび》のようにのけぞらせ、震える右手を伸ばして竹助の顔をつかもうとした。竹助の腕の筋肉がぐっと盛り上がり、鎧通しがさらに深くねじ込まれる。武者の目から光が消え、腕が力なく地面に落ちた。

「ようやった」

まわりに目を配りつつ、才蔵はたたえた。今は一方的に斎藤勢が中川勢を押し込み、こちらに斬りかかってくる敵は一人もいない。

はあはあ、と竹助は荒い息をついている。

「首を獲れ」

才蔵が命じると、竹助は首を押し切り、腰に結わえつけた。手が震えているのは、力を入れすぎたゆえだろう。

「よし、ぼやぼやするな。行くぞ」

皆に命じて才蔵は駆け出した。竹助は首の重みで走りづらそうだが、手を貸すわけにもいかない。

足を動かしながら才蔵は戦況を見た。伊勢勢はまたも潰走に追い込みそうなほど、高山勢をさんざんに打ち負かしている。見ていて胸がすく戦いぶりだ。

斎藤勢は中川勢を殲滅しようと、包囲の輪をじわじわと縮めている。囲い込んでしまえば、敵は身動きが取れなくなる。全滅させるのは、さほどむずかしいことではない。

その二隊を救うために、羽柴陣から三千ばかりの軍勢が喊声を上げて動きはじめた。

あれは、と才蔵は望見した。堀秀政《ひでまさ》隊だろう。久太郎秀政は光秀の後任として徳川家康の饗応役《きょうおうやく》をつとめたのちに備中へ向かい、高松城攻めに加わっていたはずだ。信長の死を聞き、そのまま秀吉方についたのであろう。

雨の中、堀勢がまっすぐ突き進んでくるのを目の当たりにした斎藤利三は軍勢をすぐさま二手に分け、一隊を堀勢に当たらせた。残りの一隊は中川勢攻めを継続した。

その結果、これまで中川勢を圧迫し続けていた斎藤勢の力はゆるみ、包囲の輪が崩れた。輪の切れ目から中川勢が次々に逃れ出てゆく。

それを横目に、才蔵たちは突っ込んでくる堀勢に相対した。堀秀政は戦上手として知られるだけに油断はできない。

一気に距離が縮まり、両勢は激突した。

いきなり乱戦になった。だが、兵力にまさる堀勢は才蔵たちを囲い込もうとする動きを見せた。それをきらって味方の一隊が横に広がろうとする。

その動きを目の当たりにした才蔵が、まずい、と思った次の瞬間、堀勢の一隊が突っ込んできて、味方の薄くなった横腹を衝《つ》いた。堀勢に包み込まれて、あっという間に数十人以上の犠牲者を出した味方は狼狽《ろうばい》し、引き気味になった。

「引くなっ、こらえよ」

侍大将の声があたりに響き渡る。

「行くぞっ」

配下を引き連れて、才蔵はその場に駆けつけた。叱咤《しった》だけで軍勢は踏みとどまれない。支えてやらなければ、崩れのもとになる。

前面に出た才蔵たちは堀隊と渡り合った。槍で兜を思い切り叩き、刀を鎧の隙間に突き通す。

才蔵の配下には、すでに相当の犠牲者が出ている。数人ではきかない。だが、ここで引くわけにはいかない。馬之丞のためにも勝たなければならない。遺骸をそのままにして戦場をあとにするわけにはいかないのだ。

味方の一隊が才蔵たちの助勢に来た。予備としていた一隊を、利三が向かわせたのだ。

その一隊の力を得て才蔵たちは盛り返し、一気に攻勢に出た。だが秀政も負けじと新たな隊を投入してきた。

再び乱戦になり、そこかしこで兵や武者が取っ組み合い、地を転げ回りはじめた。

不意に、羽柴本陣から法螺貝《ほらがい》が鳴らされた。それを合図に、消耗しきった中川勢と高山勢が後方に下がろうとする。

そうはさせじと光秀本陣で攻め太鼓が打たれ、今度は並河易家《なみかわやすいえ》、松田政近《まつだまさちか》の軍勢が高山、中川両勢に襲いかかろうとした。

すかさず羽柴勢の黒田官兵衛《くろだかんべえ》、羽柴秀長《ひでなが》の軍が前進し、その攻撃を阻む。

明智軍の右翼を中心に、羽柴勢とのあいだで一進一退の攻防が繰り広げられた。

――このままではいかぬ。

槍を振るい、何人もの敵を倒しながら才蔵は思った。兵力では羽柴勢が断然まさっているのだ。こうして戦い続けて同じ兵力を失っていったのでは、こちらが先に力を使い果たしてしまう。そうなれば負けは自明である。

目の前にあらわれた敵を石突《いしづ》きで視野の外へ弾《はじ》き飛ばしてから顔を上げ、才蔵は羽柴本陣を探した。

――あそこだな。

天王山の斜面がなだらかに流れ、平地になったあたりにおびただしい旌旗《せいき》が林立している。山崎の地で最も奥まった場所に位置しており、守りやすい地形にもなっている。金瓢簞《きんびょうたん》に金の切裂《きつさき》という秀吉の馬印があれば、もうまちがいない。

そういえば、と才蔵は思い出した。瓢簞が馬印になったのは、稲葉山城を落城させるため搦手《からめて》からひそかに稲葉山へ登った秀吉が、槍の先につけた瓢簞を振って信長への攻撃合図としたのがきっかけだと聞いた。稲葉山城の落城後、信長が瓢簞を馬印にするよう命じたのである。

稲葉山城か。こんなときだが、才蔵は懐かしさを嚙《か》み締めた。羽柴秀吉とは、やはりなにかしらの縁があるのだろう。

――よし、羽柴の本陣に近づいてみるか。思い切って行くしかあるまい。このままでは負けだ。

手を振り、才蔵は市造たちについてくるよう命じた。

「殿、どうする気だ」

「本陣を襲う」

さらりというと、市造が目をむいた。

「本気なのか。いや、殿のことだ、本気に決まっておるな」

槍を握り締めて市造がまわりを見渡す。

「我が左翼の隊は、どうして動かぬ」

「まだ多くの敵が陣に居残ってこちらの戦いぶりをうかがっておるゆえ、明智さまも下手に命を下すわけにはいかぬのだ」

「我らは押されてきておるぞ」

「徐々に兵力の差が出てきておる。だが、羽柴を殺せば形勢は一気に逆転する。大将を失った敵は総崩れになろう」

「殿、羽柴を討つことなどできるのか」

「できるかできぬかわからぬが、今はやるしかあるまい」

颯然《さつぜん》と風が吹き、雨が斜めに流れた。雨と風に後押しされ、才蔵は地を蹴った。

立ちはだかる敵を薙《な》ぐように次々に倒してゆく。槍を手元に引き戻した才蔵はいったん立ち止まり、方角を確かめた。

あまりに敵が多く、少し走るだけで羽柴本陣の場所が見えにくくなる。秀吉を討つという才蔵の意図を解しているのか、味方の武者十数人がついてきていた。

いや、そうではなく、武名が鳴り響く才蔵とともに戦えば、手柄を立てる恰好の機会となると考えてのことかもしれない。

「竹助、もう首は獲るな」

息を入れた才蔵は、次の敵に備えながら命じた。竹助の腰には、すでに五つの兜首が結わえられている。これ以上、下げることはできないだろう。今でも才蔵についてくるだけで精一杯なのだ。息が荒くなっている。

「結わえるのは、あと一つだけだ。それが誰の首か、わかるな」

「はっ、わかっておりもうす」

背後を見やり、才蔵は竹助以外の配下が遅れずについてきているか確かめた。ただの三人だけだ。

才蔵は愕然《がくぜん》と言葉を失った。

「これだけか」

才蔵がいうと、沈痛な顔で市造が顎を引く。

「死んだ者も少なくないが、中には怪我《けが》をしてついてこられぬ者もいる」

眉根を寄せて才蔵は目を閉じた。硝煙くさい煙がもうもうと漂っているが、初めて目にしみたような気がした。目をあけ、あらためて羽柴本陣を眺めた。

まだまだ相当の距離がある。あそこにたどりつくまでに、どれだけの武者や兵を倒さねばならないだろう。

だが行くしかない。才蔵は再び駆け出そうとした。その時、背後から喊声と悲鳴が轟《とどろ》いた。足を止め、振り返って見やると、味方の左翼に敵の大軍が襲いかかったところだった。あのあたりに陣している味方は、津田《つだ》正時《まさとき》率いる二千の軍だが、すでに崩れかけていた。

淀《よど》川沿いをひそかに進んだ敵の一隊が円明寺川を渡って大きく迂回《うかい》し、津田勢の背後を衝いたのだろう。

津田勢を蹴散らし、勢いを増した敵勢は光秀本陣めがけ、押し寄せようとしている。それに呼応して羽柴軍の右翼の軍勢も動き出し、円明寺川を渡りはじめた。

その光景に黒田勢、羽柴秀長勢だけでなく、さんざんにやられていたはずの中川、高山両勢も活気を取り戻そうとしている。

ほとんどの敵がじっと動かずにいたのは――。今さらながら才蔵は気づいた。

明智勢の動きを見ていたのではなく、背後に回った一隊の攻撃開始を待っていたのだ。沼地を前にして動きが取れない場所に陣している敵が前に進むためには、隘路に蓋をする津田勢を除く必要があったのである。

――猿め、なかなかやりおる。我らの勝ち目は失《う》せた。

瞬時に才蔵は覚《さと》った。もはや秀吉を殺したところで、どうにもならぬ。今は生きることを考えねばならぬ。心残りは馬之丞の遺骸を置き去りにするしかないことだ。すまぬ、馬之丞。

才蔵は心中で手を合わせた。

「竹助っ、首を捨てろ」

怒鳴るように才蔵はいった。

「負けは決まった。逃げるぞ」

「しかし……」

「首など、もはやなんの役にも立たぬ。竹助、一つしかない命を大事にせい。捨てよ」

承知いたしました、と竹助が首を腰から外し、地面に置いた。五つの首は揺らいで、地面をわずかに転がった。

生き残りは市造と竹助に加え、あと二人しかいない。せめてこの四人だけでも生きて帰さねばならぬ。

雨が激しくなり、兜を叩く音が高くなった。夕闇が近づき、雨に煙った風景がくすんだように薄暗くなっている。もっと暗くなれば、生き延びられる度合はずっと高くなろう。

すでに近くの味方は、逃げ出す者ばかりになっていた。それを高山勢と中川勢が追いかけ、槍を突き通しては楽々と首を獲っている。誰もが笑いながら追いかけていた。

すぐにでも地を蹴り、走り出したかったが、才蔵は我慢した。馬鹿正直に逃げたところで背後から襲われ、他の者と同様、首を獲られるという哀れな末路を迎えるしかない。

首をさっと振って、才蔵は光秀本陣を望見した。もう崩れはじめたようで、旌旗の群れが波のように遠ざかってゆく。光秀としては、東側に見えている勝竜寺城にとりあえず入り、態勢を立て直すつもりなのだろう。

だが、あの城は大軍をおさめきれるほどの規模ではない。羽柴勢に囲まれる前に、光秀は城を退去しなければならなくなるはずだ。

夜陰に紛れて勝竜寺城を出たあと、光秀はどうするのか。丹波亀山を目指すのか。近江の坂本だろうか。

どこへ行くにしろ、勢いに乗った羽柴勢は一気に押し寄せるだろう。果たして逃げきれるものか。信長を討った時、光秀は十一日後にこんな羽目に陥ろうとは夢にも思わなかったはずだ。真歌音のことを真摯《しんし》に話してくれた顔が脳裏によみがえる。あのとき、光秀は信長を討つことを決意していたのだろうか。

鉄砲の音があちらこちらから聞こえ、足元の土が二度、三度とはね上がった。今は光秀のことを案じている場合ではない。自分たちの身をなんとかしなければならない。

あっ、と市造がふくらはぎを押さえる。

「大丈夫か」

顔を上げ、市造が苦笑してみせる。

「かすり傷にござる」

こんなときに笑えるなど、と才蔵は思った。市造も図太くなったものだ。

才蔵は再び周囲を見渡した。おびただしい軍勢がまわりを取り囲むように動いているが、才蔵の瞳には、進むべき道がくっきりと映り込んだ。

「よし、こっちだ」

腕を振り、才蔵は市造たちを手招いた。南を目指して駆け出す。

才蔵はいちばん後ろを走り、蝿《はえ》のようにしつこくうるさい敵を、槍を振るって次々に払いのけた。殺すのではなく傷を与えて動けなくすればよいだけだから、さして難儀なことではない。

才蔵たちは淀川の流れに出た。

「鎧と着物を捨てて川に飛び込め」

背後から斬りかかってきた武者を、才蔵は槍で一突きにした。その隙に市造たちが裸になる。才蔵も鎧と着物を脱ぎ捨て、川に飛び込んだ。夏というのに水は思った以上に冷たい。腕がしびれたが、源左衛門からもらった槍だけは決して手放さない。

走り寄ってきた十数人の敵が、岸辺で足を止めた。あそこだ、放てっ。武者が大きく手を振り、六人の鉄砲足軽が鉄砲を構えた。

「水にもぐれっ」

才蔵が命じた瞬間、鉄砲が火を噴いた。水しぶきが立て続けに上がったが、幸いにも誰にも当たらなかった。

才蔵たちは淀川に身を任せ、ただひたすら流れていった。

どのくらい下ったものか、淀川を上がった才蔵たち五人はすっかり暗くなった中、森に入った。愛馬雪風のことが気になるが、賢い馬だ、敵に捕まるようなことはあるまい。きっとまた会えよう。

森を進み、杉の大木の袂《たもと》に才蔵たちは座り込んだ。さすがに疲れ切っているが、いつまでもへたり込んではいられない。

森は静かで、なんの物音も聞こえてこない。先ほどまで四万以上の軍勢がぶつかり合う戦が行われていたことなど、幻だったとしか思えないような静謐《せいひつ》さに覆われている。真っ暗で、夜目の利く才蔵にも、かすかに市造たちの顔が見えるにすぎない。

夏とはいえ、冷たい流れに長いこと浸《つ》かっていたせいで体は冷えきっている。だからといって、ここで火を焚《た》くわけにはいかない。敵は、すさまじいまでの落武者狩りを繰り広げているはずだ。この森は山崎の戦場からはかなり離れているとはいえ、火をつけたりしたら、たちまち敵兵を引き寄せよう。

「殿、これからどうする」

声を殺して市造がきく。不意に遠くでなにか獣が鳴いたような声がし、竹助がぴくりと体を震わせた。

今のは、と才蔵は顔を上げて思った。落武者狩りに遭った者の悲鳴かもしれぬ。ふだんはおとなしい百姓も豹変《ひょうへん》し、武具や衣服を目当てに襲いかかってくるのだ。落武者は容赦なく殺され、その場に打ち捨てられる。

才蔵は市造を見た。

「俺は村に帰るつもりだ」

「えっ、今から尾張に帰るのか」

目をみはって市造がきく。

「そうだ。楽典郷に向かう」

脳裏に早奈美の顔が浮かんだ。元気にしているだろうか、と才蔵は案じた。神社の仕事である占いと祈禱は今も繁盛し、早奈美の忙しさに変わりはない。

「だが殿、尾張は遠いぞ。いったん明智さまのもとに戻ったほうがよくないか。明智さまほどのお方が、羽柴にやり返さぬことはあるまい」

「いや、もはやいかぬ。羽柴秀吉には運と勢いがついておる。このまま天下人に登り詰めるやもしれぬ。明智さまには、もはや羽柴を打ち倒すだけの力は残っておるまい。——気にかかるのは殿のことだが、今頃どうしておるかな。無事でいてくれればよいが」

山崎において笹山源左衛門は、光秀の本陣近くに陣取っていたはずだ。二百人ほどを率いる侍大将になっていたのだ。

生きていてくれ、と今は願うことしかできないが、殿のことだからきっと大丈夫だろう、と才蔵は楽観している。笹山源左衛門という男は存外にしぶといのだ。あの程度の戦で死ぬようなことはまずあるまい。

「そうか、明智さまはもう駄目なのか」

市造が寂しげに口にする。この男は明智光秀という武将が好きだったのだ。その気持ちはよくわかる。才蔵も、まじめでひたむきな気性の持ち主である光秀のことを、好もしく思っていた。

猿面冠者《かじゃ》に後れを取ってほしくはなかった。あの男を討ち取るどころか、本陣に近づくことすらできなかった。才蔵は自らの無力を感じた。

息をついて市造が顔を上げた。

「殿、これから村に帰るにしても、この恰好をどうにかせねばならぬぞ。その上に金も得物もない」

市造たち同様、才蔵も上半身は裸で、褌《ふんどし》しか締めていない。得物といえば、才蔵が手にしている一本の槍だけである。

「俺に考えがある。四人ともついてこい」

立ち上がり、才蔵は歩きはじめた。

森を出、西へ五町（約五四五メートル）ばかり歩いて足を止めた。これまで身を隠してくれた疎林が途切れ、ここから広々と風の通りがよい原っぱを細い道が突っ切っている。

——ここなら、落武者を狩るのに恰好の場所だな。

市造たちに体勢を低くするように命じて、しゃがみ込んだ才蔵は闇をじっと見透かした。

原っぱの左側に位置する茂みから、人の気配がしてきている。道を通る落武者がいないか、闇に向かって目を光らせている者がいるのだ。

茂みにひそんでいるのは百姓たちであろう。

あそこにいることを知らずに襲いかかられていたら、ちと厄介だっただろうが、こちらのほうが先に気づいた。あの連中にとっては残念だろうが、勝負はすでに才蔵のものだ。

「殿、この先になにかいるのか」

低い声でたずねた市造が草むらを見やる。

「すぐにわかる。四人とも、ここで待っておれ。呼ぶまで決して動くな」

厳しく命じておいてから槍を握り、才蔵は闇の中を歩き出した。原っぱからそれ、茂みを大きく回り込む。

茂みにひそんでいる敵は二十人ほどであろう、と才蔵は見当をつけた。見張りは他の者に任せ、眠りこけている者も少なくないようだ。血のにおいが漂っているのは、すでに餌食になった者がいるということだろう。先ほど聞こえてきた悲鳴がそうかもしれない。

「おい」

のんびりとした口調で、才蔵は見張りの男に声をかけた。はっ、として数人の男がこちらを見たが、闇のせいで見極められないようだ。男たちの得物は竹槍が主らしい。

地を蹴って才蔵は男たちの中に一気に突っ込み、槍を存分に振るった。まわりは敵ばかりだから、なんら遠慮はいらない。手当たり次第に槍で気絶させて、もはやあらがう者が一人もいないことを確かめてから、才蔵は指笛を吹き、市造たちを呼び寄せた。

気を失っている男たちの懐を探って巾着や財布を奪い、着物をはぐ。

ひどく汗臭い着物を身につけた才蔵は、巾着や財布の中身を確かめた。一人一人はたいして持っていなかったが、二十人もいるために、合わせればまずまずの額になった。

「これだけあれば十分だな。尾張に帰り着けるはずだ」

一人の百姓がつと目をあけ、身をよじった。地面に横たわったまま、苦しげなうめき声を発する。闇の中、才蔵をじっと見ている。その目には殺意はなく、ただ怖れの色だけがたたえられている。

「あ、あんた、名はなんというんだ」

「ほう、おまえ、夜目が利くようだな。俺の名をきいてどうする」

「覚えておこうと思ってな。いつか、あんたの名は天下に轟《とどろ》くのではないのか」

「ほう、うれしいことをいう。俺もそんな日がきたらよいと思うておる。可児才蔵だ」

「その名は生涯忘れん。こうしてぶちのめされたことも、いつかきっとよい思い出になろう。孫ができたら、語り聞かせてやろう」

おまえら、といって才蔵はしゃがみ込んだ。

「いつまでもこんな真似《まね》を続けていると、いずれ命を落とすぞ。落武者といっても腕の立つ者はいくらでもおる。俺のように慈悲深い者ばかりではない。落武者を狩らねば暮らしが成り立たぬのかもしれぬが、なにか別のたずきを考えることだな」

「わしらになにができるというのだ」

「とにかくだ、戦続きのこの世も、じき終わろう。平穏になり、野良仕事に専念すればよい時代が必ずくる」

「それは本当のことか」

「疑わしいか。だがいつか必ずそういう日がやってこよう」

立ち上がって才蔵は市造たちを見た。

「よし、行くぞ」

夜風を切って才蔵たちは歩きはじめた。

「殿、楽典郷までどのくらいある」

後ろに付きしたがう市造が問うてきた。

「そうさな、三十五里（約一四〇キロ）ばかりだろう」

「だとすると、少なくとも四日はかかるな。どういう道筋を取るつもりでおるのだ」

「東山道《とうさんどう》を行くのが最も近かろう」

「東山道か。羽柴勢の落武者狩りに遭わぬか」

「市造、案ずるな」

相変わらず闇は濃いが、才蔵がにやりと笑ったのは市造にもわかったようだ。

「俺がおまえたちを必ず連れ帰ってやる」

「俺は殿に頼らずとも帰れるぞ」

「強がりをいいおって。――もはやこいつはいらぬな」

かたわらの茂みに歩み寄った才蔵は、槍をじっと見た。

ここでお別れよ、これまで世話になった。

才蔵は槍を茂みの中にそっと隠した。源左衛門からもらった槍で、ことのほか気に入っており、手放すのは断腸の思いだが、今はとにかく生きることだ。槍を使うような状況をつくりだすわけにはいかない。

百姓のような顔をして、ひたすらおとなしくしているのが肝要なのである。

二

風がちがう。大気がかぐわしい。

「殿、ようやっと着いたな」

弾んだ声を出し、市造が村を眺める。

「うむ、長かった」

なにごともなく到着して、才蔵もさすがに息をついた。途中、羽柴勢に何度か誰何《すいか》されたものの、得物を持たずにいたためか、捕らえられるようなことはなかった。落武者狙いの百姓たちにも襲われなかった。

市造たちを無事に連れ帰ることができたことが、才蔵は誇らしい。

村に続く道をことさらゆっくり歩いた。楽典郷に着いたら、早奈美会いたさに駆け出すのではないかと思っていたが、むしろ今はじっくり村を見ていたいという思いのほうが強い。実際、体が重く、足を引きずるように歩くことしかできず、こんなことは初めてなのだが、決して悪い気分ではない。

歳《とし》を取ったということばかりではなく、負け戦というものが、体にひどくこたえているのだろう。久しぶりに目にした村が徐々に近づいてきて、胸に込み上げる喜びは、若いときには味わえなかった類《たぐい》のものだ。

田植えはとうに終わり、すくすくと伸びた苗が風にほんのりと揺れている。山崎から尾張まで来るあいだに梅雨は明け、まぶしい陽射《ひざ》しが降り注いでいるが、たっぷりと水をたたえた田んぼには、涼しい風が吹き渡っている。

じき午《うま》の刻（正午）になろうという頃で、暑い盛りだが、田の草取りに精を出している村人の姿が目につく。才蔵たちに気づいて体を起こし、次々に警戒の目を投げてくる。

「元助《もとすけ》、弥造《やぞう》、俺だ」

才蔵はあたりに響き渡る大声を発した。

「なんと、才蔵か」

ようやく元助たちが気づいた。

「おう、そうよ」

あわてたように田を突っ切り、元助と弥造が畦に出てきた。真っ黒な顔が笑み崩れる。

「才蔵、帰ってきたのか。久しぶりじゃのう」

「おう、何年ぶりなのか俺にもわからぬわ」

わらわらと村人が集まってきて輪をつくる。

「生きておったのか、才蔵」

自分より歳下の若者が高い声を放つ。才蔵は首を回し、じっと若者を見た。

「もしや民吉か」

おうよ、と民吉が胸を張って答える。

「民吉、ずいぶん立派になったの」

見ちがえるほど筋肉がつき、たくましくなっている。顔からも余分なものが取れ、精悍《せいかん》さがあらわれつつある。小僧にすぎなかった男がと思うと、感慨深いものがあった。

「もう才蔵にも負けんぞ」

ふふ、と才蔵は小さく笑った。

「さて、どうかな」

民吉だけでなく、太郎造、亮吉、錦之助、源太郎たちの姿もあった。いずれもすっかり大人になっていたが、才蔵を見る目だけはきらきらして、以前と変わりない。

「おまえたち、まだ戦の真似事をして遊んでおるのか」

「そんな子供じみたことをするはずがなかろう。俺たちは何度も戦に出ておるぞ」

「ほう、そうか。手柄は立てたか」

黙り込み、民吉たちがうつむく。

「案ずるな。いつか必ず兜首は獲れる」

才蔵、と横から声をかけられた。

「おう、今太ではないか」

力自慢で、相撲を取ると、才蔵が二歩ばかり下がらせられることがある男だ。

「才蔵、とにかく無事でよかった。明智さまの負けを聞き、心配していたのだ」

「ほう、もう噂《うわさ》が入ってきているのか。噂のほうが俺たちの足より速いということだな。だが今太、この俺がたやすくたばるわけがなかろう」

「むろん、俺はおまえが生きていることを信じていたさ」

「今太」

腹に力を込めて才蔵は呼んだ。

「明智さまがどうなったか、知っておるか」

「落武者狩りにかかって殺されたそうだ」

すでに覚悟はしていたが、あらためて聞くと、悲しみがひたひたと全身を包み込む。

「落武者狩りにやられたのか。それはいつのことだ」

「十三日の夜と聞いた」

戦の当日である。才蔵が二十人ばかりの百姓衆を叩きのめしていた頃、殺されたのかもしれない。

「山崎で総崩れになったあと、明智さまは勝竜寺城に逃げ込まれたそうだ。その後すぐさま城を捨てられ、近江の坂本城を目指されたようだが、途中、都近くの小栗栖《おぐるす》という地で百姓衆に殺害されたらしい」

落武者狩りの百姓たちに襲われて命を落とすとは、さぞかし無念だっただろう。才蔵は瞑目し、明智光秀の冥福を祈った。

今太の咳払《せきばら》いが聞こえ、才蔵は目をあけた。

「明智さまの軍勢の主立った者はほとんどが討ち死したか、殺されたそうだ」

伊勢貞興は殿軍で奮戦して戦死し、光秀の嫡男十五郎は亀山城で自刃した。斎藤利三は近江で捕らえられたとの風聞があり、利三と並ぶ重臣だった明智秀満は安土城の守りを固めていたが、光秀が敗れたと知ると出陣し、堀秀政勢と琵琶湖湖畔で戦った。多くの兵を失って坂本城に逃げ、そこで自害してのけたという。

「笹山源左衛門どのの消息は聞いておらぬか」

「笹山さまというと、才蔵を明智さまの家臣に取り立ててくれたお方だったな」

顎に手を当て、今太が考え込む。

「明智さまが勝竜寺城に逃げ込まれた際、笹山という者が城に導いたという話は聞こえてきておる。その笹山という者が源左衛門さまかどうかはわからん。——才蔵、俺が知っているのはここまでだ」

そうか、と才蔵はいった。

「今太、ところで今日は何日だ」

「十八日だが、どうかしたか」

あの戦いから、もう五日もたったのだ。日がたつのは実に早い。

ふと、横合いからかぐわしい香りが漂ってきた。

はっとして才蔵は顔を向けた。

「早奈美」

ゆったりと笑みを浮かべ、早奈美はふんわりとその場に立っている。桜色の頬はつややかで、額や目尻にしわらしいものは一つも見当たらず、瞳には朗らかな光をたたえている。最後に会った時とまったく変わっていない。

「お帰りなさい」

静かにいって早奈美がほほえむ。

「早奈美、相変わらずきれいだの」

どきどきしつつ才蔵はいった。

「いいえ、歳を取ったわ」

「そんなことはない」

「これを見て」

早奈美がそっと両手を差し出す。

「ほら、しわがたくさん。女という生き物は、手から歳を取るのよ。顔は取り繕《つくろ》うことができても、手だけはごまかせない」

顔を寄せて才蔵はじっと見た。なるほど、指の甲の側にしわが集まっている。

「ふむ、そういうものなのか」

「そういうものよ。才蔵、いらっしゃいな」

「どこに行く」

「うちの神社よ」

着物の裾をひるがえして、早奈美が歩き出す。そのあとに才蔵は続いた。市造や竹助たちだけでなく、今太や民吉たちもついてくる。赤子を背負う女房衆や子供の姿もあった。

石造りの鳥居をくぐるとき才蔵は手を伸ばし、触れてみた。強い陽射しにもかかわらず、ひんやりしている。幼い頃、早奈美と顔をつけて冷たさを喜び合ったことが思い出された。

本殿や社務所、宝物庫などのたたずまいはそのままで、才蔵の胸に懐かしさがあふれた。いずれも早奈美と一緒に過ごした場所だ。

それら以外に一つ、見慣れない四角い建物があった。さほど大きくはないが、新しい木の壁が強い陽射しを受け止めている。

「あれはなんだ。いつ建てた」

「まだ秘密よ」

その建物の前まで来て、早奈美が静かに振り返った。

「すまないけど、あなたたちはここで待っていて」

市造たちへ穏やかに告げた。

「俺だけこの中に入るのか」

「そうよ。早くいらっしゃい」

扉をあけた早奈美が才蔵を手招く。

「なにかどきどきするな」

実際、才蔵の鼓動は速まっている。

建物の中はむっとする上に、ほの暗さが立ち込めている。いったいなんだ、これは。首をひねりつつ才蔵は足を踏み出した。

扉が閉められると、真っ暗になった。この狭い中に早奈美と二人きりだと思うと、才蔵は息苦しさを覚えた。火打石と火打金が打ち合わされる音が聞こえ、闇に火花が飛ぶのが見えた。

早奈美が燭台《しょくだい》に火を灯《とも》すと、ほんのりと明るくなった。四畳半ほどの部屋で、まわりはすべて板で囲まれている。板戸で仕切られた部屋がこの先にもう一つあるようだ。

才蔵は耳をそばだてた。壁の向こうから、ごうごうと大気が渦巻くような音がしている。

「火を燃やしているのか」

その音で、ようやくここがなんなのか才蔵は解した。信長の死の直前、本能寺で聞いた音とよく似ている。

「湯殿だな」

「あなたに汗を流してもらおうと思って」

「そのためだけに建てたのか」

「そうよ」

「ありがたいが、早奈美、よくそれだけの金があったな。祈禱《きとう》というのは、そんなに儲《もう》かるものなのか」

まさか、と早奈美が明るく笑った。

「あなたが送ってくれたお金をずっと貯《た》めていたのよ。あなたが帰ってきたら、私が汗を流してあげようと、一所懸命に建てたの」

「仕送りをすべて貯めていたのか」

「もちろんすべてではないのよ。食べるために使わせてもらったもの。さあ才蔵、着物を脱いで」

早奈美にいわれ、少し戸惑ったものの、素直にうなずいた才蔵は帯を解き、はだけた着物を床に静かに落とした。早奈美がそれを拾い、小さな籠にそっと入れる。

緋袴《ひばかま》を脱ぎ、白衣《びゃくえ》も籠に入れて、早奈美が襦袢《じゅばん》姿になった。裾が短く、ふだんは見せることのないふくらはぎまであらわになっている。

「おう、こいつはまぶしいの」

軽口を叩いたが、才蔵は実際には見ていられない。

「こっちに来て」

早奈美に導かれ、褌姿の才蔵は板戸の前に立った。早奈美が板戸をあけると、湯煙がもあっと漂い出て才蔵の体を包んだ。早奈美に手を引かれ、才蔵は中に足を踏み入れた。早奈美が戸を閉めると、ごうごうという音が高まった。部屋には白い湯気がもうもうと立ちこめ、まわりが見えにくい。簀子《すのこ》が敷いてあるのは足の感触でわかる。さすがに今の時季の外気より熱いが、思ったほど息苦しくはない。すでにかなりの汗が出てきていた。

「ここはどのくらいの広さがあるのだ」

「四畳半ほどよ。才蔵、座って」

才蔵は簀子の真ん中にあぐらをかいた。手ぬぐいを手にした早奈美が背後に立つ。

「ねえ、才蔵、知ってる。正しくは、この建物は湯殿ではないの。湯殿は、湯船に湯をためて体を浸かるものをいうのよ」

「ならば、こういう湯気で部屋を満たすものはなんという」

「風呂よ。風にいろりの炉という字を当てるともいうわ」

「茶の湯で使う風炉と同じだな」

「才蔵、よく知っているわね」

「茶の湯は織田家で盛んだったゆえ。俺も少しだけかじった。明智さまはお好きだったな」

瞳に憂いの色をたたえ、早奈美が見つめる。

「明智さまは残念だった。さぞご無念だったでしょう」

「あのいまいましい猿面冠者に敗れて死するなど、死んでも死にきれまい」

吐き捨てるようにいうと、馬之丞をはじめ死んでいった配下の顔が才蔵の脳裏に浮かんできた。

目を閉じ、才蔵はうなだれた。

後ろから早奈美が優しく両腕で才蔵を包み込んだ。

柔らかで温かなものにふんわりと包まれ、才蔵は幼子になったような気分になった。

「かわいそうに」

早奈美にそんなふうにいわれて、なぜかわからぬまま才蔵の目からぽろぽろと涙がこぼれ出た。とめどがなくなり、才蔵はいつしか号泣していた。

やがて涙がとまり、気持ちも少し落ち着いた。早奈美が才蔵の顔をのぞき込む。

「才蔵、もっと泣いていいのよ。男子たるもの、悲しいときには盛大に涙を流すべきよ。それが亡くなった人たちに対する礼儀だもの。供養にもなるはずよ」

にこりとして才蔵は早奈美を見た。思い切り泣いたせいか、気分が晴れやかになっている。

「もう涙は出切ったようだ」

「そう。亡くなった人たちも、きっと喜ばれたでしょう」

早奈美がそっと顔を近づけてきた。才蔵の唇に早奈美の唇が触れた。あっ、と目をみはった才蔵が抱き寄せようとしたときには早奈美は体を離し、背後に立っていた。

「才蔵、相変わらず汗っかきだわね、昔と変わらない」

早奈美があらためて両袖《りょうそで》をめくり上げる。

「さあ、こするわよ。才蔵、覚悟なさい」

才蔵は高ぶりがおさまらない。

「早奈美、今ので終わりか」

「さあ、どうかしら」

手ぬぐいを使い、有無をいわせぬように早奈美が才蔵の体をごしごしこすりはじめた。といっても、力がないから痛くはない。

「わあ、すごい」

早奈美が歓声を上げる。

「なに、そんなに垢《あか》が出るのか」

「ええ、いくらでも出てくる」

「早奈美、うれしそうだな」

「だって、ずっと前からこうしたかったのだもの」

そうつぶやくと、早奈美は無言でこすり続けた。

「これが最後よ。――よいしょ」

桶《おけ》の水を、頭からざぶんとかけてきた。

「ふう、気持ちいいのう」

「私も浴びよう」

いうや、襦袢も脱ぎ去り、早奈美は瓶《かめ》から汲《く》んだ水を自分の体にざばっとかけた。そのまま才蔵に抱きついてくる。

才蔵は柔らかな体を受け止め、ささやいた。

「よいのか、早奈美」

「馬鹿ね、きかないのよ。でも、ずっと前から才蔵とこういうふうになりたかった」

ついに早奈美を我が物にできる。気持ちが高ぶってならない。

できるだけ優しくするのだぞ、と才蔵は自らにいい聞かせた。おなごというのは、壊れやすいものらしいからな。

「早奈美」

柔らかな体を才蔵はそっと簀子の上に横たえた。

三

満ち足りた気分だ。こんなに気持ちのよい朝はいつ以来だろうか。初めてかもしれない。

昨日、早奈美とついにちぎったが、もっと早く、結ばれるべきだったのである。

いかん、と不意に才蔵は思い出した。真歌音をいまだに取り戻していないことを早奈美に伝えていなかった。

心優しい早奈美は一目見て才蔵が所持していないことを悟ったのだろうに、真歌音のことには触れてこなかった。今日会ったら、詫《わ》びを入れなければならない。

廊下を渡ってくる静かな足音が聞こえた。

「朝餉《あさげ》ができもうした」

板戸越しに声をかけてきたのは竹助である。

「おう、いま行く」

腕枕をして天井を眺めていた才蔵は、勢いをつけて体を起こした。正直にいえば、ゆうべは愛宕神社に泊まりたかった。

だが、市造や竹助たちをこの家に残し、自分だけ早奈美と時を過ごすことはできなかった。配下に示しがつかない。自らを律せぬ者に、いったい誰が信頼を寄せてくれるだろう。

朝餉をすませると、たんぽ槍を手に才蔵は庭に出て竹助たちに稽古をつけた。牢人《ろうにん》のままくすぶる気は毛頭ない。いずれどこかの大名に仕官するつもりだ。そのとき腕がなまっていたなどという無様な真似は避けねばならない。自分の腕が落ちることはないとかたく信じているが、これからも無敵でい続けるためには、少なくとも人の倍は稽古に励む必要がある。

たんぽ槍を振るいつつも、しきりと早奈美のことが思い出されたが、才蔵はその気持ちを抑え込み、二時ものあいだ竹助たちの相手をした。竹助は馬之丞の分も生きようというのか、食らいついてくるような必死さがあった。

稽古を終え、井戸の水を浴びていると、家に使いがあった。村長の勢左衛門からで、すぐに屋敷へ来てほしいという。

屋敷に着くと、才蔵は広間に迎え入れられた。間を置くことなく勢左衛門があらわれ、向かいに座った。相変わらず柔和な笑みをたたえているが、瞳に常にない厳しさを宿していた。

「村長、帰着の挨拶が遅れ、まことに申し訳ない。昨日、村に帰ってまいった」

胸を張り、才蔵は堂々と告げた。

「よう無事に帰ってきた。おまえの顔を見ることができて、わしはうれしいぞ」

「俺もこうして村長に会い、本当に村に帰ってきたのだな、としみじみ嚙み締めておる」

「たいへんな道のりだったのだろうの」

思いやるようにいって、勢左衛門が居住まいをただした。

「さっそく本題に入ろう」

気負うことなく才蔵は勢左衛門を見返した。

「我が村は羽柴さまへ与同することに決めた。どうやら、天下は羽柴さまのものになりそうな雲行きだ。羽柴さまにお味方するとの心意気を、いち早くあらわすことが最善の道であると判断したのだ」

「俺もそれでよいと思う」

深くうなずいた才蔵は今の心持ちを告げた。

「俺は羽柴のことが大嫌いだが、村長が村のことを一番に考えるのは当たり前だ。村を守るために羽柴に仕えるとの考えには賛成だ」

喜色をあらわに勢左衛門が身を乗り出す。

「才蔵も大人になったものよ。ならば、才蔵も羽柴さまに仕えてくれるのだな」

勢左衛門の目は熱を帯びている。その目を見返し、ゆっくりと才蔵はかぶりを振った。

「村長、その儀は勘弁願いたい。あの男に仕えるくらいなら、野良犬を主君と仰いだほうがずっとよい」

才蔵、と険しい顔で勢左衛門が呼びかける。

「よく聞くのだ。まだ噂でしかないが、羽柴さまより、可児才蔵を見つけ出せ、との厳命が麾下の軍勢に下っているそうだぞ」

やはり思った通りだ、と才蔵は内心で顔をしかめた。羽柴秀吉は、才蔵に与えられた屈辱を忘れていない。才蔵を捕らえ、目の前で八つ裂きにする気かもしれない。

底光りする目で才蔵は勢左衛門を見た。

「村長は俺を捕まえるのか」

勢左衛門が怒りをあらわにする。

「わしが村人を売るような真似をすると思うか。わしも、才蔵が最も大事に想《おも》うておる早奈美を羽柴さまが手込めにしようとしたことは存じておる。決して許せぬという才蔵の気持ちもよくわかる。ただ、恭順の意を示して自ら仕官するといえば、結果は自《おの》ずとちがうものになるのではないかと思うたまでだ」

「こちらから顔を出そうが出すまいが、あの男はこの俺を殺すに決まっておる」

そうかもしれぬ、との思いが勢左衛門の顔に浮かんだのを才蔵は見逃さなかった。ため息をついて、勢左衛門がきいてきた。

「ならば才蔵、どうする」

「村長や村人に、迷惑をかけるわけにはいかぬ。すぐに村を出るしかあるまい」

勢左衛門は唖然《あぜん》とした表情を隠せない。

「せっかく無事に帰ってきたというのに、もう出てゆくというのか」

「致し方あるまい。俺が村にいるにもかかわらずあの男のもとに差し出さぬというのは、かくまったと勘繰られても仕方ない。下手をすれば羽柴の怒りを買って、村は全滅させられるやもしれぬ」

勢左衛門が驚きの色を浮かべる。

「羽柴さまがそこまでやるだろうか」

「あの男、剽軽者《ひょうきんもの》で器が大きいとの評判だが、その裏返しで、残虐なことを平気でしてのける無慈悲さを胸のうちに秘めておる。少なくとも俺はそう見ておる。天下が定まらぬ今はおとなしくしているだろうが、本当にこの国のあるじとなった時、なにをしでかすかわからぬ怖さがある」

うーむ、と勢左衛門がうなる。

「だが才蔵、村を出て、いったいどこに行くというのだ。当てはあるのか」

ふっ、と才蔵は小さく笑いを漏らした。

「当てなどない。だが、俺のような男でも拾ってくれる者は、諸国を廻《めぐ》ればいくらでもおるのではないか。拾ってくれぬまでも、戦にはまず事欠かぬ。しばらく陣借りを続けていれば、顎が干上がるようなことにはなるまい」

眉根を寄せたきり、勢左衛門は言葉がない。

「さすがに今日出てゆくというのは無理ゆえ、明日、出立《しゅったつ》することにいたそう」

「明日……」

「村長、案じずともよい。俺はそうたやすくくたばりはせぬ。またいつか必ず村に帰ってくる。村長こそ体を大事にして、長生きしてくれ」

「わしはまだ六十にもなっていないのだぞ。確かに年寄りではあるが、年寄り扱いはおもしろくない。

——それで才蔵、早奈美はどうする気だ。置いてゆくのか」

勢左衛門は、才蔵が早奈美とちぎったことをすでに知っているようだ。この小さな村では、秘密にできることなど一つもない。

にこりと笑って才蔵は勢左衛門を見た。

「できるだけ早く迎えに来るつもりだ。村長、それまで早奈美を頼めるか」

「承知した。才蔵が帰ってくるまで、雛《ひな》を育てるがごとく面倒を見よう」

「それを聞いて安堵《あんど》した」

礼をいって村長屋敷を辞した才蔵は、家へ向かった。あと一町ほどまで来て、戸口近くに二頭の馬がつながれているのに気づいた。十人ほどの男がたむろしている。

まさか捕り手だろうか。だが、男たちは鎧を着用しておらず、剣呑《けんのん》な気配は漂わせていない。どこかのんびりしている。

足早に近づきつつ、才蔵は右側で草を食《は》んでいる馬に目を当て、おっ、と声を漏らした。

あの馬は——。地を蹴り、才蔵は駆け出した。こんなに必死に足を動かすのはいつ以来か。山崎の戦場を脱しようとしたときですら、これほど速くは走らなかった。

「雪風っ、雪風ではないか」

駆けつつ才蔵はあらん限りの声を発した。雪風も才蔵に気づき、両前足を高く上げて駆け出そうとする。

その前に、才蔵は飛びかかるように雪風に抱きついた。雪風は、今までどうして放っておいたのかといわんばかりに腕に嚙みついてきた。もっとも、唇で嚙んだに過ぎない。

「よく帰ってきた、雪風。生きていたのだな」

喜びに胸が打ち震え、才蔵は長い首を思い切り抱き締めた。雪風は尾を高々と上げ、身をよじるようにして一声いなないた。

「俺に会えて、そんなにうれしいか。俺もうれしいぞ。無事でよかった」

涙を流して才蔵は雪風の首に顔をうずめた。

しばらくそうしていたら、気持ちが徐々に落ち着きはじめた。雪風からは香ばしさを感じさせるにおいが立ちのぼっている。体調がよい証《あかし》だ。
二、三歩下がり、才蔵は雪風をまじまじと見た。
「おまえ、ずいぶん毛並みがよいな。どこの誰に世話になっていたのだ」

才蔵は、もう一頭の馬に目をやった。

「おや、おまえの顔には見覚えがあるぞ。確か——」

たむろしていた男たちが才蔵のまわりに集まっている。いずれも顔見知りばかりだ。誰が来たのか悟った才蔵は戸口に顔を向けた。

「そこにいるのは殿だな」

戸口から姿をあらわしたのは、笹山源左衛門である。才蔵を見て、にこにこしていた。

「殿、やはり生きていたか」

うれしさが胸を浸し、才蔵は我知らず源左衛門に飛びついていた。

「おまえ、幼子みたいに」

才蔵を支えきれずに源左衛門が後ろによろけ、転びそうになった。あわてて才蔵は両腕を伸ばした。

「殿、ずいぶんと弱くなったの。井ノ口城下の賭け相撲で無敵を誇ったあの強さはどこへいった」

しわを深め、源左衛門が苦笑する。

「わしをあっさり投げ飛ばしておいて、よくいうものよ。無敵というのはおぬしのことだ」

それにしても殿、と才蔵はいった。

「よく俺がここにいるとわかったな」

「わからぬはずがなかろう。おぬしがあの程度の戦で死ぬるわけがない。だとすれば、行き先は一つ。村に帰ったと考えるのは至極当然だ」

「そうか。——殿、入るか」

家へいざなうと、源左衛門はうなずいた。

「うむ、少し落ち着いて話したい」

「坂本や亀山の屋敷とは異なり、客間などというしゃれたものはないぞ」

供の者に水と食べ物を供するよう市造にいい置いて、才蔵は奥の板敷きの間に源左衛門を招き入れた。

向かい合って二人はあぐらをかいた。

「それで殿、今どうしておるのだ。山崎合戦で戦場を脱した明智さまを勝竜寺城へ導いたことまでは聞いておったが、その後の消息についてはなにも知らなんだ」

「わしは柴田権六《ごんろく》さまに仕えておる」

静かな口調で源左衛門が告げる。

「ほう、鬼柴田どのがあるじか。羽柴の天下取りに、最も邪魔な武将だな」

柴田権六勝家《かついえ》は織田家きっての猛将で、本能寺において信長が横死した時は上杉《うえすぎ》勢が守る越中魚津《えっちゅううおづ》城を攻めている最中だった。城は落としたものの、すぐに信長の死が伝わって全軍に動揺が走り、さらに上杉勢の攻勢にも遭って光秀討伐に向かうことはできなかった。

とはいえ、柴田勝家も天下への野心をあらわにしているはずで、秀吉を叩き潰す心構えでいるだろう。戦は避けられまい。勝家率いる兵は強く、勢いに乗る秀吉といえども、そうたやすく倒せる相手ではない。

「その通りだ。柴田さまこそ、羽柴の野望を打ち砕くことのできる唯一のお方よ」

源左衛門が深々と点頭する。

「殿はどうして柴田さまに仕えることになった。知り合いだったのか」

「いや、柴田さまと面識はなかった。それがなにゆえ仕えることになったかというと――」

身を乗り出して源左衛門が語り出す。

「山崎の地で羽柴に敗れたあと、わしは勝竜寺城で明智さまと別れた。わしも、坂本に向かわれる明智さまについていきたかったが、できるだけ少ない人数で闇に紛れたほうがよいといわれたのだ。明智さまに続き、わしも配下を率いて城をあとにした。わしは侍大将として、二百の精兵を率いておった。だが、その時についてきたのはたったの二十人ほどだった。そのほとんどが、稲葉山城以来の家臣よ」

隣の間で休んでいる者たちである。

「殿を慕い、どこまでもついてゆくなど、まことけなげな者たちよな」

「うむ、かわいくてならぬ」

源左衛門もにこりと笑った。その人なつこい笑顔は、昔からまったく変わっていない。

「落武者狩りを逃れてわしらは美濃に帰った。故郷ではおとなしくしていたのだが、不意に柴田さまから使者がやってきて、わしに会いたいとお誘いがあったのだ」

「ほう」

「山崎での乱戦のさなか、わしが明智さまを勝竜寺城に導いたことを、柴田さまは風聞で耳にしたらしい。あまりに唐突なことに驚いたが、わしも家臣たちを食わせねばならぬ。急ぎ近江長浜《ながはま》に赴き、越中からその地に出張りなさった柴田さまにお目にかかったのだ」

「それで」

「柴田さまの剛毅《ごうき》な人柄に、わしは心打たれた。このお方なら、我が運命を託せると踏んだのだ」

すっと背筋を伸ばした源左衛門が、真剣な目を才蔵に当ててきた。

「才蔵、柴田さまにお仕えせぬか」

「かまわぬぞ」

ためらうことなく、才蔵は即答した。

「才蔵、以前、明智さまの家中に誘ったときもそうだったが、少しくらい考えずともよいのか」

「いちいち考えるのは面倒だ。どのみち、村を出ようとしていたのだ。渡りに船よ」

「村を出ようとしていた。どういうことだ」

源左衛門にきかれ、才蔵は説明した。

「なるほど。手ひどい目に遭わされたことをうらみ、羽柴は才蔵を捕らえようというのか。まったく取るに足らぬ男よ。そのような男に、才蔵も天下も渡すわけにはいかぬ」

源左衛門が一息入れる。才蔵はすぐさま、気になっていたことをたずねた。

「殿、雪風がなにゆえ一緒なのだ」

それか、と源左衛門がいった。

「わしらが勝竜寺城を抜け出し、落武者狩りの目を逃れつつ夜明け前に森でほんのわずか休んだときだ。ほとんど眠れぬのはわかっていたが、わしが少しうつらうつらしたところを麟陽《りんよう》が顔をぺろりとなめた」

麟陽というのは源左衛門の愛馬である。

「はっとして、わしは跳び起きた。声を出さぬよう麟陽には枚《ばい》をふくませてあったゆえ、顔をなめることはできぬはず。闇に目を凝らすと、見覚えのある馬が、ちと心細そうな風情で立っていた」

「それが雪風だったのか」

「雪風はわしを覚えていたようだ。わしは、才蔵も一緒ではないかと期待した。だが、そこには雪風しかおらぬ。才蔵はやられてしまったのかと落胆しかけたが、もともと我らは下馬して戦うのが当たり前だ。負け戦の混乱のさなか、雪風は才蔵とはぐれてしまったのだろうと判断した」

「それで殿は、雪風を故郷に連れ帰ってくれたのか。よくぞ面倒を見てくれた」

「才蔵に、げっそりやつれた雪風を返すわけにはいかぬ。本当はもっと早く来たかったのだが、近江長浜へ足を運んでいたものでな。すまなかった」

「謝ることなどない。俺は感謝の気持ちで一杯だ。いつか雪風に会えるだろうとは思うていたが、まさかこんなに早くとは……」

胸が詰まり、涙がじわりとにじんだ。

その夜、源左衛門たちとの夕餉を終えた才蔵は、一人愛宕神社へ向かった。夏の真っ盛りで、少し歩いただけで汗ばむくらいだ。

鳥居をくぐり、人けのない境内を行く。社務所には灯《あか》りがともっている。

戸口に立ち、才蔵は訪《おとな》いを入れた。早奈美は起きており、才蔵は中に招き入れられた。

早奈美が輝く瞳で才蔵を見る。才蔵は静かに抱き締め、唇を吸った。頭がくらくらし、早奈美を床に横たえたかったが、なんとかこらえた。

「どうしたの」

潤んだ目をしている早奈美にきかれ、才蔵は、村を離れるべきではないのではないか、との思いにとらわれた。

「明日、村を出るつもりだ」

喉の奥から才蔵は言葉をしぼり出した。

その言葉を聞いても早奈美は驚かなかった。

「早奈美、予感があったのか」

「ええ。けれど、なぜ才蔵が村を出なければならないのかまでは、わからなかった」

「実は今日、村長に呼ばれたのだ」

才蔵は勢左衛門との話を真摯に説明した。

「そう、羽柴さまが……」

「羽柴のことはよいのだ。別に恐れてはおらぬ。ただ、おとなしく殺されるつもりはない。そうである以上、村にはいられぬということだ。村に迷惑をかけたくない。そう考えているところに、笹山源左衛門さまがいらした」

「笹山さまというと、才蔵が殿として慕っているお方ね。才蔵のところに来客があったのは聞いていたけど、そう、笹山さまだったの」

才蔵は、源左衛門のあるじである柴田権六に仕えることになったと告げた。

「では、越前へ行くの。柴田さまが本拠とされているのは北の庄でしょう」

「越前か。そういうことになろうか。どういう道筋をたどるかはわからぬが、いずれ柴田さまと羽柴は一戦交えることになろう。俺はその時こそ、羽柴の首を獲ってくれようと思うておる。そうしたら、必ず村に戻ってくるゆえ、早奈美、待っていてくれるか」

「わかった。待っている」

早奈美が即答する。そのためらいのない答えがうれしく、才蔵の心は満たされた。腕を伸ばし、早奈美を抱き締めようとすると、早奈美がそっと言葉を発した。

「才蔵、いつ出立するの」

「明朝早くだ。――そうだ、今度こそ真歌音を探し出し、持ち帰るぞ。誰が真歌音を所持しているか、早奈美、夢は見ておらぬか」

「ううん、最近は真歌音のことはちっとも夢に出ないの。どうしたのかしら」

「そうか、そいつは残念だ」

「――才蔵、また汗をかいているわね。お風呂に入っていったら」

「入れるのか」

「ええ、才蔵が訪ねてくるんじゃないかって思って。支度をさせてあるの」

二人して風呂に入った。中は暗く、湯気が立ちこめている。早奈美が抱きついてきた。早奈美の目からあたたかなものが落ち、才蔵の胸に流れた。

「寂しい」

心細げに早奈美がいった。

「すまぬ」

申し訳なさが心にあふれてきて、才蔵はこうべを垂れた。

「馬鹿ね、謝ることなんかない。またすぐに会えるもの」

「それも予感か」

ううん、と早奈美が首を横に振る。

「私の願いよ」

無言で才蔵は早奈美の唇を吸った。

ああ、と早奈美が吐息を漏らす。才蔵は、暗さの中にほの光る白い肢体を優しく横たえた。

半時後、才蔵はすっくと立ち上がった。もっともっと早奈美と一緒にいたかったが、その思いをなんとか振り切って、身繕いをはじめた。それを早奈美が手伝う。

「これでしばらくお別れね。越前まで気をつけてね」

「わかっておる。道中、なにが起きるかわからぬ。決して油断はせぬ」

才蔵の身繕いが終わった。

「つらいから、見送りはしない」

「うむ、わかった」

早奈美の顔を両手でそっと包み込み、才蔵はまぶたに面影を焼きつけた。

一人で家に戻り、自室に横になったものの、ほとんど眠ることなく夜明けを迎えた。秀吉のせいで村を出ることになったが、なぜか怒りはほとんどない。これも運命なのだろう、と才蔵は自然に受け容《い》れている。

源左衛門の家臣が出立の支度をはじめたようで、外は少し騒がしくなっている。才蔵も起き上がり、刀を帯びて外に出た。

ほの暗い中、いくつかの松明《たいまつ》が黒い煙を上げている。源左衛門が家臣にてきぱきと指示を与えていた。

「おう、才蔵、起きたか」

「うむ。殿、眠れたか」

「ぐっすりだ。才蔵の家は寝心地がよいな」

その時、すぐそばに人のうごめく気配を感じ、才蔵は腰の刀に手を置いて身構えた。源左衛門が配下の松明を手に取り、炎を向ける。

草木や土が照らし出されただけで、人などどこにもいない。だが、そばの茂みに何人かの男が隠れているのを才蔵は悟った。刀から手を離す。

「おまえら、とっとと出てこい」

その声に応じてぞろぞろ姿を見せたのは民吉、源太郎、太郎造、亮吉、錦之助の五人である。

「才蔵、俺たちも連れていってくれ」

進み出た亮吉が殊勝な顔で頭を下げる。頼みます、とほかの四人もこうべを垂れた。

「おまえら、なんでもないことのようにいうが、俺と一緒に来れば、命を失うかもしれぬのだぞ。覚悟はあるのか。まず寿命は全うできぬぞ。骸《むくろ》を人知れず山野にさらすことになるかもしれぬ」

死骸を置き去りにした馬之丞のことが脳裏によみがえる。

「望むところだ」

顔を上げた民吉が叫ぶようにいった。ほかの者たちも深くうなずく。

「村に残ったところで、どうせ戦へ行かねばならん。同じ戦に行くのなら、才蔵のもとで思う存分暴れてみたい」

「たやすく暴れられるほど、戦は甘いものではない。本物の命のやり取りだ。一瞬の油断が命取りになる。わかっておるのか」

「俺たちだって戦に出て、そのむごさは骨身にしみておる。これまで戦で死んだ者も大勢見てきたしな。その中で俺たちは生き残ってきた。才蔵、決して足手まといにはならん」

「親はなんといっておる」

「好きなようにしろと」

民吉が答え、他の四人が一斉に顎を引く。

「村長の許しは」

「昨日、この五人でお屋敷に行ってきた。村長も、仕方あるまいというてくれたぞ」

「なるほど、すでに外堀は埋めたわけか」

五人の若者が訴えるように才蔵を見ている。

さてどうしたものか。才蔵は源左衛門に目を移した。源左衛門はなにもいわないが、柔和な笑みを浮かべて、五人の若者を見つめている。

馬之丞のように死なせたくはない……。しばらく才蔵は無言のまま腕を組んでいた。

「よし、わかった。連れていこう」

ついに才蔵がうなずくと、やったあ、と笑顔を弾けさせ、五人は手を取り合って喜んだ。

「おまえら、旅支度はすんでおるのか」

「もちろんだ。鎧櫃《よろいびつ》も持ってきておる」

はしゃぐのをやめ、亮吉が冷静な顔で首肯《しゅこう》した。才蔵は源左衛門に再び顔を向けた。

「ということだ。殿、この者たちを俺の供に加えてもかまわぬか」

源左衛門が楽しそうに笑いを漏らす。

「今さら駄目とはいえぬ。それに才蔵、おぬしもありがたいのではないか」

山崎の合戦で、才蔵は大勢の配下を失った。民吉たちがいつか右腕となるほどの成長を見せてくれたら、こんなにうれしいことはない。

空が白みはじめた頃、才蔵たちは楽典郷を出立した。

目指すは越前北の庄である。

四

天女が白鳥と化して水浴びに舞い降りたものの、伊香刀美《いかとみ》という猟師に羽衣を盗まれて天上に帰れなくなり、伊香刀美と夫婦になって四人の子をもうけた。

のちに天女は羽衣を探し出して天上に戻り、残された伊香刀美は嘆き悲しむことしきりだった。

こんな伝説が残るのは、二十町ほど先に見えている余呉《よご》湖である。周囲一里半ほどの小さな湖だ。その向こう側には琵琶湖が望めるが、両者の大きさには大岩と赤子の拳ほどのちがいがある。

余呉湖には鏡湖という別名があると聞く。天女が水浴びしたくなったのも納得できるほど、静謐で透き通る湖面である。

今日は天正十一年（一五八三）四月十九日。降り注ぐ陽射しは強く、初夏の日和ではあるが、風はやや冷たく、水浴びにはつらそうだ。

手をかざし、才蔵は羽柴陣を眺めた。余呉湖の東側、北国《ほっこく》街道沿いに連なる山々に五万の軍勢が布陣しているというが、今はそこまでの人数はいないのではないか。

伊勢の滝川一益が柴田勝家に与《くみ》して兵を挙げ、それに呼応して信長の三男である信孝《のぶたか》も岐阜城に籠もって秀吉に反旗をひるがえした。それらを攻めるために、秀吉は相当の兵を率いて向かったのではないかと噂がめぐっている。噂は事実だろう、と才蔵は思っている。

攻めるなら今をおいてなし、と柴田軍きっての勇将で、才蔵たちの指揮者でもある佐久間盛政《さくまもりまさ》は勝家に意見具申しているようだ。

一益や信孝が秀吉を釘《くぎ》づけにしている間に賤ヶ岳《しずがたけ》の羽柴陣を攻撃すれば、主将不在の敵勢を総崩れに追い込めるかもしれない。だが一益たちが何日、秀吉を足止めできるか。二人ともかつての勢いは望むべくもない。勝家が期待するほど働けないのではあるまいか。

それでも才蔵は攻めたい。この地に来てすでに一月半になる。空堀をうがち、柵をつくり、逆茂木《さかもぎ》を設けた。

陣ができてからは、ひたすらにらみ合いが続いている。羽柴方も強固な陣をつくり上げており、下手に仕掛ければ負けにつながるから、三万の軍を誇る柴田勢も手出しをしようとしない。退屈でならない。

「――才蔵」

足取り軽くやってきたのは、笹山源左衛門である。興起《こうき》した胸のうちを隠せずにいる。

「陣を出るぞ。いよいよだ」

源左衛門の言葉に、よし、と勇み立ったのは民吉たちである。静かにしろ、と才蔵はすぐさま命じた。詳しい話をする気らしく、源左衛門が地面の上にあぐらをかく。才蔵も腰を下ろした。

「出陣はいつだ」

声を落として才蔵はたずねた。

「今夜だ。闇に紛れて敵陣に近づき、夜明けを待って一気に襲う」

「柴田勢全軍でやるのだな」

源左衛門が静かにかぶりを振った。

「そうではない。八千の兵で行う」

「なに。たったそれだけか。八千というと佐久間勢一手だな。そうか、兵を割るのか……」

「才蔵が危ぶむ気持ちは、わしにもわかる。柴田さまも同じ心配をされ、戦果を上げたらすぐ引き上げるよう、佐久間さまに強くお命じになった」

うーむ、とうなって才蔵は腕をこまねいた。

「だが殿、そのような半端な策を行う意味があるのか。退屈しきっている我らの士気を、わずかに上げるほどの効き目しかあるまい」

「退屈しのぎといえるほど、生ぬるい戦いにはならぬだろう。才蔵、とにかくやるしかないのだ。もう決まったことゆえ」

「つべこべいわずに働けということか」

ふっ、と源左衛門が薄く笑った。

「それで、どこを攻める。神明山か」

佐久間勢が陣取る行市山《ぎょういち》から辰巳《たつみ》（南東）の方角に二十町ほど離れたところにある山で、麓からの高さは五十丈（約一五〇メートル）ばかり。木村隼人正《きむらはやとのしょう》、蜂須賀小六《はちすかころく》などの羽柴勢が山上の砦《とりで》を固めている。

「それとも、その東側の堂木山《どうぎ》か」

神明山からゆるやかに下る尾根が舌のように北国街道へ突き出す先にも砦が築かれ、木下右衛門一《かつ》元《もと》という者が守将をつとめている。この堂木山砦の最初の守将だった山路将監《やまじしょうげん》は勝家に内応し、今は柴田勢の一員として天神山砦の守備についている。

「いや、大岩山を攻める」

「大岩山だと。それはまたずいぶん離れたところを攻めるものよ。敵中を行くことになるではないか。なにゆえそのような奥まった山に決まった」

大岩山は余呉湖の東にそびえ、高さは神明山とほぼ同じだ。守将は山崎合戦にも出陣していた中川清秀で、兵力は不明だが、せいぜい二千といったところだろう。

「寝返った山路将監どのが羽柴方の内実を、柴田さまや佐久間さまに伝えたようだ」

喉仏を上下させて源左衛門が続ける。

「羽柴方の第一陣といえる神明山や堂木山、堀秀政が守る東野山などは守りが堅く攻め難いが、その背後を固める第二陣の大岩山や岩崎山、賤ヶ岳などは備えが手薄らしい。まず大岩山を手中にすれば、高山右近の守る岩崎山もたやすく落とせよう。まさか背後から襲われるとは高山勢は夢にも思っていないはずだ」

「だが殿、どういう道筋をたどって大岩山まで赴くのだ。たやすいことではないぞ」

むずかしい顔をし、源左衛門が唇を嚙む。

「これはまだはっきりと聞かされたわけではないが、権現坂を下り、余呉湖の南岸を通るのではないかと思うておる」

「それだと賤ヶ岳の真下を通るな。備えが薄いといえども、あの山にも相当の敵が籠もっておろう」

賤ヶ岳は余呉湖の南にあり、麓からの高さは百丈（約三〇〇メートル）近い、急峻《きゅうしゅん》な山である。

「兵力ははっきりせぬが、桑山重晴《くわやましげはる》という者が守っておる。常に沈着で、その落ち着いた戦いぶりは羽柴にも認められているようだ。賤ヶ岳という要《かなめ》の地の守りを任されたのもうなずける武将だ」

「そのような武将が守る真下を行くのか。夜陰に乗じるとはいえ、果たして欺けるものか」

「欺くしかないのだ。山路将監どのが道案内を買って出たそうだ。わしは楽観しておるが、才蔵、今日に限ってはいつものおぬしらしくないな。いろいろ難癖をつけるではないか」

「なに、たまたまよ。別に考えがあっていうたわけではない」

実をいえば、才蔵は胸騒ぎがしてならない。心中にどす黒い雲が広がっている。

目を才蔵に据え、源左衛門がじっと見ている。才蔵の心のうちを見透かすような瞳だ。

「ならばよい。才蔵、早めに腹ごしらえし、体を休めておくことだ」

その後、才蔵たちは少し早い夕餉をとり、陣内で横になった。仮眠程度のつもりだったが、三時（約六時間）ばかりぐっすり眠ることができた。

ひそかに陣を出たのは丑《うし》の刻（午前二時頃）である。馬は置いてゆくしかない。山を攻め上がるために必要ないのだ。

才蔵は、雪風とまた離ればなれになるのでは、と気がかりでならない。

声を出す者は斬る。厳しい命がくだり、ひたひたという足音すら大太鼓の音のように感じられる静寂の中、松明一つもつけずに八千の軍勢は行市山を西側に下りた。

柴田勝家が深い信頼を寄せる前田《まえだ》利家《としいえ》が陣する茂山の麓を通り抜け、権現坂をくだって余呉湖の西岸に出た。

かすかに波の音が聞こえる。ここまで半時ばかりかかっている。亀のような歩みの甲斐《かい》があったというべきか、羽柴勢の籠もる山々はひっそりと静かで、こちらに感づいた気配はない。

余呉湖沿いに樹間を南へ進むと、闇に浮かぶ賤ヶ岳の影がのしかかるように迫ってきた。陣内で篝《かがり》火《び》が燃えており、おびただしい火が頭上でちらついている。

眼下を見下ろしているはずの敵兵が気づき、今にも総勢で突っ込んでくるのではないかと感じられる。息を殺した八千の兵は枯れ枝すらも踏まぬよう慎重に進んだ。

なにごともなく賤ヶ岳の前方を抜け、余呉湖の東岸に達した。さすがに安堵の息が漏れそうになる。今は寅《とら》の刻（午前四時頃）を過ぎた頃だろう。なおも余呉湖の東岸を北へ進み、四半時ほどで才蔵たちは足を止めた。東の空はまだ暗いが、夜明けまでせいぜい半時くらいではないか。

才蔵たちの目の前にそびえ立つ山が、目当ての大岩山である。こちらにも相当の数の篝火が灯されているが、山全体が寝《しん》に就いているかのように静まり返っており、敵勢はぐっすり眠り込んでいるにちがいなかった。

そのまま待て、という命がくだり、才蔵たちは槍を握ってじっとその場に立っていた。

才蔵は、背後の民吉たちをちらりと見やった。存外、落ち着いているように見える。できれば声をかけたかったが、その代わりに才蔵は深くうなずいてみせた。民吉たちもうなずき返してくる。

やがて東の空が、わずかに白んだのに才蔵は気づいた。ほぼ同時に、行けえっ、突っ込めっ、と侍大将たちの声が発せられた。

おう、と応じた武者や兵たちの声が地鳴りのように沸き立ち、八千の軍は斜面を駆け上りはじめた。

まさかの奇襲に、猛将中川清秀率いる軍勢といえども、抵抗は無きに等しかった。

攻撃をはじめてほんの半時ばかりで、才蔵は味方の誇らしげな雄叫びを聞いた。

「中川瀬兵衛《せへえ》どの、討ち取ったり」

くそっ。才蔵は吐き捨てた。先を越された。民吉たちも悔しげな顔を隠せずにいるが、才蔵が中川清秀の首を獲れなかったことを残念がっているわけではなく、自分たちが最高の働きができなかったことを、恥辱も同然に思っている様子である。

主将を失ったことで、勝敗はあっさり決した。才蔵が感じた限りでは、大岩山を守っていたのは千人ばかりに過ぎなかった。その程度の兵力では、まともに戦えたとしても八千の軍勢にかなうはずもない。

中川勢を蹂躙《じゅうりん》した佐久間勢は、休む間もなく北側の岩崎山に砦を構える高山勢に向かって突き進んだ。山崎合戦で戦った高山右近が守将であるが、背後の中川勢の壊滅を目の当たりにし、戦意を失ってあっけなく陣を放棄した。佐久間勢は兵を損することなく岩崎山も占拠した。

血のしたたる槍を握って才蔵は岩崎山から北方を眺めた。木村隼人正が守る神明山と木下一元が守将をつとめる堂木山が、鬱蒼《うっそう》とした木々が埋める谷を挟んで指呼《しこ》の間《かん》にあるように見える。

二つの砦は、柴田勢と佐久間勢に挟まれて孤立している。両勢が時を同じくして攻めかかれば、二つとも難なく奪い取れるのではあるまいか。

実際、佐久間盛政は勝家にそうするよう求めたようだ。だが、勝家は肯《がえん》じず、逆に即座に退却を命じてきたらしい。

勝家としては、秀吉に長期戦を強いることで兵力や士気を消耗させ、寄せ集めの羽柴軍を瓦解させせるのが目的だろうから、この命は当然のことである。

だが、三十の若さで戦意を炎のようにたぎらせている盛政には通じないのではあるまいか。神明山と堂木山を落とせば、戦局は圧倒的に有利になる。しかも挟撃すれば二つの砦の攻略はむずかしくないのだ。

何度も催促したものの攻撃を許されなかった盛政は、勝家の再三の撤退命令を無視し、賤ヶ岳を守る桑山勢に対して、陣を捨てるようにうながした。

桑山重晴は日没まで待ってほしいと答え、実際に日暮れとともに兵を引きはじめた。

賤ヶ岳を占拠してしまえば、いかに腰の重い勝家でも動くだろうと盛政は踏んだのだろうが、その企図を潰《つい》えさせたのは、羽柴方の部将で信長の宿老だった丹羽長秀《ながひで》である。

岩崎山に陣取る才蔵は、湖上に動きを感じ、西方に目を凝らした。徐々に暗さが増してゆく中、琵琶湖北岸の入江に百艘近い船が入ってゆくのが望めた。軍兵をぎっしりと積んだ船の群れは、違棒紋《ちがいぼうもん》の幟《のぼり》を立てている。

まぎれもなく丹羽長秀率いる軍勢である。

「あの入江の奥にあるのは塩津浜だ」

そばにやってきた源左衛門がいった。塩津浜は、賤ヶ岳から半里も離れていない。

「殿、丹羽勢はこちらにはやってこぬな」

入江に最後の船がゆっくりと吸い込まれるのを見届けて、才蔵は断言した。

「うむ、我らを攻めるにしても、あまりに兵が少ない。賤ヶ岳を下りた桑山勢と合流しても、せいぜい三千程度だろう」

佐久間勢の八千以外に、別働隊として佐久間盛政の弟である柴田勝政《かつまさ》率いる二千がおり、それが賤ヶ岳の守りについている。敵は賤ヶ岳西側の麓に陣を構えるのではあるまいか。

つと源左衛門が苦い顔になる。

「それにしても、丹羽勢に塩津浜に足場をつくられるのはまずいの。こちらの勢いが削《そ》がれ、逆に羽柴勢を元気づけよう」

「うむ、塩津浜を必ず反撃の拠点にしてくるはずだ。蹴散らさなければならぬが、朝駆けが二度も首尾よくいくはずもない。やつらも警戒していよう」

結局、佐久間盛政から塩津浜攻撃の命はくだされず、才蔵たちは岩崎山にとどまり続けた。

深更《しんこう》、陣内で横になったものの、なんとなく眠れずにいた才蔵はざわめきのようなものを感じて立ち上がり、賤ヶ岳の南側を望見した。

北国街道が貫く狭い平野になっているが、ただ闇が広がっているばかりで、なんの気配もない。ひたすら静かで、風がわずかに流れているだけだ。

大勢の見張りが、敵の夜討ちを警戒し、闇に向かって目を凝らしている。だが別段、異常を感じた者はいないようだ。刻限は子《ね》の下刻《げこく》（午前〇時二十分頃）過ぎだろう。

釈然としない才蔵は腕を組み、その場にたたずんでいた。風の音を聞いていたが、不意にまたも同じざわめきを胸中に覚えた。

おっ。我知らず声が出た。北国街道の方角にぽつりと灯りがともるや、それがぽつりぽつりと数が増え、一気におびただしい数に変わっていったのだ。軍勢のつける松明の群れである。光の筋は途切れることなく、まっすぐこちらに向かってくる。

「羽柴め、戻ってきおったな」

つぶやいた才蔵は槍を握り締めた。

胸騒ぎはこれだったのか。才蔵は、見る間に数を増やしてゆく羽柴勢の松明を眺めて思った。いま佐久間勢は岩崎山と大岩山の二つの砦を占拠し、柴田勝家勢から一人突出した形になっている。

これを好餌《こうじ》と見て、秀吉は間髪容れずに攻撃を仕掛けてくるだろう。迎え撃つのはたやすいが、南、東、西の三方から攻められては、佐久間勢はあっという間に追い詰められよう。それを勝家は見殺しにはできまい。せっかく築いた堅固な陣を捨て、駆けつけなければならない。激戦にはなるだろうが、兵力にまさる羽柴方が優位に立つのは明らかだ。

その図式は佐久間盛政も読めたようで、すぐさま麾下の部隊に撤退の命をくだした。だがほとんどの兵が眠り込んでいた上、甲冑《かっちゅう》を身につけるのに手間取り、陣内は蜂の巣をつついたような騒ぎになった。

まさかこれほど早く秀吉が戻ってこようとは。盛政の狼狽が伝わった佐久間勢は、ろくに隊伍《たいご》を組むことができない。さらに、どの方角に向かって撤兵すればよいか盛政が迷ったらしく、はっきりとした命がなかったことも混乱に輪をかけた。

半時後、もと来た道を通って行市山に戻るようにとの命が届き、なんとか隊伍をととのえた才蔵たちは松明を灯し、岩崎山を下りはじめた。余呉湖の東岸に出て、南へ向かう。大岩山を守備していた味方はすでに南岸を進んでおり、松明の群れが西へ動いていた。

才蔵たちの足は往《ゆ》きとは比べものにならないほど速いはずだが、遅々とした歩みにしか感じられない。

余呉湖の南岸に達したとき、才蔵は目の前の賤ヶ岳を見上げた。今この山を守るのは柴田勝政だが、下りてこようとしない。西の麓に陣を構える丹羽、桑山両勢が、撤退中の佐久間勢を攻撃するのを抑えるためだろう。

ありがたいが危うい、と才蔵は思った。だがどうすることもできず、ひたすら足を急がせるしかなかった。羽柴勢がいつ背後から攻撃を仕掛けてきてもおかしくない。もし追いつかれたら、この戦は負けだ。

余呉湖の南岸をようやく抜け、権現坂に差しかかった。ここまで来れば行市山はすぐだ。しかも坂の北側の茂山には、味方の前田利家勢が陣取っている。

助かった。安堵の空気が佐久間勢に流れる。才蔵も、無事に雪風に会えそうだ、と胸をなで下ろした。

ちょうど東の空が白みはじめている。賤ヶ岳をやっとのことで下りた柴田勝政勢が、余呉湖の西岸を進んでいるのが望めた。だがその機会を待っていたらしい丹羽勢が、背後から柴田勢に襲いかかった。

柴田勢は応戦したが、横合いからあらわれた羽柴本軍の一隊が退路を断った。挟撃され、柴田勢は一気に窮地に陥った。このままでは遠からず全滅だろう。

「柴田勢を救うぞ。行けえっ」

大音声が才蔵の耳を打った。

見やると、声の主は佐久間盛政その人である。槍を手に走り出そうとする盛政を、近習《きんじゅ》たちが懸命に押さえる。

「行くぞっ、者ども」

才蔵の属する隊を指揮する侍大将が命を発した。押し太鼓が激しく叩かれる。きびすを返した才蔵たちは苦戦する柴田勢めがけて一目散に駆け出した。

死ぬかもしれぬ、と才蔵は覚悟を決めた。もし真歌音を所持していれば、たった一つしかない命を失うことにはならぬのだろうか。

走りながら才蔵は民吉たちに目をやった。五人とも引きつった顔をしている。真歌音にそういう力があるのなら、この者たちにこそ持たせてやりたい。

「生きようと思うな」

足を動かしつつ才蔵は厳しい口調で告げた。柴田勢を攻撃している敵勢まであと一町と迫っている。敵の幟には立沢潟《たておもだか》らしい紋が入っている。沢潟の家紋は珍しくないが、あれは誰が指揮する軍勢なのか。

「生きようとすれば、必ず死ぬ。戦って死ぬことだけを考えよ。わかったか」

「わかりもうした」

五人の若者が声を合わせて答える。

佐久間勢は余呉湖沿いの道を一列になって走った。殺到する佐久間勢に立沢潟の軍勢が気づき、柴田勢を丹羽勢に任せてこちらに向き直り、さっと槍をそろえた。

よく鍛えられた軍勢だ。佐久間勢はひるむことなく突進した。

あと三間というところまで来たとき、敵の足軽たちの槍が頭上から降ってきた。足をゆるめることなく才蔵は槍を両手で掲げて受けた。がつ、がつと強い衝撃が続いたが、かまうことなく目の前に迫った大柄な足軽に体当たりをかました。足軽は背後に吹っ飛び、何人かの足軽があおりを食って倒れ込んだ。

才蔵は槍を振るい、あっという間に三人の足軽を倒した。

佐久間勢の助けを受けて柴田勝政勢が勢いを取り戻し、才蔵たちは敵を押しはじめた。だが立沢潟の幟の軍勢は勇猛で、才蔵たちを押し返してきた。

余呉湖の岸辺でも激しい戦いが繰り広げられ、悲鳴を上げた者が水飛沫《みずしぶき》を立てて次々に倒れてゆく。水が真っ赤に染まり、波が岸を打つたびに腥《なまぐさ》さが鼻をつく。

才蔵も湖水に足をつけて槍を振るった。水際を突進してくる足軽の陣笠を叩き、刀を槍のように伸ばしてきた武者の鎧を石突きで突いた。

才蔵は民吉たちに目を向けた。五人とも必死の形相で槍を振るっている。傷は受けているようだが、いずれも浅手のようだ。五人は生き延びようとはしていない。いわれた通り、死を念じて戦っている。生きようとするな、というのは易《やす》いが、成すのはむずかしい。誰だって命は惜しい。どうしても自分を守ろうという気になる。

手槍を手にした武者が躍りかかってきた。才蔵の目が、武者のかぶる兜の立物に向いた。どう見ても、銀箔《ぎんぱく》を貼ったまな板を頭にのせているようにしか見えない。まな板との違いは、厚みがなく上部が丸みを帯びた庇《ひさし》のような形になっていることだろう。

これは一の谷兜と呼ばれるものではないか。この兜で有名なのは美濃の武将竹中半兵衛《たけなかはんべえ》だが、すでに鬼籍の人だ。

面頰《めんぼお》越しに見える顔は自分より一回りは若く、まだ二十歳そこそこであろう。

その若さにもかかわらず、振り下ろされた槍は才蔵がこれまで経験したことがないほど速かった。自らの槍でそれを弾き上げつつ、容易ならぬ相手ととっさに見抜き、才蔵は武者との距離を取った。

槍を弾き返された武者はたたらを踏んだが、すぐに体勢をととのえた。才蔵はじっと若武者を見た。向こうも見つめ返してくる。腕はまず互角といってよい。

この若さでこれほどの猛者がこの世にいるとは。才蔵は目をみはらざるを得ない。若武者も才蔵の強さに驚きを隠せずにいる。

こやつは、と才蔵は唐突に思い出した。羽柴秀吉が楽典郷へ来たときについてきていた若者ではないか。当時、十一、二歳だったはずだが、ずいぶん成長したものだ。不敵な面魂《つらだましい》だったが、やはり名だたる武者となっていたのである。

気合を放つや若武者が水を蹴り、突っ込んできた。風を切って槍が突き出される。よける気は才蔵にはない。深く踏み込むことだけを考え、槍を思い切り伸ばした。

次の瞬間、脇腹に強い衝撃があり、体を後ろに持っていかれそうになった。だが鈍い痛みが残っただけで、傷を負ったわけではない。若武者の槍は鎧をかすめて、背後に抜けていったのだ。それでこれだけの威力があった。

才蔵の槍は狙い通り相手の胸を突いたが、若武者が寸前で半身にかわし、同じように鎧をかすめた。それでも相当の打撃を与えたらしく、若武者は後ろに飛ばされそうになった。かろうじてこらえて槍を引き、軽く首を振って才蔵を見る。

むっ、と才蔵は若武者を見直した。目に、人なつこい笑みが浮かんでいるのだ。才蔵と槍をまじえることに、若武者はどうやら喜びを覚えているらしい。

いったいなんという男なのだろう。羽柴勢にこれだけの武者がいるとの評判は耳にしたことがない。秀吉秘蔵の者であるのはまちがいない。

息を入れて若武者が再び気合を込めはじめたのが知れた。才蔵は、若武者が突っ込んでくる前に、懐へ飛び込む気でいる。死ぬ覚悟で臨めば、この若武者も倒せよう。少なくとも相討ちには持っていけるはずだ。この若武者を道連れにあの世へ行けるのなら、冥土の土産としては十分過ぎるだろう。

槍を構え、才蔵は腰を落とした。足元を赤い波が洗う。そのとき背後であっ、と声が上がった。民吉だと直感した才蔵は一瞬、気を取られた。

民吉たちは全員無事のようだが、なぜか呆然としているのが横目に入ったのだ。他の味方も同じようにあっけにとられている気配がする。才蔵は若武者に意識を戻した。

槍を構えたまま若武者はその場を動かずにいる。今の隙をついていれば、この若武者ならほぼ確実に才蔵を屠《ほふ》ることができたはずだが、なぜかそれをしなかった。

――こやつ、わざと見逃しおった。

「おぬし、可児才蔵どのか」

若武者の声がわずかに弾んでいる。むう、とうなって才蔵は若武者を見返した。

「俺を知っておるのか」

「前に会《お》うたではないか」

「覚えておったか。おぬし、名は」

「福島市松《ふくしまいちまつ》よ」

初耳だが、福島市松という武者はこれからとんとん拍子に出世してゆくのだろう。名を覚えておこうかと思う一方で、今さらそうしたところで遅いかもしれぬとの考えが頭をよぎった。

まわりでは激しい戦いが繰り広げられている。羽柴勢は次々に新手《あらて》をつぎ込んできており、佐久間勢は劣勢になりつつあるのだ。このままでは幾重にも囲まれ、逃げ場はなくなるだろう。

そうなれば、自分がすべきことは福島市松を殺し、討ち死することしかなくなる。哀れなのは一緒に死ぬことになる民吉たちだが、自分についてきた以上、避けられぬ運命だったとあきらめてもらうしかない。

「ところで可児どの、逃げずともよいのか」

戦の最中とは思えない、のんびりとした口調で市松が話しかけてきた。

「なにゆえ俺が逃げねばならぬ」

「なに、茂山が空っぽになりつつあるゆえ」

顎をしゃくって市松が指さす。ためらうことなく才蔵は振り向いた。茂山では前田利家が佐久間勢の後備えをつとめていたが、その軍勢が戦わずして後方へと動き出しているのが見えたのだ。

民吉たちの驚きのわけを才蔵は知った。

戦場を脱しようとしている前田勢を目の当たりにした味方は動揺を隠せず、すでに崩れはじめている。神明山や堂木山を守備していた羽柴勢もこちらに向かわんとする動きを見せていた。

その二つの砦に対するはずの前田勢が失せたのでは、あっという間に退路を断たれよう。その恐怖に味方は抗し切れず、得物を捨てて我先に逃げ出しているのだ。

民吉や市造、竹助がどうするのですか、と才蔵に目できいている。これから逃げるにしては、才蔵たちはあまりに敵中に深入りしていた。体を返して逃げ出したとしても、背後から襲われて槍の餌食になるだけだろう。

そんなみじめな最期はまっぴらごめんだ。才蔵は一つ息をついてから、顔を上げた。

「殺せ」

市松の足元に槍を放り投げて才蔵は民吉たちに目をやり、静かにうなずきかけた。

「おまえたちも捨てろ」

真っ先に市造が槍を湖面に投げた。どうしようもないのを悟ったらしい民吉たちがそれにならう。十本近い槍が水面を漂う。

「ほう、潔いな」

才蔵たちを見つめ、市松がほめたたえる。

「男たる者、死に際くらいきれいにせぬとな」

「よい覚悟だ」

一の谷兜の中で表情をあらためたのであろう市松が、配下を手招く。十人ほどがすぐさま寄ってきた。

「この者らを捕縛せよ。よいか、殺すな。丁重に扱え。俺が戻ったときにもし一人でも欠けていたら、どうなるかわかっておるな。承知か」

「はっ、承知いたしました」

ひときわ落ち着いた物腰の男が、畏れ入ったように答える。岸辺に戻った市松は馬を引かせ、馬上の人になった。

「これより手柄を立ててまいる。可児どの、おとなしくお待ちあれ。――行くぞっ」

市松が馬腹を蹴り、馬とともに轡取《くつわと》りが駆け出す。後ろを二人の従者がついてゆく。十人ほどの武者や兵がその場に居残る。

その者たちにかたく縛《いまし》めをされた才蔵は松の木の根元に座り込んだ。民吉たちもあぐらをかく。何本もの槍が突きつけられたが、この場に市松がいないのなら、逃げるのはさしてむずかしいことではない。

だが、そうしたところで結局は落武者狩りに遭って落命するだけだろう。事ここに至って、じたばたしても仕方ない。

それに、福島市松という男は信ずるに値する者だと感じられた。お待ちあれ、といわれた以上、素直にしたがっておくのが最もよい手立てなのではないか。才蔵はそんな気がしてならなかった。

近くでは容赦ない殺戮《さつりく》が今も行われているが、槍や刀を投げ捨てて降伏する味方は少なくない。そういう者のほとんどが命を奪われることなく捕らえられた。

今や柴田勝家勢は雪崩を打って潰走している。余呉湖の北の山々に構えていた陣を離れたおびただしい旌旗が、まとまりもなく北方へと動いている。三万もの軍勢を誇った柴田勢は今や見る影もない。羽柴勢の追撃は急だ。いったいどれだけの者が生き延びられるものか。自分はあっさり槍を捨ててしまったが、あきらめることなく戦い抜いたほうがよかったか。そのほうが、悔いがなかっただろうか。

とにかく負けは決まった。もはやなるようにしかならない。

今頃、大勢の家臣に囲まれて勝家は北国街道をひた走っているだろう。北の庄城に帰り着けたとしても、そこで果たして態勢をととのえられるものなのか。

五

四月二十四日に燃え盛る北の庄城で、柴田勝家は夫人お市《いち》の方とともに自害した。

五月十二日には京において佐久間盛政が処刑された。落武者狩りの百姓衆に捕らえられた盛政は秀吉から、味方として力を尽くすよう説得されたが、勝家から受けた恩義を水に流すがごとくにはできぬと、刑死を乞うたそうだ。

それらの話を、才蔵は長浜城において福島市松から聞いた。

明智光秀に続き、またも力になれなかった。

可児才蔵とはなんと無力であることか。槍が人よりも得手なだけの男に過ぎない。

「気を落とされるな」

立ち上がった市松が才蔵のかたわらにかがみ込み、体をかき抱くようにして肩を叩く。

「勝敗は時の運に過ぎぬ。これよりは我が殿にお仕えすればよい」

市松の手が女のようにほっそりしていることに才蔵は気づいた。このような手で、なにゆえあれだけの強さを誇っているのか。

「可児どのの武名は隠れもない。我が殿も、家臣となることを許されよう。それとも、可児どのは、我が殿に仕えるのはいやか」

正直いえば、ごめんこうむりたい。それに、秀吉には自分を家臣にする気はあるまい。

命があるのなら、できれば福島どのの麾下になりたいものだと才蔵は思った。この男の下でなら、存分に働けるかもしれない。

だが自分が仕えることで、もし市松を敗死させるようなことになったら――。


「可児どの、とにかくご本人に会《お》うてみたらよかろう。さすれば気持ちが動くやもしれぬ」

「ご本人とはまさか」

「うむ、その通りだ。実は以前より可児どのに会いたがっておられるのだ。すでにこの城に見えておる」


――ついにこの日がきたか。

才蔵は覚悟を決めた。秀吉が楽典郷でのうらみを晴らすつもりでいることを、あの日あの場にいたにもかかわらず、市松はどうやら知らないらしい。

身支度をととのえて、才蔵は対面所に足を運んだ。

秀吉は上座で脇息《きょうそく》にもたれていた。相変わらずの猿顔だが、いつしか威厳めいたものが備わっている。地位というのはやはり人をつくるようだ。

屈強そうな二人の小姓が控え、武者隠しにも十人近い手練《てだれ》がひそんでいる。だがこの小男をくびり殺すのはわけない、と才蔵は思った。それもまたおもしろいのではあるまいか。

才蔵は身に寸鉄も帯びておらず、四人の福島家の家臣に囲まれている。だが最も手強《てごわ》い市松はそばにいない。

才蔵は敷居を越え、秀吉の前に出た。距離は四間ほど。一気に突進し、女のような細首をねじり上げれば、ことは終わる。

脇息から身を起こし、秀吉が才蔵を見据える。射るような眼差《まなざ》しだ。

だが、この程度では才蔵を平伏させることはできない。

それが一転、秀吉がぱっと破顔してみせた。光り輝くような笑顔だったから、才蔵は驚いた。それだけでなく、体全体が光を発しているように見える。まるで神の化身がそこに座しているかのようだ。これこそが天下取りをなさんとしている男の証なのか。

「才蔵、久しいの。一別以来だが、息災そうでなによりだ。安心したぞ」

よもやこんな言葉をかけられるとは。

才蔵の驚きはいや増した。油断するな。自らにいい聞かせたものの、すでに足の力がゆるんでいる。

「突っ立っておらんで、早《はよ》う座るがよい」

才蔵を急《せ》かすように秀吉が脇息をぱんぱん叩く。はっ、と才蔵は膝を折って端座した。

「ずいぶん遠いの。そのほうの顔がろくに見えぬではないか。もそっと近《ちこ》う」

畳に手をつき、才蔵はいわれた通りに膝行した。距離が二間ほどに縮まる。

身を乗り出して秀吉は才蔵を見つめている。

「おう、おう、紛《まが》うかたなき可児才蔵だわ。才蔵、楽典郷でのこと、覚えておるか」

やはりきたか。才蔵は身構えた。

「忘れたことは一度たりともございませぬ」

「余も同じよ。あれはなかなか得がたい出来事だった。あのようなことをされたのは、後にも先にも一度しかない」

口をへの字にしていたが、気分を変えるように秀吉が身を乗り出してきた。

「――ところで才蔵、余には孫七郎《まごしちろう》という甥《おい》がおる」

いきなり話が飛んで当惑したが、孫七郎といえば、と才蔵はすぐさま思い出した。秀吉の姉の子で、諱《いみな》は秀次《ひでつぐ》ではなかったか。

才蔵、と秀吉が強い口調で呼びかけてきた。

「そのほうを呼んだのは、ほかでもない。孫七郎のもとで働いてくれい。我が甥に華々しい手柄を立てさせてほしいのだ」

いきなりの申し出に才蔵は即答できない。

「そのほうの勇名は余も聞いておった。そのほう、余に殺されると思い込んでおらなんだか。そのほうを捜しておったのは孫七郎のためよ。はなから殺す気などない。楽典郷でのことは、まこと、水に流すつもりでおる」

天下人に最も近い男が懇願の顔つきをしている。

秀吉の言葉を本気と受け取ってよいものかどうか。本気であろう、と才蔵は思った。福島どのはこの俺が殺されぬことをとうに知っておったにちがいあるまい。

「どうだ、才蔵」

念を押すように秀吉が確かめる。

「承知つかまつりました」

才蔵の答えを聞き、ふう、と秀吉が息をついて脇息にもたれる。

「安堵したぞ。そのほう、実を申せば市松に仕えたいのであろう。あれは気のよい男よ。一緒にいて気持ちがよい」

「はっ、まことその通りにございます」

「市松は剛の者よ。配下にも名うての猛者がそろうておる。対して孫七郎にはさしたる者がおらぬ。ゆえに、そのほうにそばにいてもらわねばならぬのだ」

そういうことか。心中で唇を嚙み締めつつも、才蔵は納得せざるを得ない。市松の下で働けないのは無念としかいいようがないが、これも運命と受け止めるしかなさそうだ。

「ところで才蔵、真歌音という小太刀を存じておるな」

いきなりのことで、才蔵は虚を衝かれた。

「存じておるようだの。今も探しておるのだな。実をいえば、余も手を尽くして探しておる。所持する者に不老不死を約束する小太刀。余は欲しゅうて欲しゅうて仕方がない。あのとき楽典郷を訪れたのも、真歌音のことを聞いておったからだ。あわよくば入手し、上さまに献上するつもりでおった。もっとも、上さまはとうに手に入れておられたようだが」

「羽柴さまは、真歌音のことを誰からお聞きになったのでございますか」

顔を上げて才蔵はたずねた。

「噂よ。才蔵、どのような秘宝といえども、隠しおくことなどできぬ。かの愛宕神社の宝物庫より盗み出した者も、どこかで耳にしたのであろう」

「手になされた織田さまは、その後、真歌音をどうされたのでございましょう」

「それは余も知らぬ。本能寺で上さまとともに灰になってしもうたやもしれぬ」

灰に。考えられぬことではなかったが、才蔵はさすがに呆然とした。

「いや、そのようなことはあるまい」

自らを鼓舞するように秀吉が否定する。

「余はあきらめぬ。必ず探し出してくれるわ。――ところで才蔵、聞けばそのほう、まだ独り身というではないか。あの美しい早奈美という娘は許嫁《いいなずけ》であろう。わしに取られぬうちに、早う身をかためい」

秀吉にいわれるまでもない。もはや一人でいるのに、才蔵も飽いていた。

第四章　関ヶ原

一

有岡城《ありおか》といえば、以前は伊丹城《いたみ》といい、天正六年（一五七八）、信長に反旗をひるがえした荒木村《あらきむら》重《しげ》が籠もった城として知られている。

村重を翻意させようとこの城を訪れた黒田官兵衛が捕らえられ、一年ものあいだ牢獄《ろうごく》に幽閉されたこともあった。秀吉の軍配者として名高い官兵衛はこのときの過酷な牢暮らしのせいで足を悪くしたといわれている。

つい先日までこの城のあるじは池田之助《ゆきすけ》という者だったが、秀吉の命で美濃に転封となった。残された領地は羽柴家の直轄地になり、城には城代として十六歳の若者が入っている。

「おう、そなたが可児才蔵か。噂《うわさ》には聞いておったが、大きな男よな」

秀吉譲りというべきなのか、耳の奥にまで響くような大きな声である。

「畏れ入ります」

畳に両手をそろえ、才蔵は深くこうべを垂れた。

「叔父上から聞いたが、そなた、俺に手柄を立てさせてくれるそうだな」

才蔵は控えめに顔を上げた。

「お手柄を立てられるかどうかは、孫七郎さまのご運次第でございます。できる限り、お力添えしたいと考えております」

「うむ、才蔵、頼りにしておるぞ」

目だけを上げ、才蔵はまじまじと孫七郎を見た。頬骨の突き出た顔につり上がった細い目、薄い眉、おちょぼ口がのっている。ひげをたくわえているが、眉と同様、ひどく薄い。

「しかし孫七郎さまは、滝川一益攻めでも賤ヶ岳でも手柄を立てられたと、それがしは聞き及んでおりますが」

「なに、あんなものは手柄のうちに入らぬ。俺はなにもしておらぬのだ。配下の手柄が俺のものになったに過ぎぬ」

「戦《いくさ》は孫七郎さまが指揮を執られたのでございましょう。ならば、紛れもなく孫七郎さまのお手柄でございます」

「俺はこの手で兜首《かぶとくび》を挙げたいのだ。才蔵にはそのための力を貸してほしいと思うておる。そなたは首獲《と》り才蔵とまでいわれておるのだろう」

身を乗り出し、孫七郎がにやりとする。野卑な笑いだ。

「そういえばそなた、めとったばかりだそうだな。とても美しい女性《にょしょう》と聞いておるぞ」

「畏れ入ります」

才蔵は再び平伏した。

「ここ有岡に来る前に、羽柴さまのお声がかりにて早奈美という者を迎えました」

「おお、そうであったの。一緒になるよう叔父上がお命じになったのだったな」

秀吉のことを口にした孫七郎は急に興ざめしたようだ。

「才蔵、苦労であった。下がってよい」

失礼いたします、と辞儀をして才蔵は対面の間を退出しようとした。

「ああ、そうであった。才蔵、そなたにまだ聞きたいことがあるのだ」

孫七郎にいわれ、才蔵は端座し直した。

「真歌音と申す小太刀は、この世に本当にあるのか」

この男も真歌音に興味があるのだ。不老不死を手にしたい者がそろう一族なのか。

「ございます。幼い頃、この目で実際に見ております」

「そうか。叔父上も探しているそうだが、もしそなたが先に見つけたら、俺にくれぬか」

「その儀については、お断りいたします」

才蔵はきっぱりと告げた。わずかに腰を浮かせた孫七郎が目を怒らせる。

「なにゆえそのようなことをいうのだ。叔父上にくれてやるのか」

「我が妻に渡します。もともと妻の実家の持ち物にございます。妻には、必ず見つけ出し、持ち帰ると約束しております。その約束はいまだに果たされぬとはいえ、それがしのいつか必ずという気持ちに揺らぎはございませぬ」

「妻の実家にな。ふむ、そういうことならばよい。才蔵、今の話は忘れよ」

一礼し、孫七郎の前を才蔵は辞した。廊下を歩き出す。

孫七郎に今のところ領地はない。いずれ大封が与えられるのは明らかだが、まだどこになるか決まっていないようだ。

孫七郎は十二歳で河内《かわち》の三好《みよし》家に養子に入ったが、十四のとき養父三好康長《やすなが》が土佐《とさ》の長宗我部《ちようそかべ》討伐の先鋒として四国に渡った。もともと四国に深い関わりを持つ康長に、阿波《あわ》一国を与えると信長が約束したのだ。

だが、本能寺で信長が横死したせいで織田軍の来援がなくなり、康長は河内に戻らざるを得なくなった。

その後、天正十年（一五八二）の秀吉による紀伊《きい》国の根来《ねごろ》衆攻めに康長は加わったものの、高齢ゆえにそれが最後の戦となり、以降、茶の湯にいそしむ趣味の人になった。孫七郎は三好家を出て、今は羽柴信吉《のぶよし》と名乗っている。

才蔵同様、新たに孫七郎に仕える者は少なくなく、有岡城下は大勢の者が行きかっている。もともと池田之助がいた町だけに武家屋敷はととのえられているのだが、いかんせん数が足りない。普請の槌音《つちおと》が至るところから聞こえてくる。

こういう音を耳にすると、新たな息吹を感じ取れるからか、気持ちが高揚する。

ただ、才蔵には一つ気がかりがある。雪風のことだ。

一度、賤ヶ岳まで捜しに行ってみたものの、無駄足に終わった。軍馬は分捕り品として特に価値があり、大事にされる。ましてや雪風ほどの馬なら、なおさらだろう。まさか死んだということはあるまい。きっと誰かのもとにいるのではないかと思うが、消息はまったくつかめない。

一軒の屋敷の前で足を止め、才蔵はひと息入れた。ここがこれから暮らす屋敷である。さして広くはないが、こうして拝領できたのはありがたい。配下が槍《やり》の稽古をしているらしく、発せられた鋭いかけ声がずしりと腹に響いてくる。

冠木門《かぶき》をくぐり、才蔵は足を踏み入れた。

「おう、やっておるな」

中庭に二十人近い男たちがずらりと並び、たんぽ槍を手に、上から叩《たた》き下ろす鍛錬を行っていた。

才蔵の配下に民吉たちが加わって以降、竹助もたくましさを増してきている。

最も古株の市造が皆の前に立ち、稽古を見守っていた。今は家宰《かさい》として可児家を取り仕切っている。

戦でもよい働きを見せる市造に、才蔵はこれからは留守を任せる気でいる。

市造とは稲葉山城以来だから、もう十七年もともにいる。才蔵の三つ上の市造は三十四になったのだ。

それなのに、いまも独り身で過ごしていることを才蔵は申し訳なく思っている。

そばに市造が寄ってきた。

「殿、家臣を増やさねばならぬ」

うむ、と才蔵はうなずいた。孫七郎から二千石の扶持《ふち》を給わることが決まっており、相応の家臣をそろえなければならない。

「少なくとも、今の倍は必要だな。楽典郷の村長にも、人がほしいと伝えてある」

「楽典郷だけで二十人は無理だろう」

「その通りだ。村長は、ほかの村にも声をかけるといってくれたが、果たして集まるだろうか」

むずかしい顔で市造が腕組みをする。

「心許《こころもと》ないな」

うむ、と市造がうなずく。

「すでに殿も聞き及んでいようが、三河の徳川さまが羽柴さまに従わぬらしい。事を構えようとしているようだ。まちがいなく戦になろう。それまでに人数をととのえなければならぬ。殿、俺が尾張まで行ってきてもよいか」

「そいつはありがたい」

「ほかに手立てはあるまい。それとも、このあたりの者を集めるか。首獲り才蔵の名は轟《とどろ》いておるゆえ、若者がこぞってやってくるかもしれぬ」

「ここらあたりの者を集めるという手もあるか。これまで尾張の者ばかり採ってきたが、土地の者を加えるのも悪くないな」

「殿がよいのなら、募《つの》ってみるか。よし、さっそく手配りにかかろう」

一礼し、市造が足早に去る。最近では人の斡旋《あっせん》を生業《なりわい》とする者が出はじめているらしく、そういう者に頼みに行ったのかもしれない。

しばし配下の稽古を眺め見てから才蔵は母屋に入った。

戸口に早奈美の姿がある。

「お帰りなさい」

「ただいま戻った」

このようなやりとりをすると、ああ、本当に夫婦になったのだな、と実感する。才蔵は早くやや子がほしくてならない。二人のあいだに子ができたら、いったいどれほどかわいいことだろう。

今のところ、早奈美にその兆しはないが、焦ることはないと才蔵は考えている。

二人は奥の畳敷きの座敷に落ち着いた。

早奈美の夢告げは相変わらず評判で愛宕神社はにぎわっていたが、それを人任せにして早奈美は才蔵のもとへやってきたのだ。

見つめる才蔵に、早奈美がほほえみかける。

「あなた、まだ気に病んでいるの」

「当たり前だ。本当にこれでよかったのかと、どうしても考えてしまう」

「羽柴さまのお声がかりでは断れないでしょ」

くすりと早奈美が笑みを漏らす。

「もちろん、私は羽柴さまにいわれたから嫁いできたわけじゃない。私はこれまで人のために役立とうと思って夢告げをしてきた。けれど、これからはあなたのために生きようと思っている。ずっとそばで暮らしたいの」

板戸越しに声をかけて、市造が顔をのぞかせた。

「笹山源左衛門さまがいらっしゃいました」

「殿が。こちらにお通ししてくれ」

はっ、と板戸を閉じて市造が引き下がる。

「では、私はこれで失礼いたします」

両手を畳にそろえて早奈美がいう。

「殿に会っていかぬのか。遠慮はいらぬ」

「でしたら、ご挨拶だけでも」

有岡城下に来てほどなく才蔵は源左衛門の名を耳にした。勝家亡きあと秀吉に乞われ、源左衛門も孫七郎の麾下《きか》となっていたのだ。才蔵はつい先日、再会を果たしたばかりだ。

市造の案内で源左衛門があらわれた。相好《そうごう》を崩して才蔵は出迎えた。

「殿、よく来てくれた。まずは座ってくれ」

うむ、とうなずき、源左衛門があぐらをかく。なにか話があるらしく、まじめな顔つきをしている。

「越したばかりで落ち着かぬところを押しかけてすまぬ。早奈美どのも迷惑であろう」

「とんでもない。笹山さまがいらっしゃると、我が殿は欣喜《きんき》いたします。そのさまを目の当たりにするのは、私には至上の喜びにございます。笹山さまにはこれまで以上にお運びいただきますよう」

「わしを歓迎しているようで、実はのろけておるのだな」

ふふ、と早奈美が笑いを漏らす。

「笹山さま、どうぞ、ごゆっくりしてらしてください。いま白湯《さゆ》をお持ちいたします」

ていねいに辞儀をして早奈美は出ていった。

「相変わらずきれいなおなごよな。わしの妻も美しかったが、今は昔の話でしかない」

「側女《そばめ》を持てばよいではないか」

「わしは明智さまと同じよ」

明智光秀は熙子《ひろこ》という正室を心から慈しみ、生涯、側室を持たなかった。

「おぬしこそ早奈美どの一筋ではないか」

「早奈美以上のおなごはおらぬゆえ」

「おぬしものろけか。才蔵、どうだ、羽柴孫七郎さまの家中にはもう慣れたか」

「まだまだだ。だが、殿がいてくれるのは心強い。百万の味方を得た思いよ」

「大仰なことをいうものよ。だが、まさかまた同じ家中になるとはわしも思わなんだ」

「これが腐れ縁というやつであろう。ところで殿、なにか話があるのではないか」

顔を引き締め、源左衛門が身を乗り出す。

「才蔵、雪風らしい馬を見たぞ」

なんだと。才蔵は腰を浮かせた。

「殿、詳しく聞かせてくれ」

「我らの新しいあるじよ」

すぐさま源左衛門が語りはじめる。

「孫七郎さまの愛馬の一頭に、雪風らしい馬がおるのだ。毛色、毛並はそっくりだ。それ以上に、よく光る聡明《そうめい》そうな目は雪風としか思えぬ」

「殿はどこでその馬を見た」

「有岡城よ。つい先ほどのことだ。馬市の帰りか、馬方に引かれて何頭かの馬が大手門をくぐっていった。その中にひときわ目立つ馬が一頭おった」

勢いよく立ち上がった才蔵は部屋を出た。その足で有岡城へ向かう。

数人の供を連れて源左衛門が後ろについてきた。

「才蔵、孫七郎さまに雪風を返してくれるよう頼むのか」

「まずは厩《うまや》に行かねばならぬ」

「本当に雪風かどうか確かめるほうが先だな。わしの勘ちがいかもしれぬし」

「いや、殿の目は確かだろう。俺は一刻も早く雪風に会いたくてならぬのだ」

城には、たいてい軍馬のための曲輪《くるわ》が設けられている。それは有岡城も同じで、才蔵は厩曲輪の者に馬を見せてくれるよう頼んだ。

槍を手にしている番卒が、がっしりとした格子の門越しに素っ気なくかぶりを振る。

「ここにおるのは殿の馬だ。殿の許しなく、一頭たりとも見せることはできぬ」

番兵の憎々しげな顔を殴りつけたかったが、才蔵は奥歯を嚙《か》み締めてこらえ、厩曲輪をのぞき込んだ。

右側に厩が連なり、数え切れないほどの馬がつながれている。孫七郎は馬好きとして知られており、これぞという馬は片端から買い集めるよう命じているのではあるまいか。

一頭の馬に才蔵の目が吸い寄せられるように引きつけられた。その馬の毛並は、他の馬たちがかすんで見えるほど光り輝いている。

「雪風っ」

声高らかに叫ぶと、雪風が才蔵に気づいた。竿立《さおだ》ちになっていななき、身もだえする。その様子があまりにいじらしく、才蔵の目からおびただしい涙がこぼれ落ちた。

「雪風、待っておれ」

再び叫ぶと、すぐさま居館に向かい、才蔵は孫七郎に面会を求めた。

少し待たされたが、孫七郎は対面の間にあらわれた。孫七郎に向かい、才蔵は平伏した。一緒についてきた源左衛門もひれ伏した。

「どうした、才蔵、源左衛門。両人ともずいぶんかしこまっているではないか」

脇息にもたれて、孫七郎がからかうようにいう。

「お願いがあってまいりました」

孫七郎を見つめ、才蔵はいった。

「ほう、なんだ。申してみよ」

「厩にいる馬のことでございます」

「うむ」

「今朝、この城に連れてこられた馬で、光り輝く鹿毛《かげ》のこと、孫七郎さまはご存じでいらっしゃいますか」

「うむ、存じておるぞ」

重々しく孫七郎がうなずく。

「あの馬がどうかしたか」

「あの馬は、雪風と申します。それがしの愛馬でございます」

才蔵はどういう経緯で雪風を失ったか、その理由を手短に説明した。

「ほう、さようか。そのようなことがあったのだな。それで、才蔵は俺になにをしてほしいのだ」

「雪風をそれがしに返してくださいませぬか」

両手をついて才蔵は懇願した。

冷たい目で孫七郎が才蔵を見、一言いった。

「やれぬ」

「なにゆえにございますか」

凜《りん》とした声を放ったのは源左衛門である。

「あれは我が愛馬だからだ」

孫七郎は当たり前といわんばかりの顔だ。

「馬市で今朝、買いつけた逸物《いつぶつ》よ。名も雪風などというつまらぬものではない。すでに鹿丸《しかまる》という立派な名をつけた」

あまりの珍妙さに才蔵は言葉を失った。

「あの馬はこの名をことのほか気に入ったようで、顔をすり寄せて甘えてきたぞ」

ちがう、と才蔵は歯嚙みして思った。甘えたのではなく、嚙みつこうとしたのだ。

「才蔵、賤ヶ岳で鹿丸を失《うしの》うたのだな。賤ヶ岳はそなたにとって負け戦。馬を分捕られるのは致し方なかろう。潔くあきらめよ」

「孫七郎さま、どうしても返さぬといわれるか」

凄《すご》みを利かせた声で才蔵がいうと、一瞬、孫七郎が怯《ひる》み、すぐさま目を怒らせた。

「才蔵、あるじに向かってその申しようはなんだ。俺を脅すつもりか」

脳裏に早奈美の顔が浮かんだ。あなた、短気を起こしては駄目よ。常にいい聞かされている。自分のことを気が短いと思ったことはないが、人からはそう見えるのだろうか。

「そのようなつもりはござらぬ」

冷静さを取り戻して才蔵はいった。

「ならば、才蔵、早々に引き取るがよい」

傲然《ごうぜん》といい放ち、孫七郎がそっぽを向く。

「才蔵」

穏やかに呼びかけて源左衛門が肩を軽く叩《たた》く。才蔵はうなずき、孫七郎を見つめた。

「では、これにて失礼いたす」

悔しくてならなかったが、丁重にいって才蔵は対面の間を退出した。

くそう、と才蔵の口から悪罵が漏れる。すまぬ、と源左衛門がいった。

「一緒に来たのに、力になれなんだ」

孫七郎めは、と才蔵は呼び捨てにした。

「――今日、真歌音を見つけたら差し出すように俺に申した。当然のことながら俺は断った。雪風の一件はその意趣返しだな。だがこのままにはしておかぬ。必ず雪風は取り返してやる」

唇を嚙み締めて才蔵はつぶやいた。

「才蔵、雪風を奪い取る気か」

「盗み出すのはたやすかろう。だがその気はない。だからといって、雪風に鹿丸という名をつけるような輩《やから》にいつまでも預けておく気もない」

才蔵は鞴《ふいご》のように太い息をついた。

「顔を見ようと思えば、いつでも見られる。俺は雪風が無事でいたのがうれしくてならぬ」

そういって、才蔵はおのれを納得させた。

二

顎から汗がしたたり落ちる。

今宵はひどく蒸し暑いが、そのせいではない。馬の背に揺られながら、ついにこらえきれず、才蔵は背後を振り返った。

闇に覆われて風景はまったく見えない。松明《たいまつ》一つつけていないのだ。すぐ後ろを歩く民吉と目が合った。民吉が、どうかしたのですか、という顔をする。なんでもない、というように才蔵は首を振り、前を向いた。

配下たちに不安を与える真似《まね》は厳に慎むべきだが、後ろから徳川勢が近づいてきているような気がしてならない。

この気持ちを主将の孫七郎に伝えたい。背後を徳川勢に襲われたら、家康の本拠の三河岡崎を衝《つ》くことなどできようはずがない。ただ、なんの確証もなく、不安ゆえ、と告げても一笑に付されるだけだろう。

才蔵の気がかりが伝わったのか、乗馬の麟陽がいななくような素振りを見せる。すべての馬には枚《ばい》を噛ませてあり、声は立てられない。首を優しくなでて、才蔵は落ち着かせた。

賤ヶ岳とそっくりだな、と手綱を握り直して思った。中川清秀が守る大岩山砦《とりで》を目当てに敵中を進んだときだ。実際に、いま才蔵たちは敵地に深く入り込んでいる。兵力も同じ八千。あのときとよく似ているから、不安に駆られるのだろうか。

仮に徳川勢に急襲されても、自分だけなら切り抜けられる。だが、配下たちはそうはいかない。

どうすればいい。焦りの汗が噴き出してくる。丑《うし》の下刻《げこく》（午前三時二十分頃）を過ぎ、天正十二年（一五八四）四月九日の夜はあと一時《いっとき》もすれば明けはじめよう。明るくなれば、この不安も一掃されるのではないかとの期待がある。

七間（約十二・六メートル）ほどの幅の川を渡り、小高い丘に差しかかったところで、馬に乗った使番《つかいばん》があらわれ、仕草で、干し飯の朝食をとるようにとの命を伝えてきた。

二時ものあいだ闇の中を進んだことで、兵たちには疲労がたまりつつある。この休みは悪くない。

よし、と決意した才蔵は馬を下り、後方へ一人向かった。そちらに主将の孫七郎がいる。

――やはりこの思いを伝えなければならぬ。

兵の列に沿い、才蔵は足早に歩いた。ふと立ち止まり、一瞬、目を輝かせた。

暗闇の中、士卒が轡《くつわ》を取る馬が何頭かおり、そのうちの一頭が雪風であることに気づいたのだ。

迷った末、才蔵はきびすを返した。自分だと知れば、おとなしい雪風といえども、士卒を振り切って走り出すかもしれない。

動きを秘しての行軍のさなかである。騒ぎになるのは避けなければならない。

それでも、孫七郎にいわずにおいてよかったのか、との思いは才蔵の中で消えない。だが、これも自分たちに与えられた運命なのだろう。

民吉たちのもとに戻り、才蔵は静かにあぐらをかいた。麟陽は竹助が轡を取っている。源左衛門が雪風の代わりにはならぬが、と自らの愛馬を才蔵に譲ってくれたのだ。源左衛門の愛馬だけのことはあり、とてもいい馬ではあるが、雪風ほどの駿馬《しゅんめ》ではない。

孫七郎はこたびの陣に雪風を連れてきているのではないかと才蔵は思っていたが、案の定だ。雪風は元気そうだった。それがわかっただけでも、今はよしとせねばならない。

民吉が椀《わん》を差し出してくる。椀の中身は水でもどした干し飯である。ありがたく受け取り、才蔵は箸で食した。ややかたい。湯で戻せればまたちがうのだろうが、薪を燃やすわけにはいかない。

空腹が満たされ、喉の渇きが癒やされたからといって、心中の不安が減じたわけではない。粘つく汗はいまだに首筋や背中に貼りついている。

配下たちに、敵に備えるよう才蔵は無言で命じた。いつ徳川勢が襲いかかってくるか知れぬ。心構えだけはしておけ。

その思いは通じ、信頼しきった目で民吉たちが深くうなずいた。

この丘で夜明けを待つつもりなのか、いつまでたっても軍勢は動こうとしない。川に近い小高い場所にいて、あたりはだだっ広い平野である。こんなところに長居して、不意打ちを食らったら守りようがない。

このままではまずい、と才蔵は感じ、鎧《よろい》を押さえて立ち上がった。民吉たちもあわてて立ち、槍をかたく握る。

間もなく夜明けだが、闇はまだ深い。あたりを見透かそうにも、なにも見えない。だが、朝が近づくにつれ、才蔵の不安は増している。

遠くで鉄砲の音が聞こえはじめた。あれは羽柴勢の前を行く堀秀政勢が戦っているのか。それとも、堀勢よりさらに前を進む森長可《もりながよし》、池田恒興《つねおき》、之助父子の軍勢が戦いはじめたのか。音の遠さからして、後者ではあるまいか。

つと大気が揺れた。なにかが押し寄せてくる。まちがいなく徳川勢だ。

来たぞ、と才蔵は唇を動かし、民吉たちに敵の来襲を知らせた。

静寂の幕を引きちぎって、鉄砲の音が轟いた。耳を聾《ろう》するすさまじさだ。放たれたのは、才蔵たちの左手からである。

敵の鉄砲足軽は斜面に伏せて、鉄砲を放っている。いまだ明けやらぬ空は数え切れない閃光《せんこう》を映して染まり、耳をつんざく轟音《ごうおん》が一陣の風となって押し寄せる。

ときおり才蔵たちのそばを玉がうなりを上げて飛び去り、立木に当たってはね返る。味方の鉄砲足軽も指揮者の合図を待たずに撃ち返しているが、鉄砲を放った次の瞬間、その閃光目がけて何発もの玉が逆に撃ち込まれる。

悲鳴を上げ、血しぶきを噴き上げて鉄砲足軽が倒れてゆく。雑兵や足軽、武者も鉄砲の餌食となり、丘の上はあっという間に鉄気《かなけ》臭《くさ》さに満ちた。

「敵は寡勢ぞ。恐れるな。突っ込め」

刀を振って叫んでいるのは源左衛門だ。鉄砲玉が鎧をかすめ、近臣を薙《な》ぎ倒してゆくが、おのれを守ろうとする気がまったくない。

「殿、死ぬぞ」

飛びかかった才蔵は、馬から引きずり下ろすかのように源左衛門を地面に押し倒した。

「才蔵、なにをするっ」

体をよじって源左衛門が怒鳴ったが、今までいたところを二発の玉が風を切って過ぎていった。才蔵が飛びかかるのが一瞬でも遅かったら、源左衛門の命はなかった。

「才蔵、助かった」

才蔵を感謝の目で見て源左衛門がほっと息をつく。

「殿、それも生きているからこそいえる言葉だぞ」

「まったくだ。よく助けてくれた」

顔を上げ、才蔵は北側を見やった。そちらからも鉄砲の音が轟き、喊声が聞こえてくる。

「新手《あらて》が寄せてきたようだ」

さらに未申《ひつじさる》（南西）の方角からも、武者や兵の上げる叫喚が聞こえてきた。

「ほう、我らは囲まれておる」

余裕たっぷりの顔で、才蔵はまわりを見渡した。

「いつの間に」

眉根を寄せ、源左衛門がつぶやく。

「徳川どのは存外、戦上手よな。羽柴が恐れるわけだ」

信長の次男である信雄《のぶかつ》が、秀吉に通じた疑いのある三人の家老を殺したことに、秀吉がいいがかりをつけたのがこの戦の発端となった。窮《きゅう》した信雄は家康に来援を求め、一方、秀吉は十万もの兵を率いて大坂から尾張に出張ってきたものの、家康と信雄が籠もる小牧山城に小当たりしただけでほとんど攻めようとせず、賤ヶ岳と同じようにいくつもの砦を築いて持久戦に持ち込んだ。

信雄勢と徳川勢を合わせても敵は二万に満たないはずなのに、どうしたことかと思っていたが、秀吉は家康の戦のうまさに怖《お》じていたのだろう。

——こいつは負けだな。

胸中で独り言を口にした才蔵は、軽く唇を噛んだ。またも負け戦だ。これが負け癖というやつか。

だからといって、才蔵に死ぬ気などさらさらない。配下たちも無事落とさねばならない。

三方から徳川勢に斬り込まれ、味方は総崩れになりつつある。踏みとどまって戦おうとする者もあっという間に渦にのみ込まれ、そのあとには湯桶《ゆおけ》をぶちまけたかのように血が飛び散り、断末魔の叫びが響き渡る。

「殿、引き上げるぞ」

うむ、とまわりを見渡して源左衛門がうなずいた。

「こうなっては、もはや仕方あるまい」

斜面にずらり並んだ敵の鉄砲足軽が構える鉄砲は、今のところ火を噴こうとしていない。突っ込んだ味方を撃つわけにはいかないのだ。それでも、ときおり狙い澄まして放ってくる者がいる。よほど腕に自信がある者らしく、そのたびに武者が血を流して倒れ込む。

「殿、馬はどうした」

才蔵に問われ、源左衛門が見回す。いつの間にか闇は薄まり、打ち寄せる波が足元をひたしていくように徐々に明るさが勢いを増しつつある。

「逃げたようだ」

源左衛門の配下もいない。多くは鉄砲にやられたが、いち早く逃げた者もいるようだ。

「竹助っ、来い」

麟陽の轡を取る竹助を、才蔵は手招いた。

「殿、これに乗れ」

「いかん」

目を怒らして源左衛門がかぶりを振る。

「これはわしが譲った麟陽ではないか」

「いいから乗るのだ。殿は俺の恩人よ。こんなところで死なせるわけにはいかぬ」

「気持ちだけ受け取っておく」

「つべこべいわず、早《はよ》う乗るのだ」

「才蔵はどうする気だ」

「ここをどこと思うておる。俺の生まれ故郷ぞ。土地鑑はあるゆえ、なんとかなる」

「しかし――」

「殿、いつまでもつべこべいうておると、ぶん殴るぞ」

「むう」

うなり声を発した源左衛門を無理に麟陽に乗せ、才蔵は馬の尻を思い切りはたいた。驚いた麟陽がいななきを上げ、走り出す。源左衛門があわてて背にしがみつく。

雪風には及ばないとはいえ、麟陽も駿馬である。そうそう敵にやられはしないだろう。

「これでよし。あとは、落ち着ける場所に麟陽が勝手に連れていってくれよう」

遠ざかる源左衛門と麟陽を見送って、才蔵はぱんぱんと手を払った。

「民吉、槍を」

差し出された槍を受け取り、連れてきた三十人ほどの配下を見回した。ほとんどが有岡あたりの者で、戦は初めてといってよい者ばかりだが、才蔵の落ち着き払った態度を目の当たりにして表情からこわばりが取れた。

あふれんばかりの敵がまわりを取り囲み、才蔵たちを新たな獲物と見て殺到してくる。

「打ち捨てにせよ」

凛とした声で命ずるや才蔵は配下を守るように敵の前にすっくと立ち、槍を振るった。数瞬で四人の足軽、武者が地に這《は》いつくばった。民吉や竹助も奮闘し、次から次に敵を槍の餌食にしている。いつの間にかたくましくなったものだが、常に才蔵を相手に稽古をしているのである。どんな敵でも弱く感じられるはずだ。このくらい戦えて当然だろう。

近くで鉄砲の音が轟き、玉が才蔵の兜に当たった。がん、と鈍い音が鳴っただけで玉は貫通せず、跳ね上がって枝に当たった。蚊に刺されたほどにも感じず、才蔵はにやりとしてみせた。

それを目の当たりにした配下たちの面《おもて》に、畏怖の念があらわれた。軍神でもあがめているかのようだ。

鉄砲を放った鉄砲足軽は二十間ほど離れたところで玉込めをはじめていた。いきなり走り出した民吉が、群がる敵を振り払って突き進む。

気配に驚いて顔と鉄砲を上げた足軽に、槍を突き出した。槍を引き抜くや民吉はすぐさま体を返して駆け出す。襲いかかってくる敵を薙ぎ倒し、才蔵のもとに戻ってきた。どうだ、といわんばかりの顔をする。

「まったく無茶をしおる」

「目に物見せねば、やつら、図に乗りもうす」

若い頃ならば、自分もまったく同じことをしていただろう。今の民吉は昔のおのれを見ているかのようだ。

皆で力を合わせ、才蔵たちは戦った。新参の者たちも槍をそろえ、必死に敵と渡り合っている。そのさまが才蔵はいじらしくてならない。なんとしても生かして帰してやりたい。

孫七郎が率いた八千もの軍勢は、とうに散り散りになっている。秀吉本陣に戻ろうと北へ向かう者、南を目指して堀秀政隊に合流しようとする者、平野を突っ切ってひたすら逃げようとする者。

徳川勢の多くは南へ向かう軍勢の追撃に移っていた。この勢いに乗じて、堀秀政隊も屠《ほふ》ろうというのだろう。

孫七郎はどうしただろうか、と才蔵は槍を振るいつつ思った。このようなざまになり、孫七郎に手柄を立てさせるどころの話ではない。互いに命があれば儲《もう》けものだ。

やがて、才蔵たちは目の前の敵を押しはじめた。才蔵が六尺はあろうかという大兵《だいひょう》を上段からの槍であっけなく打ち据えた途端、恐れをなしたように数人の敵が引きはじめたのだ。剽悍《ひょうかん》を謳《うた》われる徳川勢が逃げ腰になるなど、ほとんどないことだろう。徳川勢には、自分たちは相手をまちがえたのではないかという空気が生まれているようだ。

その空気を一変させようというのか、血のしたたる手槍を引っさげた一人の武者が才蔵の前に躍り込んできた。勢いを感じさせる若武者で、いかにも怖いもの知らずといった風情だ。目に物見せてやるとの気概を感じた。

若武者は自信満々に槍を伸ばしてきたが、感覚が研ぎ澄まされた才蔵にはその動きがはっきり見えた。深く速く踏み込み、武者の足を槍ですくい上げた。もんどりを打つように両足が宙に上がり、武者が背中から地に落ちた。息の詰まったような声を出したが、すぐさま立ち上がろうとした若武者に、才蔵は容赦なく槍を見舞った。串刺しにされた武者の両目に苦痛が刻まれたが、それも一瞬に過ぎず、がくりと力なくうなだれた。

まわりから、おう、とどよめきが起きた。なおも才蔵が突進しようとする構えを見せると、脅えたように十人ばかりの足軽や雑兵が身をひるがえした。それを合図にしたかのように残っていた数十人の敵がわらわらと引いてゆく。嘘《うそ》のようにあたりが静かになった。

「やった」

呆然《ぼうぜん》としたように竹助がいう。うむ、と顎を引いた才蔵は配下たちに目をやった。

「皆、よくやった。引き上げるぞ」

おう、と配下たちが槍を突き上げ、声を合わせる。さすがに全員無事というわけにはいかず、何人かは死なせてしまった。無念の思いは強いが、救える命は救えたのではないか、と才蔵は自らを慰めた。骸《むくろ》と化した配下の髻《もとどり》を切り取り、竹助に預けた。竹助が一礼して大事にしまう。

地を蹴って走り出そうとしたとき、馬蹄《ばてい》の音が轟き、才蔵の前に一頭の馬が駆け寄ってきた。その輝くような馬体に才蔵は我が目を疑った。

「雪風っ」

雪風は甘えて顔をこすりつけてくる。

「おまえ、どうしてここに」

差し出してくる長い首を才蔵は優しくなでた。馬持ちの孫七郎は、この戦に何頭も連れてきていた。他の馬に乗って戦場を逃れたということか。

賢い馬だ、雪風なりに負け戦であるのを悟り、才蔵のもとに駆けつけてくれたのかもしれない。胸が熱くなり、目をぎゅっと閉じた才蔵は雪風にまたがり、手綱を握った。

やはり乗り味がちがう。しなやかで力強い。才蔵は涙がにじみそうになった。

馬上から民吉たちを見下ろした。力強く応《こた》える瞳がずらりと並んでいる。

「よし、行くぞ」

いうや、才蔵は雪風の腹を蹴った。雪風の轡を取った竹助たちが駆け出す。

なるべく敵の影が薄いところを選んで才蔵たちは走った。とにかく秀吉本陣を目指すべきだろう。

途中、ばらばらと林を出て才蔵たちに駆け寄ってきた一団があった。味方のようだ。三十人ほどおり、すべて徒歩《かち》の武者である。

「才蔵っ」

怒鳴るように声をかけてきたのは、驚いたことに孫七郎だ。瞠目《どうもく》した才蔵はすぐさま手綱を引いた。

「鹿丸をよこせ。その馬、乗ろうとしたらいきなり逃げおった。早《はよ》うよこせ」

馬上から才蔵は孫七郎を見据えた。

「この馬は雪風にござる。仮に鹿丸だとしても、負け戦において馬を分捕られるのは致し方ないこと。確か孫七郎さまはそうおっしゃったはず」

「この慮外者めがっ」

かっと目を見ひらいて孫七郎がわめく。

「そこに直れ。成敗してくれる」

「失礼いたす」

無視して才蔵は雪風の腹を蹴った。

「殺せ。鹿丸を取り戻すのだ」

はっ、と答えた孫七郎の近臣がさっと槍を構えた。すかさず竹助が横から体当たりをかました。近臣が槍とともに吹っ飛ぶ。

「竹助、よくやった。だがそこまでにしておけ」

はっ、と竹助が引き下がり、再び轡を取る。

「よし、行くぞ」

孫七郎の背後には秀吉がいる。こんな真似をすれば、死が待っているかもしれない。それでもかまわぬ、と才蔵は思った。もう二度と雪風を放しはせぬ。

固く心に誓って才蔵は雪風を走らせた。

三

羽柴秀吉と徳川家康の一戦は、結局、家康の勝利に終わった。

秀吉は五月一日に大坂に引き上げ、十一月には伊勢にいた信雄と和睦した。そのあいだずっと尾張にとどまっていた家康であったが、信雄が秀吉の傘下に下っては、在陣の意味はなく、本国三河に引き上げた。

尾張の長久手《ながくて》における戦いで、前の有岡城主だった池田之助が父の恒興とともに戦死したことを才蔵は知った。

だが、もはや有岡は才蔵には関係なかった。あの戦の直後に孫七郎のもとを離れ、すでに尾張の楽典郷に引き上げたからだ。暮らしているのは早奈美の実家、愛宕神社である。孫七郎が戻る前に才蔵は有岡を訪れ、早奈美をともなって故郷に帰ったのだ。

あの長久手の戦から七ヶ月ほどがたったが、孫七郎の怒りはおさまっていないだろう。実際、秀吉が激怒したという噂が伝わってきている。

さすがにこたびは命が危ういのではないか。

仕方あるまい。なるようにしかならぬ。

すでに才蔵は覚悟を決めている。逃げる気はない。逃げたところで、相手は天下人になろうとしている男だ。逃げ切れるものではない。逃げて恥をさらすより、潔く死んだほうがよい。

朗報は、源左衛門の安否が知れたことだ。麟陽を返すと源左衛門はいってきたが、預かっていてほしいと才蔵は伝えた。

源左衛門は今も有岡におり、なんとか才蔵と孫七郎の仲を取りなしたいと考えているようだ。だが、どうすることもできまい。

「あなたさま、お客さまです」

早奈美が気がかりそうな声音で来客を告げた。

「福島さまとおっしゃいました」

福島といえば、と才蔵は思った。秀吉の近臣である市松ではないか。引導を渡しに来たのだろうか。ほかに福島市松ほどの武将がわざわざやってくる理由は思い当たらない。

廊下を歩き、才蔵は客間に赴いた。

市松が入ってきた才蔵を見て、にこりとする。一人である。供の者は外に待たせているらしい。

「可児どの、壮健そうでなによりでござる」

一礼して、才蔵は市松の向かいに座った。賤ヶ岳でこの男と槍をまじえたことが思い出される。

「可児どの、ちと顔がかたいな。もしや誤解されているのではござらぬか」

「誤解というと」

「それがしは、可児どのに死を言い渡すためにまいったわけではござらぬ」

市松の言葉を聞き、才蔵はいぶかしんだ。となると、どんな用件だろうか。

軽く咳払いをしてから市松が口をひらく。

「正直なところを申し上げると、孫七郎さまのお怒りはいまだにおさまっておらぬ。大納言さまもひどくお腹立ちであった」

大納言というのは、羽柴秀吉のことだろう。先月の十月に従五位下《じゅごいのげ》左近衛《さこんえ》権少将《ごんのしょうしょう》に任じられたという噂がめぐってまだ大した日数はたっていないのに、さらに昇進したということか。

「可児どの、案ずることはござらぬ。それがしが大納言さまをなだめもうしたゆえ。孫七郎さまの説得にちとかかりもうしたが、大納言さまはすぐさまうなずいてくださった。大納言さまのお許しが出れば、もう安心にござる。その上でそれがしは、可児才蔵を我が家にくださるように、大納言さまにお願い申し上げたのでござる」

才蔵ははっとした。ということは。

「可児どの」

呼びかけて市松が姿勢をあらためる。

「それがしの家臣となってくださらぬか」

それは才蔵自身、このあいだ市松に会ったときに望んだことである。

「福島どの、まことでござるか」

さすがに才蔵は、確かめずにはいられなかった。

「もちろん、まことにござる」

きっぱりと市松がいい切った。

じんわりとうれしさがこみ上げてきた。やがて、胸が弾《はじ》けそうになるくらい喜びがあふれた。

「可児どの、あらためて申し上げる。それがしの家臣となっていただけるか」

「それは、手前からお願いしたくござった」

両手をそろえ、才蔵は平伏した。この若き武将のもとでなら、これまで以上の働きができるにちがいない。

まだ十二の頃、陣借りから戦をはじめた才蔵にとって、戦いとは生計を得る手立てに過ぎなかった。それが十八年ばかりの月日を経た今、初めて命を預けられる男と出会えた。

やり甲斐《がい》というものを、得られるのではあるまいか。きっとなにかを成し遂げられる。才蔵はそんな予感がした。

才蔵の快諾を得られたことで用は済んだらしく、市松がすっくと立ち上がった。

二人は外に出た。市松が厩に足を運び、雪風の前に立った。雪風がじっと見つめている。

「これが、可児どのが命と引き換えに守った雪風でござるか。正直、この馬がうらやましゅうござる」

「殿」

才蔵は、じっと雪風に見入っている市松に呼びかけた。考えてみればこの呼び方をしたのは、これまで笹山源左衛門に対してだけである。自然に口をついて出たことに、才蔵は心の弾みを覚えた。

「おう、もう殿と呼んでくださるか」

市松が切れ長の目尻を和ませる。

「むろん。殿、それがしのことは才蔵と呼び捨てにしてくだされ」

「承知した」

「雪風のことは、これからも守り通すつもりでござる。ただし、この命に代えて殿もお守りいたす覚悟にござる。もっとも、殿はそれがしの助力など必要ない腕前でござるが」

「そのようなことはない。可児どの——才蔵が俺を守ってくれるのなら、それこそ百人力、いや、千人力よ」

なにゆえ福島市松という男にこれだけ惹《ひ》かれるのか。おそらく、と才蔵は思った。赤子がそのまま大人になったような男で、かわいげと潔さにあふれているからだ。おのれの利のためには平然と人を裏切り、謀略の限りを尽くして土地をかすめ取ることが平然と行われるこの時代、この清らかさを保っていくのは並大抵のことではない。そのためか、なんとしても守《も》り立ててやりたいと思わせるところが市松にはあるようだ。

それだけでなく、才蔵と市松の場合、前世の因縁なのか、魂が引きつけ合っているような気がしてならない。きっと巡り合うべくして巡り合ったのだろう。

つと雪風が首を伸ばし、市松の胸に顔を預けるような仕草を見せた。

それを見て市松が破顔する。

「おう、甘えてきおった」

市松が長い首と顔を優しくさする。雪風は気持ちよさそうにしている。

市松のことを才蔵のあるじと認めたのである。

「これだけかわいいと、俺がほしくなってしまう。だが、才蔵がそばにいるからこそ、雪風はこうして俺に甘えられるのだな」

「もしそれがしに万が一のことがあれば、雪風のこと、よろしくお願いいいたします」

顔を向け、市松が才蔵を見つめてきた。

「承知した」

真剣な表情で深くうなずいた。

「だが、その心配は才蔵には無用であろうよ」

破顔して市松は去っていった。

四

立っているだけで汗が噴き出る。

文禄《ぶんろく》四年（一五九五）も七月に入り、連日厳しい残暑が続いている。八日の今日も、朝からひどい暑さだ。頭上には雲一つない青空が広がり、太陽が容赦ない陽射《ひざ》しを送ってくる。熱気で息苦しい。

「来たぞ」

市松改め福島左衛門大夫《さえもんたいふ》正則《まさのり》が低くいい、陽炎《かげろう》が揺らぐ前方を見据えた。

二列の隊伍《たいご》を組んだ武士がこちらにやってくる。三十人ばかりか。一隊はゆっくり進んできて、才蔵たちの前で止まった。路上に置かれた駕籠《かご》から出てきたのは、孫七郎である。今は関白となり、豊臣秀次と名乗っている。

秀次に会うのは、長久手の戦い以来だ。あれからすでに十一年もの月日が流れた。秀次も二十八になった。肉づきはよくなっているが、ずいぶん老けていた。心労のせいか。

才蔵に気づいたのか、秀次が顔を向けてきた。目がうつろで力がない。才蔵を見ても、なんの感情の動きも見せなかった。忘れてしまったのだろうか。

いや、我が身に起きた事の重大さに、才蔵のことなどどうでもいいのだ。よろけるように歩いて、秀次が正則の前に立った。全身に靄《もや》がかかったかのように、ぼんやりした風情である。

「左衛門、叔父上にお目にかかりたい」

わななくような声でいった秀次の目が、人垣をつくってずらりと居並ぶ才蔵たちの背後へ向く。

そこには伏見城の大手門が建ち、その背後には天守が見えているはずだ。まだ普請のさなかにある城内からは、槌音が絶え間なく聞こえてくる。

豪壮な御殿には豊臣秀吉がいる。

「太閤殿下はお会いにならぬ由にございます」

口調は穏やかだが、正則がきっぱり告げた。

「なにゆえ」

力ない声で秀次がきいた。

「五日前、太閤殿下は関白さまに高野山《こうやさん》に入るよう命じられました。それにもかかわらず、関白さまがいまだに京を離れられぬ理由がそれがしにはわかりかねます。畏れながら、太閤殿下も同じお気持ちにございましょう」

「叔父上から、じかに命を聞いたわけではない。余は、石田三成《いしだみつなり》や前田玄以《げんい》たちにしか会《お》うておらぬのだ。左衛門、叔父上に会わせよ。会わせてくれい」

七月三日に秀次が暮らす聚楽第《じゅらくてい》を訪れたのは、石田三成のほかに増田長盛《ましたながもり》、宮部継潤《みやべけいじゅん》、富田一白《とみたいっぱく》らの面々である。

秀次の懇願に正則が大きくかぶりを振った。

「申し訳ござらぬが、太閤殿下は孫七郎さまにお会いにはなりませぬ」

それを聞いて、秀次の唇がかすかに震える。

「余は叔父上とじかに話をしたい。誤解を解きたいのだ。左衛門、余が謀反《むほん》を起こすはずがないではないか。そのことは、そなたもわかっておろう」

確かにこの男に謀反の理由はない、と才蔵は思った。今回の騒ぎは、秀吉のいいがかりとしかいいようがないものなのだ。

この赤子こそ我が跡継であると秀吉が宣した鶴松《つるまつ》が、天正十九年（一五九一）にわずか三歳で病死した直後、秀次は関白職を譲り受けた。鶴松は秀吉が五十三のときにもうけた子で、その子を失ったことで、もう二度と赤子はできまいと秀吉は半ばあきらめ、秀次を後継者に定めたのであろう。

それが、おととしの文禄二年、五十七にして再び男子が生まれたのだ。お拾《ひろい》と名づけられたその赤子に、なんとしても天下を譲り渡したい秀吉は、謀反の濡衣《ぬれぎぬ》を秀次に着せたのである。

我が子にこそ天下を譲りたい。その秀吉の気持ちをいち早く察して秀次が関白の座を返上していれば、このような事態は避けられたのだろうが、ときすでに遅しだ。

秀次が関白といっても、天下の権を握っているのは今も秀吉である。濡衣だろうと、秀吉が黒だといえば秀次は黒なのだ。今さら会ったところで、なにも変わらない。

秀次にできることはすぐさま高野山へ赴き、剃髪《ていはつ》することだけだ。出家の身となれば、殺されることはなかろう。

高野山に入れ、と秀吉が命じているのも、世俗を離れて僧になるのであれば命までは取らぬ、と告げているのである。

「お気持ちはお察しいたします」

丁重に正則が頭を下げる。

「しかし関白さま、太閤殿下にお会いになっても、もはやなんの意味もございませぬ。ここはお引き取りになられ、一刻も早く京を離れられることこそ肝要にございましょう。そのほうが太閤殿下の覚えもおよろしいものと」

「左衛門、どうしても通さぬというのか」

秀次の目にぎらりと光が宿る。

「お通しできませぬ」

「ここで一戦まじえてもか」

「御意」

すっと振り返り、秀次がおのが家臣たちを見つめる。いずれの武士も腰を落とし、右手で刀の柄《つか》を握っている。

武士たちは秀次のために一つしかない命を捨ててかかっている。この覚悟のほどを見ても、謀反というのが濡衣に過ぎないことがわかる。

それでも、いぶかしむ気持ちを才蔵は消せない。本当にやる気なのか。ここで騒ぎを起こせば、秀次は死を免れまい。

だが、どうとでもなれとばかりに捨て身で斬りかかってくることも考えられぬではない。

平然とした態度を崩すことなく、才蔵は腰の刀をすぐさま引き抜ける気組みは怠らずにいた。才蔵の槍は、背後の竹助が手にしている。正則の他の家臣も刀の鯉口《こいぐち》を切り、気迫を面にあらわにしていた。その後ろに控える足軽たちも、いつでも槍を突き出せる体勢を取っている。

才蔵たち福島勢は五十人で大手門を固めている。勇将の下に猛者が集い、一騎当千といえる武士ばかりだ。やり合ったら、それこそ瞬時に決着がつくのではあるまいか。

だが油断はできぬ、と才蔵は思った。秀次の家臣は死兵と化している。互いに平服姿でもあり、もし斬られれば死に至っても不思議はない。

秀次の顔は紅潮し、目は血走っていた。気持ちを高めた秀次の家臣たちは、殺気をほとばしらせている。

針に刺されたように、才蔵の肌はぴりぴりしていた。太陽はますます盛っているのに、暑さなどまったく感じない。普請の槌音もひどく遠くから聞こえている。

つと秀次が自らの家臣たちを見やり、覚悟を決めた顔で口を動かそうとした。

「おやめなされっ」

緊迫した空気を斬り裂く声音で正則がいった。その気迫に打たれ、秀次が体を固くする。

「関白さま、お引き取りなさいませ」

一転、正則が優しくいうと、秀次が力なく顔をうつむけた。しずくが、ぽたりぽたりと日に焼かれた地面に落ちてゆく。

涙に濡れた顔を上げて、秀次が才蔵に目を止めた。

「才蔵、真歌音は見つかったか」

「いえ、いまだに」

そうか、とつぶやいて秀次が体を返した。その瞬間、立ちこめていた殺気が消えた。とぼとぼと歩いて駕籠に乗り込んだ秀次は、引戸を開けたままにしてしばらく伏見城を眺めていた。

引戸が閉じられ、駕籠が動きはじめる。

来たときと同様、陽炎が揺れる中を一行は引き返してゆく。

五

高さ三百丈（約九〇〇メートル）ほどまで上ってきた。

冷気が体を包み込む。相変わらず残暑が厳しい下界が嘘のような涼しさで、汗はすでに引いている。

弘法大師がひらいた聖地ゆえか、厳かな空気が漂い、身の引き締まる思いがする。ここまで来て才蔵は初めて知ったのだが、高野山という山はないそうだ。

東側に鎮座している転軸山《てんじくさん》、摩尼山《まにさん》、楊柳山《ようりゅうさん》を高野三山といい、高野山は盆地に広がる一つの町になっているのだ。

そこかしこに塔頭《たっちゅう》が建ち、僧侶や参詣者の影が途切れることはない。ただし、女の姿は一人として見ることはない。この地は女人禁制になっているからだ。

参詣人には武士が目立つ。高野山信仰が盛んになっているとは聞いていたが、この様子を見ると、さもありなんという気がする。

甲冑《かっちゅう》を着込んだ才蔵たちを目の当たりにして、誰もがぎくりとして足を止める。神聖な場に軍兵とはなにごとか、といわんばかりに厳しい眼差しを向ける者も少なくない。

高野山に足を踏み入れたのは、才蔵たち福島正則勢だけではない。正則が主将をつとめてはいるものの、池田伊予守秀氏《いよのかみひでうじ》に福原《ふくはら》右馬助長堯《ながたか》ら大名も副将としてついてきており、総勢一千人という物々しさである。僧侶や参詣人が目をみはるのも当たり前だろう。

池田秀氏の父である秀雄は近江の六角家の家臣だったが、織田信長が初めて上洛した際に臣従した。その後、明智光秀の家臣となり、本能寺攻めにも参加し、山崎合戦でも侍大将の一人として奮戦した。光秀の死後、秀吉の傘下に入ったが、このときに秀氏を人質に差し出している。

秀雄は賤ヶ岳、長久手それぞれの合戦で手柄を立てるなどして出世し、伊予大洲《おおず》で二万石を領しているが、今は再びはじまった唐入《からい》りの軍勢に加わっているという。

右馬助の福原家はもともと播磨の一族で、天正の初めに秀吉に滅ぼされたが、右馬助は秀吉に仕えた。小姓頭から今は但馬《たじま》豊岡城主として二万石を治め、智恵者として名高い石田三成の妹婿となっている。

やがて才蔵たちは大寺の前に立った。一千の軍勢が寺のまわりをずらりと取り囲む。

この寺が剃髪寺といったのは、秀吉の母である大政所《おおまんどころ》の遺髪を納めるために建立されたからだ。今は青巌寺《せいがんじ》と改められている。

青巌寺はまだ新しい。造営されて二年余りの寺である。

山門はひらかれている。敷石の向こうに宏壮《こうそう》な書院造りらしい本殿が見えている。

「いったいなにごとでござろう」

何人かの修行僧を連れた老僧が境内からあらわれ、正則の前に立った。六十過ぎか、穏和な中にも厳しさを宿した顔をしている。

「これは木食上人《もくじきしょうにん》」

正則が深々と辞儀をした。

このお方が高名な木食上人か、と才蔵は思った。名を応其《おうご》といい、天正十三年（一五八五）の紀州征伐の際に高野山攻めを決意した秀吉と和議を結び、高野山を救った人物である。秀吉の帰依《きえ》を受け、見事に高野山の再建も果たした。島津《しまづ》攻めでは秀吉の使者として、島津義久《よしひさ》に降伏を勧め、和議を成している。

才蔵も島津攻めには出陣したが、この高名な僧に会うのは今日が初めてである。

木食応其が正則をじっと見る。

「この物々しさはなにごとでござろう」

「お察しではござりませぬか」

政則にいわれて木食応其が顔を曇らせる。

「もしや禅閤さまのことですかな」

前の関白のことを太閤といい、禅閤とは出家した太閤秀次を指している。

「五日前に京の都から当寺にまいられたばかりだが、禅閤さまがいかがしたのかな」

正則がわずかに顔をゆがめた。深く息を吸い込み、一気に言葉を吐き出す。

「禅閤さまの検死にまいりました」

木食応其が眉間に深いしわを寄せる。

「検死とは。禅閤さまは存命でいらっしゃる」

「ご自害していただくことに決まりもうした」

「なんと」

木食応其が絶句する。

「なにゆえそのような仕儀に」

「太閤殿下の命にございます」

「太閤殿下はなにゆえ禅閤さまに死を賜《たまわ》る」

「謀反が許せぬとの仰せ」

「だが、仏門にお入りになって禅閤さまは俗世との関わりをすべてお断ちになった。そのお方に死を賜るとなれば、前代未聞のことにござるぞ」

「上人……」

小さな声で呼びかけ、困惑したように正則が口を閉じる。

日頃と打って変わって言上《ごんじょう》に明瞭さを欠く正則を、才蔵は見つめた。

「それがし、太閤殿下より書状も預かってきております」

ようやく口にした正則が首を動かして見やると、家臣が一通の書状を差し出した。受け取った正則はそれを木食応其に手渡した。

一礼してから封を切り、木食応其が書状に目を落とした。むう、とかすかにうなる。

「福島どの、しばしときをいただけるか」

秀吉の命とはいえ、高野山の庇護下《ひごか》に入った者をいわれるままに殺してよいはずがない。木食応其は寺の主立った者と話し合いを持ちたいのだろう。意地でも秀次を守り通すか。それとも、秀吉の命に従うのか。

木食応其は修行僧たちと本堂に向かった。

あそこに秀次どのはいるのだろうか、と才蔵は思った。それにしても、なにゆえ秀吉は秀次の命を取らねばならぬのか。秀次がこの寺に連れてきているのは近臣十一人に過ぎない。その人数で青巌寺の門をくぐったのは、いつか誤解が解け、豊臣一族としての暮らしに戻れるのではないかとの期待があったゆえではないか。

もしや秀吉は、秀次を恐れているのか。おのれが死んでお拾の世になったとき、秀次が天下を簒奪《さんだつ》するとみているのか。

そこまで才蔵が考えたとき、木食応其が数人の僧侶とともに戻ってきた。正則にいう。

「禅閤さまが福島どのにお目にかかりたいと」

正則が才蔵に、一緒に来るよう命じた。副使をつとめる福原右馬助と池田伊予守も家臣とともについてくる。

如来《にょらい》像の前に、頭をつるつるにした秀次が端座していた。やつれているかと思っていたが、意外に晴れやかな顔をしている。

何人かの近臣が立ち上がり、才蔵たちをにらみつける。秀次がよせ、というように仕草でたしなめる。

「左衛門、よう来た。才蔵も一緒か」

その明るい声音に込み上げるものがあったか、正則が言葉をなくした。才蔵もなんといえばよいかわからなかった。

それを見て秀次がにこりと笑う。

「左衛門、俺は腹を切る。この世に未練がないといえば嘘になるが、上人や寺に迷惑はかけられぬ」

その言葉を聞き、木食応其がうなだれる。

「もはやぐずぐずする気はない。沐浴《もくよく》もすませてある」

すでに秀次は涼やかさを感じさせる衣服を着用していた。すっくと立ち上がって奥に向かい、一室に入っていく。

「左衛門、才蔵。この部屋はな、柳の間と呼ばれているのだぞ」

その理由は説明されずとも知れた。襖《ふすま》に見事な柳鷺図《りゅうろず》が描かれているのだ。

目を和ませて秀次が部屋を見回した。

「俺はここで五日のあいだ過ごした。存外にすっきりした日々であった。今より腹を切るが、左衛門、我が家臣に介錯《かいしゃく》を頼んでよいか」

慈愛のこもった目で正則がうなずく。

「禅閤さま、介錯役はどなたにございますか」

「雀部《ささべ》淡路守《あわじのかみ》と申す」

秀次が指し示すと、一人の男が沈鬱そうな顔つきで進み出てきた。歳は、四十二の才蔵よりも五つ六つ下か。青い顔をし、唇がわなないている。一見してそれとわかる業物《わざもの》を帯びていた。

「才蔵、気づいたか」

秀次が目ざとくいう。

「兼光《かねみつ》よ。浪泳《なみおよ》ぎという異名がある。名の由来はすぐにわかろう」

柳の間に二枚の畳が持ち込まれて白布がかけられ、その上に秀次が端座した。二間ほど離れた真向かいに三つの床几《しょうぎ》が置かれ、正則と福原右馬助、池田伊予守が腰を下ろした。

「才蔵、雪風は息災にしておるか」

秀次がにこやかに問いかけてきた。

「歳は取りましたが、元気にしております」

「それは重畳《ちょうじょう》」

「その節には、ご無礼つかまつりました」

「俺のほうこそ謝りたい。深い絆《きずな》で結ばれていた才蔵たちの仲を裂いてしまった。この通りだ」

秀次が深々と頭を下げる。

「いえ、謝られるようなことでは」

この男を殺すなど、秀吉は大きなまちがいを犯そうとしているのではないか。才蔵は強く感じた。

雀部が秀次の左斜め後ろに立ち、静かに兼光を抜いて八双《はっそう》に構えた。龍が波間を泳いでいるような刃文《はもん》が、刀身にくっきりとあらわれている。

柳の間を静寂が支配した。誰もが言葉をなくし、沈黙している。

「そろそろやるか」

静寂の壁を打ち破るように、秀次がさわやかさを感じさせる声でいった。

その言葉を受けて正則が深くうなずく。

政則に目礼し、衣服をくつろげた秀次が短刀を手にする。しばし刀身を見つめたあと、ためらうことなく一気に腹に突き立てた。苦しげにうなり声を発し、充血した顔を雀部に向ける。頼むというように口が動く。

唇を嚙み締めてうなずいた雀部がさっと刀を振り下ろした。だが、刀は秀次の頭を、がつ、と打った。苦痛に顔をゆがめた秀次が雀部を振り仰ぎ、しっかりしろ、と励ます。

才蔵はぎゅっと拳を握り込んだ。できれば俺が代わってやりたい。

雀部はもう一度同じしくじりをし、三度目にしてようやく介錯役のつとめを果たした。

首を失った秀次の体がぐらりと前のめりに倒れ、赤く染まった白布の上で動かなくなった。

六

外を風が吹き、やんわりと梢《こずえ》を鳴らす。

すっくと立ち上がり、才蔵はこぢんまりとした庭を眺めた。

「京は、秋風ですら雅《みやび》よな」

才蔵が独り言を漏らすと、畳に端座している竹助がちらりと見上げてきた。

孫七郎さまがお腹を召してから、と才蔵は樹間にのぞく空を見上げて思った。もう三年が過ぎたのだ。歳を取るにつれ、ときのたつのが速くなってゆく。

今日は慶長《けいちょう》三年（一五九八）の八月三日。

孫七郎どのは成仏されただろうか。

「殿は、よい場所に屋敷を拝領したものよ」

才蔵がいうと、はい、と声に出して竹助がうなずく。

廊下を近づいてくる足音が聞こえた。部屋の前で止まり、板戸越しに声がかかる。

「可児さま、殿がお呼びでございます」

竹助を連れて才蔵が部屋に赴くと、正則はあぐらをかき、脇息にもたれていた。目の下にくまができ、顔色が冴《さ》えない。

秀吉の具合は相変わらずよくないのだろうな、と才蔵は察した。このところ伏見城でずっと臥《ふ》せっているという話だ。

「才蔵、太閤殿下がお呼びだ」

張りのない声で正則がいった。才蔵には、にわかに信じがたい言葉である。

「それがしをでござるか。太閤殿下がいったい何用でございましょう」

「俺にもわからぬ。とにかく行ってみるしかない」

正則とともに才蔵は伏見城を訪れた。ここに来るのは、秀吉に直談判《じかだんぱん》に来た秀次を追い返して以来である。

とはいえ、以前は指月《しげつ》山にあった伏見城は大地震で倒壊し、十町ほど離れた木幡《こばた》山に新たに巨大な城が築かれたのである。

奥御殿に足を踏み入れた才蔵たちは長い廊下を歩き、薬湯のにおいでむっとする一室に通された。

秀吉は、大きくふんわりした布に包まれている。もしやこれが布団というものか。

横になった秀吉が才蔵を認める。目がしょぼしょぼとしており、いかにも年寄りそのものになっていた。老いたな、と才蔵は感慨深く思った。以前の光り輝いていた頃の面影はまったくない。

「才蔵、布団が珍しいか」

しわがれた声で秀吉が呼びかけてきた。別人としか思えないほどやせ細っている。さすがに才蔵は胸を突かれるものがあった。

「はい、珍しゅうござります」

「才蔵、余の形見に持っていくか」

その言葉に目をみはり、才蔵はすぐさまかぶりを振った。

「形見などと、そのような弱気なことをおっしゃいますな。太閤殿下らしくございませぬ」

ふう、と吐息し、秀吉が重たげにまぶたを閉じた。若い侍女が手を伸ばし、目やにを手ぬぐいでそっと拭き取る。

「才蔵、弱気にもなるぞ。正直、声を出すのも大儀よ。余がこのざまなのに、守るべきお拾はまだ六つに過ぎぬ」

顔をゆがめて秀吉が息をついた。病ゆえか、それとも年老いたせいなのか、息はひどく生臭かった。

才蔵は顔をそむけずにいた。正則は痛ましげな顔を隠せずにいる。

「殺さねばよかったかのう」

秀吉が嘆息するようにいう。誰を指しているか、きくまでもない。

文禄四年七月に秀次を自害に追いやったのち、翌八月に秀吉は京の三条河原において秀次の妻妾《さいしょう》や子の首をことごとく刎《は》ねた。さらに秀次が暮らした聚楽第や以前に城主だった近江八幡城を、原形をとどめぬほどに破壊してのけた。

そこまでやる理由を才蔵は解せず、秀吉が正気を失ったと考えざるを得なかった。

「才蔵、孫七郎の謀反はまことのことぞ。孫七郎は余に刃《やいば》を向けようとしておったのだ」

どんよりと濁った目で、秀吉が才蔵を見つめる。

「余がお拾かわいさに孫七郎を殺したと、誰もが思うておる。だが、孫七郎を担いで天下を我が物にしようとした者は、確かにおったのだ」

徳川家康や伊達《だて》政宗《まさむね》といった者たちだろう。その手の風聞は才蔵も耳にしている。

「ところで才蔵、そなたを呼んだのはほかでもない。早奈美は元気にしておるか」

あまりに唐突に妻のことを問われ、才蔵は一瞬の動揺を気づかれぬように声を上げた。

「はっ、息災にしております」

「子は」

「なんとか恵まれてございます。二人ともおのこでございます」

「男が二人もか。そうか。才蔵の子なら元気に育っておるのであろうな。うらやましいの」

不意に秀吉が目を光らせた。それが、命の最後のきらめきのように才蔵には見えた。

「才蔵、真歌音は見つかったか」

秀吉の本題はこれだったのだ。

「残念ながら」

瞬《まばた》きをして秀吉が才蔵を見る。

「そうか。見つからぬか。余はお拾のためにも、長生きせねばならぬのだ。真歌音はいったいどこにあるのか。誰が持っておるのか。どこかにあるのはまちがいないのに」

歯噛みするようにいい、秀吉が天井をにらみつけた。

確かに真歌音はどこにあるのか、と才蔵も思う。ずっと探し続けているのに、一向に見つからない。消息も聞かない。早奈美も真歌音の夢を見ていない。

やはり本能寺で信長とともに燃えてしまったのだろうか。

いや、そんなことはない。探し続けていれば、いつか必ずきっと見つかる。

ふといびきが才蔵の耳を打った。はっ、として見やると、秀吉はいつしか眠り込んでいた。顔がひどくゆがんでいた。息も苦しそうだ。老醜という言葉がぴったりくる眠りこけ方である。

沈みきった顔を正則が秀吉からそむける。

「才蔵、帰ろう」

「承知いたした」

正則とともに才蔵は秀吉の前を辞した。苦しげないびきはなおも続いていた。

七

廊下を渡る足音が聞こえてきた。

足音はずいぶんと荒い。

——ついに死んだのか。

すっくと立ち上がり、才蔵は板戸をからりとあけた。

廊下には竹助が立っていた。風呂敷包みを手にしている。別段、血相を変えてはいない。才蔵に命じられた買物を終えて帰ってきただけだ。

つまり、まだ秀吉は死んでいないということだ。

「竹助、帰ってきたか。鏡はそれか」

はい、と竹助が笑みを浮かべて答えた。

「よい物が買えました」

手にした風呂敷包みを、竹助が静かに持ち上げてみせる。満足げな笑みをたたえている。

「そうか、よかった。早奈美も喜ぼう」

竹助が買ってきた鏡は、早奈美への土産である。才蔵のあるじである福島正則は秀次亡きあと、その所領だった尾張清洲《きよす》を秀吉から与えられ、二十四万石余を領している。

才蔵の屋敷も清洲にあり、今は早奈美が二人の子供とともに暮らしている。

才蔵自身はわずかな供を従え、相変わらず京の福島屋敷に滞在している。鏡は京土産として早奈美に頼まれていたものを、今日ようやく竹助に買いに行かせることができたのだ。

秀吉は危篤の状態が続いており、正則はこのところずっと伏見城に詰めている。屋敷には近臣が替えの着物などを取りに来るだけで、自身は帰ってこない。

「竹助、なにやらあわてていたようだが、なにかあったのか」

「ああ、申し訳ございませぬ。殿に来客でございます」

「来客とな。どなただ」

「笹山さまにございます」

なんだと。才蔵は勢い込んで確かめた。

「笹山さまというと殿のことだな」

「は、はい。源左衛門さまにございます」

竹助を押しのけるようにして才蔵は廊下を駆け出した。

玄関先に一つの影が立っている。

「殿っ」

式台に立った才蔵は男をじっと見た。そこにいるのは、紛れもなく源左衛門である。喜びが胸に満ち、あふれ出しそうになった。

「殿、生きておったか」

万感の思いを込めて才蔵はいった。源左衛門がにこりとする。

「わしは、そうたやすくくたばらぬ」

「もちろん、無事だとは思っていた。それでも、俺は殿のことが案じられてならなかった。ずっと捜し続けていたが、殿の消息はまったくつかめなんだ」

三年前の文禄四年。あのとき秀次の妻妾や子だけが秀吉に殺されたわけではない。秀次の重臣や近臣も、自害に追い込まれたのだ。改易《かいえき》になった者も少なくない。

源左衛門は秀次の重臣ではなかったが、実直な性格から秀次の信頼は厚かった。それが秀次の死の直後、行方がまったく知れなくなっていたのである。

「殿、この三年、どうしていたのだ」

源左衛門を部屋に通して才蔵はたずねた。うむ、と一つうなずいてから源左衛門が語る。

「わしは、孫七郎さまの重臣の一人と親しくしておった」

その重臣の名を源左衛門は口にしようとしない。口にすると、辛い思い出がよみがえってくるのかもしれない。才蔵にも、ただそうとする気はない。

「三年前、その重臣は太閤殿下より死を賜り、わしは介錯を頼まれた。そのお方はさる寺で切腹して果てたが、首は検使《けんし》が太閤殿下のもとに届けたきり、戻ってこなかった。その重臣の遺品を妻子のもとに届けたわしが身の振り方をたずねたところ、相模《さがみ》の縁者を頼るというのだ。どうか一緒に来てほしいと懇願され、わしは同道することになった。その重臣の家臣はすでに離散しており、わしが道中の警護役をつとめるしかなかったのだ」

「相模か。今は徳川家の領地だな」

「うむ。わしは、大久保《おおくぼ》さまが治めておられる小田原《おだわら》に長いことといたのだ」

「小田原といえば、北条《ほうじょう》家の本城があったところだな」

天正十八年（一五九〇）、秀吉が行った北条攻めの際、伊豆《いず》の韮山《にらやま》城を囲んだ軍勢の一員だった才蔵は、大手門の間際まで寄せて、武名をさらに高めたものだ。韮山城は結局、才蔵たちの攻撃にひたすら耐え続けた。小田原城の落城を聞いて、ようやく城主の北条氏規《うじのり》が城を開いたのである。

「そうか、殿は小田原にいたのか。見つからぬはずよ。なにゆえ文《ふみ》の一つもくれなかった」

「大怪我《おおけが》をした上、病に臥せっておった」

なんと。才蔵は目をみはった。

「なにゆえそのような仕儀になった」

「じき小田原というところで、盗賊に襲われたのだ」

重臣の妻子は守りきったものの、源左衛門は右腕を斬られた。小田原には南蛮の医術を心得た者がおり、傷を糸で縫ってくれた。そのおかげで右腕を失わずにすんだが、完治まで一年以上かかった。その後、高熱が続き、寝たり起きたりを繰り返していた。

「才蔵のことは気にかかっていたが、文を出す余裕すらもなかったのだ」

そのようなことがあったのか。才蔵は驚きを隠せない。

「それで殿、体は大丈夫なのか」

「もうなんともない。ぴんぴんしておる。右手は昔のようには使えぬが、相撲を取ることもないゆえ」

「刀はどうだ」

「刀も振れるようにはなっておるが、前ほどの技はないな」

「それは残念だ。それにしても殿、なにゆえいま京におるのだ」

「縁あって、わしは大久保家の家臣となった。我が殿は小田原にいらっしゃるが、用事を仰せつかって、京まで出てきたのだ」

源左衛門がにこりとしたそのとき、屋敷内が異様なざわめきに包まれたのを才蔵は感じた。源左衛門もぴくりと顔を上げた。

その直後、才蔵は家臣から秀吉の死をついに聞くことになった。

今日は八月十八日。秀吉に真歌音のことで呼ばれて伏見城を訪れてから、ちょうど半月がたっていた。

才蔵の屋敷を訪れたその日に秀吉の死を聞くことになり、源左衛門が言葉を失っている。

「殿、大丈夫か」

才蔵にきかれ、源左衛門が顔を上げる。

「うむ、大丈夫だ。なんともない」

首を何度か振り、源左衛門が息をつく。

「太閤殿下がついに亡くなったか」

うむ、と才蔵は顎を引いた。

「一つの時代が失せた感じがするな」

「時代か。確かに、太閤殿下は一つの時代をつくり上げられた。そのお方が亡くなった」

厳しい光を目に宿し、源左衛門が才蔵を見つめる。

「才蔵、時代が動くぞ」

「その通りだな。次に天下の権を握るのは誰なのか」

だが、それはもうわかりきっていることではないのか。

――徳川家康。

この男以外に、天下を治められる器量を持つ者はいないのではあるまいか。

徳川家康嫌いの筆頭として石田三成が挙げられるが、三成では家康に抗しようがない。才蔵はそんな気がしてならない。

不意に才蔵の脳裏に、早奈美を手込めにしようとした秀吉の首を絞め、くびり殺そうとしたときのことがまざまざとよみがえった。

もしあのとき秀吉を殺していたら、この世は果たしてどうなっていたのだろう。

今とはまったくちがう世が到来していたことは疑いようがない。

であるなら、徳川家康が天下を獲るようなことになってはいなかっただろうか。

八

慶長五年（一六〇〇）九月十五日。

才蔵は夜明けが近いのを感じた。雨は上がっているが、関ヶ原を覆う肌寒い霧はじっと居座り、まだ動く気配はない。

この霧の向こうには、敵勢が泰然と居並んでいる。まわりの山々にも布陣し、総勢で八万を超えると聞いている。

馬のいななきも聞こえず、静かなものだ。息をひそめた獣を思わせる殺気が壁となって立ちはだかっている。

才蔵たちの正面にいるのは、宇喜多《うきた》勢だ。兵力は一万七千、勇猛で鳴らす秀家《ひでいえ》が主将である。秀吉からとみにかわいがられ、秀家という名も偏諱《へんき》を受けたものだ。

この霧が晴れたら、と才蔵は思った。戦ははじまろう。福島勢は先鋒《せんぽう》をつとめることになっている。

雪風を降り、才蔵はすでに徒歩《かち》になっている。すべての軍馬は集められ、後方に下がっている。

もし万が一、雪風と離ればなれになったとしても、また必ず会えよう。雪風とはそれだけ深い絆で結ばれているのだ。

それに、と才蔵は思った。今回は負けるわけがない。勝負は時の運といっても、徳川家康は秀吉が恐れたほどの戦上手だ。

それに対して、石田三成の戦下手はよく知られている。だからといって、才蔵には油断もなければ、隙を見せるつもりもない。戦に長《た》けた将は敵にも多いのだ。

静かに風が吹き、霧の幕をさわさわと揺らす。殿は、と才蔵は源左衛門に思いを馳《は》せた。どうやら間に合わなかったようだ。

源左衛門のあるじである大久保忠隣《ただちか》は家康の跡継《あとつぎ》である秀忠《ひでただ》とともに中仙道《なかせんどう》を進んでいるはずだが、雨が続いたこともあり、行軍は難儀を極めているのだろう。

味方の四万近い兵が戦場に到着できなかった。家康にとっては誤算だろうが、これで兵力はほぼ五分五分といってよいのではないか。

やがて夜が明け、視界が利くようになった。霧はまだじっとりとわだかまっているが、風に乗ってかすかに動き出しているのが知れる。

辰《たつ》の刻（午前八時頃）を過ぎた頃、上空に吸い込まれるように霧が消えはじめた。そのとき背後から足音が聞こえ、三百人ほどの隊が才蔵たちの横をすり抜けて前に出ようとした。その中の四十人ほどと思える鉄砲足軽は火縄に火をつけている。旗指物《はたさしもの》からして、家康麾下の井伊直政《いいなおまさ》の軍勢である。

すぐさま進み出た才蔵は井伊勢の行く手をさえぎるように、先頭の者の前に立った。

「どこに行かれる。先陣は我が福島勢が承っておる。抜け駆けするおつもりか」

堂々とした声音で、才蔵は咎《とが》めるようにいった。

「そのようなつもりはござらぬ」

この隊を率いているらしい武将が才蔵に向かってやんわりと答える。金色に塗られた長い鹿の角を思わせる立物《たてもの》の兜をかぶっている。赤備えとして知られた井伊勢らしく、兜だけでなく鎧も朱塗りである。

この兜はよく知られている。目の前の男は井伊兵部《ひょうぶ》直政本人ではあるまいか。戦においては自ら槍を振るう勇猛さを誇り、戦陣でのちょっとしたしくじりでも家臣を手打ちにするほど気性が激しい。鬼兵部と呼ばれる所以《ゆえん》である。

「こちらにおわすお方は福松丸《ふくまつまる》さまにござる」

直政とおぼしき男が一人の若武者をていねいに指し示す。

「福松丸さまはこたびが初陣《ういじん》ゆえ、後覚《こうかく》に物見に連れてまいった」

家康の四男で、諱は忠吉《ただよし》である。福松丸の歳は二十代前半か。頑丈そうな面頬《めんぽお》に守られた顔は精悍《せいかん》で、目尻が怒ったように上がっている。

ただし、初陣の緊張は隠せず、瞳がわずかに揺れている。この歳で初陣とは珍しいことだ。それだけ家康に大事にされてきたのだろう。確か、直政の娘を娶《めと》っているのではなかったか。

兵部どのらは抜け駆けするつもりだな、と才蔵は悟った。武勇を謳われる直政としては、主君の天下取りとなる大戦で他家に先陣を任せるつもりはさらさらなく、その上に、娘婿の忠吉に一番槍の手柄を立てさせたいと願っているのではあるまいか。

もし自分が初陣だったら、はやる気持ちを抑えられず、やはり抜け駆けしてでも先陣を飾りたいと思うだろう。

「承知した。お通りなされ」

才蔵が静かに横にどくと、直政が謝意をあらわし、深々と一礼する。

「かたじけない」

才蔵は直政に顔を近づけ、ささやいた。

「すぐに我らも続くゆえ、存分にやりなされ」

それを聞いて直政がにこりとし、大きくうなずいた。

「もしやお手前は可児才蔵どのか。左衛門どのはよいご家来を持たれたものよ。では――」

直政がさっと手を振ると、三百の軍勢が一斉に駆け出した。井伊勢の姿が、薄れつつある霧の中にすっぽりと隠れるやいなや、鉄砲の轟音が響いてきた。

「よし、我らも行くぞっ」

槍を持ち上げ、才蔵は大音声を上げた。

背後から押し太鼓が叩かれ、かかれ、かかれ、と叫ぶ雷のような正則の大声が聞こえてきた。

行くぞっ、と才蔵はもういちど配下に声をかけ、地を蹴って走り出した。

井伊勢は、一万七千の宇喜多勢にたった三百で突っ込んだのだ。蛮勇としかいいようがなく、今や宇喜多勢に包み込まれようとしている。包囲されたら、松平忠吉や井伊直政が危うい。

才蔵たちは、井伊勢を襲おうとして横腹を見せている宇喜多勢の一隊へ突進した。才蔵たちに気づき、その一隊が向き直る。

一気に駆け抜けた才蔵は、敵の足軽に槍を伸ばした。穂先が具足をあっさり貫く。正面から襲いかかってきた大柄な武者の兜に、槍を振り下ろした。

首を揺らして気絶した武者が地面に横倒しになった。しゃがみ込んだ竹助が首を掻き切り、腰に下げようとする。

「やめておけ。首には笹《ささ》の葉を嚙ましておけばよい」

笹はそこいらにいくらでも生えている。竹助や民吉がなぜと問いたげな顔を才蔵に向けてくる。

「よいか、愛宕権現のご加護の下、俺はこれから古今無双の働きをしてみせる。おまえたちが持ちきれぬほどの首級を挙げるつもりぞ。よく見ておくがいい」

才蔵は、横から突っ込んできた武者を槍で一突きにした。左側から姿を見せた武者の足を払い、地面に転がして串刺しにした。

さらに才蔵は、いかにも敏捷《びんしょう》そうな小柄な武者と一騎打ちになった。この武者にはやや手こずったが、結局は槍の餌食にした。

才蔵は、勇猛そうな武者を見つけては次々に戦いを挑んでいった。

戦い続けているうちに、いつしか目の前から敵が消えていた。

いったいどのくらいのときがたったのか。自分の中では、ほんの半時《はんとき》（約一時間）が経過した感じしかない。

だが、実際にはもっとたっているようだ。今は申《さる》の刻（午後四時頃）にはなっているだろうか。

ついに勝負は決したのだ。

西軍は壊滅し、潰走をはじめている。もはや追う気はなく、才蔵は空を見上げた。

黒い煙に覆われ、太陽がかすれたように見えている。日が暮れたように暗い周囲を見回し、配下が全員無事なのを確かめた。

ほっと息をつき、終わったな、と才蔵は胸中でつぶやいた。

戦い尽くした。今日、十七もの首級を挙げたことはわかっている。二度とこれだけの働きはできまい。

いや、その前に、これほどの大戦はもう二度と起こらないだろう。起こらぬことを祈りたい。

天下の権は徳川家康が手中におさめた。そうなれば自分のような戦人《いくさびと》は必要のない時代がやってくる。平和な世の到来である。この国で暮らす者たちは、もう命を落としたり、田畑や家屋を失ったりする心配をする必要はなくなるのだ。

だが正直にいえば、俺はいつまでも武人でいたい。

大戦が終わり、才蔵はしばらく気が抜けたようになっていた。

「才蔵」

声をかけて歩み寄ってきたのは福島正則である。晴れやかな笑みを浮かべている。

「見事な働きだった」

「ありがたきお言葉」

顔を引き締め、正則が姿勢を改める。

「才蔵、内府《ないふ》さまがお呼びだ」

徳川さまが、と才蔵は思った。いったいなんの用なのか。まず悪いことではなかろう。十七もの首を獲ったことをほめてくれるのかもしれない。

おびただしい軍兵が目をぎらつかせる中、才蔵は前を見据えて歩んでいった。前を行くのは正則である。

やがて才蔵の目に幔幕《まんまく》が飛び込んできた。

あれが本陣なのか、と才蔵は思った。戦のはじまる前、家康は関ヶ原のはるか東にある桃配《ももくばり》山に陣を敷いていたが、おそらく遠すぎて指揮ができず、勇をふるって石田三成の陣に八町ほどの場所まで進んできたのだろう。

立ち止まった正則を見て本陣を警護する武者たちが目から力を抜き、さっと一礼する。

「可児才蔵を連れてきもうした」

音吐《おんと》朗々と正則が告げた。

「お待ちいたしておりました」

侍の一人がきびきびと答え、さっと幔幕を上げる。失礼いたす、と正則がまず入り、才蔵はそのあとに続いた。

幔幕の中は勝ち戦の余韻だろうか、じっとりとした熱気が籠もっている。床几にずらりと腰かけた諸将の目が、興味深げに才蔵を見つめていた。

いちばん奥にでっぷりとした武将がいた。才蔵を見て目を輝かせ、すっくと立ち上がる。

「そなたが可児才蔵か」

しわがれてはいるものの、深みのある声だ。光輪を背負ったように体全体が輝いている。これは以前の豊臣秀吉と同じだ。

はっ、と答え、才蔵は深くこうべを垂れた。

「いかにも猛者と呼ぶべき風貌よ」

満足げにうなずき、家康が床几に座る。

「そなたも座るがよい」

辞儀をして才蔵は地面にあぐらをかいた。その横に正則も座る。

「才蔵、一度の戦で十七もの首級を挙げるとは、まさに比類なき働きよの。しかも首級に笹を嚙ませて目印にするとは、まことよい工夫よ。これからは笹の才蔵と名乗るがよい」

「はっ、ありがたき幸せ」

家康はにこにこと笑んでいる。

「ここに呼んだのはほかでもない。そなたに褒美を取らそうと思ったからだ」

家康が体をよじって後ろを向く。小姓が細長い物を差し出したのがちらりと見えた。

「才蔵、見よ」

家康が手にしているのは、一振りの小太刀である。

――なんと。

才蔵は目を疑った。

「真歌音……」

なぜここに真歌音があるのか。信じられぬ。

家康は上機嫌の面持ちで才蔵を見つめている。

徳川さまは、と才蔵は思った。俺が真歌音を探しているのをご存じだったのか。

ぐっと息をのみ、才蔵は顔を上げた。

「おたずねいたします。内府さまは、真歌音をいずこで手に入れられたのでございましょう」

「上さまよ」

さらりと家康が答えた。上さまと呼ばれる者は、後にも先にも一人しか才蔵には心当たりがない。十八年前に横死した織田信長を、家康は今もこう呼んでいるのか。家康がいかに信長に心服していたか、わかろうというものだ。

「天正十年、本能寺において儚《はかな》くなられる前、わしは安土城で上さまにお目にかかった。そのとき、この小太刀をいただいたのだ。これまで上さまを偲《しの》ぶ品として持ち続けてきたが、これをそなたにやろうと思う」

目をみはって才蔵は家康を見た。

「それほど大切な物をなにゆえ」

「並ぶ者なき手柄を立てたのが第一。それに、そなたはこの小太刀を探していたのであろう」

やはりご存じだったか。はっ、と才蔵は深くうなずいた。

「ずっと探しておりました」

「不思議な力を持つというこの小太刀については、わしの耳にもいろいろと入ってきておった。特に、太閤殿下が力を入れて探しておられたらしいの。ただ、わしは差し出そうという気にはならなんだ。なにしろ、上さまの形見だからの」

真歌音を手に入れることで、秀吉が下手に元気になるのが怖かったのだろうか。

横の正則がおもしろくなさそうな顔をしているのに才蔵は気づいた。

ふと真顔になり、家康が才蔵を見つめた。

「この戦をはじめる前、わしはこの小太刀を手に取ってみた。不思議な力が本当にあるのなら、戦を勝利に導いてくれるのではないかと期待したのだ。そのとき、真歌音が持ち主のもとに帰りたがっているような気がしての。もし戦に勝ったら思う通りにしてやろう、とわしはこの小太刀に語りかけ、約束した。才蔵、そなたの妻が持ち主だそうだの。さっそく持ち帰り、喜ばせてやるがよい」

もう二度と戻ってこないのではないかと考えていた。それを家康がくれるという。にわかには信じられず、才蔵は呆然とした。

「才蔵、いかがした」

横から正則にいわれ、才蔵ははっとした。

「あまりのことに、我を忘れもうした」

「そなたの気持ちがよう伝わってくるのう」

微笑した家康が遠くを見る目をする。

「上さまは、この小太刀の力を信じておられなかった。いや、必要としておられなんだ。おのれこそが神だったゆえ。確かに、神に不老不死を約束する小太刀は必要あるまい」

唇を嚙み締めて家康が続ける。

「本能寺でもし上さまが所持されていたら、果たしてどのような運命が待っていたかの」

やはり死は免れなかったのではあるまいか。今の才蔵にはそんな気がしてならない。家康も真歌音の力を信じていないのだろう。真歌音のおかげで戦いに勝利し、天下を手中にしたわけではない。準備にときを費やし、勝つべくして勝つという態勢をととのえて戦に臨んだ結果がこれなのだ。

徳川家康という男は、それをものの見事にしてのけたのだ。目の前の男が天下人になるのも自然な流れなのだろう。

「さあ、受け取るがよい」

家康にうながされ、かしこまって才蔵は真歌音を手にした。手中の小太刀をしみじみと見る。こんなに小さかっただろうか。

最後に真歌音を見たのは、いつだったろう。幼い頃、早奈美にこっそりと宝物庫で見せてもらって以来だ。

あれからもう四十年近い年月が流れた。才蔵は四十七になっている。

「才蔵、そなたは真歌音の力を信じておるのか」

不意に家康に問われ、才蔵はじっくりと考えてから小さく首をひねった。

「信じておらぬということはございませぬ。しかし、それがしに不要なものであるのは確かだと思うております」

「なるほど。おぬしは戦では死なぬ。必要とはいえぬな」

そうではない、と才蔵は思った。はなから不老不死など望んでいない。人の命は限りがあるからこそ尊いのだ。

短い一生でも力の限り生きた者の名がいつまでも人々の記憶に光り輝くように残るのは、人生が長さで決まるものではないからである。

俺もそういう人生を手に入れたい。願いはただそれだけだ。

いや、もしかしたらすでに手に入れているのか。ずっと望んでいた世が到来するのだ。

――俺はもはや使命を果たせたのではないか。となれば、俺はもういつ死んでも悔いはない。

真歌音を手にした才蔵は正則の許しを得て、飛ぶように清洲へと向かった。

「よくぞ、ご無事で」

早奈美が破顔して出迎える。

「これを見ろ」

才蔵は懐から真歌音を取り出した。

「――あっ」

じっと見つめる早奈美はそれ以上、声が出ない。信じられないという顔で恐る恐る手を伸ばして真歌音に触れ、そっと胸に押し抱いて目を閉じた。涙がまぶたの堰《せき》をじわりと破る。感極まったようにかがみ込み、早奈美は声を忍ばせて泣いた。

才蔵は薄い背中を静かにさすり続けた。


関ヶ原の合戦ののち、福島正則は安芸《あき》と備後《びんご》で五十万石近い大封《たいほう》を得た。安芸広島が福島家の本城となり、それにしたがい、才蔵たちも広島に屋敷を拝領し、移り住んだ。

早奈美は海の幸に恵まれた広島をすっかり気に入ったようだ。

「楽典郷は遠くなってしまったのう」

早奈美を見つめて才蔵は嘆声を漏らした。

「ええ」

うなずいて早奈美が文机《ふづくえ》の上に目を向ける。父の位牌《いはい》とともにそこには真歌音が置かれている。

才蔵は我が妻をつくづく見つめた。

「そなたはまったく変わらぬ。歳を取ったようには見えぬ。不思議な女性《にょしょう》よ」

「なにをおっしゃるのやら。わたくしとてただの人。老いていつかは死ぬることになりましょう」

できれば早奈美と一緒に死にたい、と才蔵は思っている。

だが、それはかなわぬ願いだろう。


広島に腰を落ち着けてちょうど十年たったある夜、才蔵は寝床で悲痛な叫び声を聞いた。

目をあけた早奈美がそこにいる才蔵を見て安堵の息をつき、腕を伸ばして抱きついてきた。

「——あなたさま」

「どうした、早奈美」

「悪い夢でも見たのか」

妻の顔をのぞき込んだが、早奈美は泣くばかりで答えない。

「早奈美、先ほど俺を呼んだな。もしや俺のことで夢告げがあったのではないか」

目を見ひらいた早奈美が、才蔵の腕の中でいやいやをするように首を振った。

床の中で早奈美を抱き締め、才蔵はほほえんだ。早奈美がどんな夢を見たか、すでに悟っている。

「俺が死ぬ夢を見たのだな。早奈美、俺はどのような死に方をした。話してくれぬか」

だが、早奈美は口を開こうとしない。

「よいか、早奈美。早奈美と真歌音のおかげで、俺は悔いのない人生を送ることができた。笑って幕を閉じることができると確信しておる。どのような形で死を迎えようと悔いはない。早奈美、どんな夢を見たのか、頼むから教えてくれ」

才蔵は冷静だ。人はいつか死ぬ。これまで数えきれないほど人の命を奪ってきた。まともな死に方ではないかもしれない。それでも、才蔵に恐れはなかった。

じっと才蔵の顔を見ていた早奈美がついにうなずいた。

「愛宕権現の縁日の日よ。あなたさまは床几に腰かけて眠るように……」

それがいつのことかはわからないという。

「よくぞいうてくれた」

ふふ、と声を出して才蔵は笑った。覚悟というほどのものではないが、心静かにその日を待つつもりになった。

三年後の慶長十八年（一六一三）、才蔵は広島の愛宕権現の縁日に死去した。

享年六十。一生涯を武人としてまっとうするためにその日も鎧兜を着用していた。

本書は学芸通信社の配信により、福島民報（二〇一二年七月二日～十二月三十一日）、神奈川新聞、秋田魁新報、上越タイムス、東海愛知新聞などに順次掲載された作品を大幅に加筆・訂正いたしました。

著者略歴

鈴木英治（すずき・えいじ）
1960年静岡県沼津市生まれ。明治大学経営学部卒業。1999年、第1回角川春樹小説賞特別賞を「駿府に吹く風」で受賞（刊行に際して『義元謀殺』と改題）。主な著書に、弊社刊の「裏江戸探索帖」「勘兵衛」「半九郎」「新兵衛」各シリーズのほか、「手習重兵衛」「無言殺剣」「父子十手捕物日記」「口入屋用心棒」「惚れられ官兵衛謎斬り帖」「若殿八方破れ」「陽炎時雨　幻の剣」シリーズなどがある。

Kadokawa Haruki Corporation

鈴木英治

わが槍《やり》を捧《ささ》ぐ　戦国最強《せんごくさいきよう》の侍《さむらい》・可児《かに》才蔵《さいぞう》

*

2015年2月18日第一刷発行

発行者 角川春樹
発行所 株式会社 角川春樹事務所
〒102-0074 東京都千代田区九段南2-1-30 イタリア文化会館ビル
電話03-3263-5881(営業) 03-3263-5247(編集)
印刷・製本 中央精版印刷株式会社

ISBN978-4-7584-1256-8 C0093
http://www.kadokawaharuki.co.jp/

鈴木英治の本

犬の尾

裏江戸探索帖

山内修馬は「よろず調べごといたし候」の看板を掲げている。徒目付時代に磨いた探索の腕を活かし、町人の力になろうというのだ。そんな修馬を、友人の朝比奈徳太郎が訪ねてくる。妹の手習所に通う娘の飼犬を、一緒に捜してほしいという。一本気な男からのたっての頼みに、早速探索を始める修馬。一方、呉服屋・岩倉屋からは「娘の仇を討ってほしい」という依頼があり……。